폭식의
Berserk of Gluttony

베르세르크

나만 레벨이라는 개념을 돌파한다

II 잇시키 이치카 지음
fame 일러스트
천선필 옮김

밀려드는 용암의 벽을 충격으로 날린 것이다.
그리고 뒤쪽에 있던 하니엘까지 닿아서 무릎을 꿇게 만들 정도였다.

"자, 우리도 시작하자.
페이트는 하니엘을 움직이지 못하게 만들어."

"발목을 잡지 않게끔 열심히 해야지."

"그럼 됐어."

마인은 검은 도끼를 한 손으로 들고 하니엘에게 접근.
그리고 오른팔을 잘라냈다.
비명을 지르는 핵. 붉은 눈에서 새빨간 피가 살짝 배어 나왔다.

"저도 도울게요."

처음 써보는 성검기 아츠. 《그랜드 크로스》.
내가 마력을 성검에 쏟아붓자 검신이 흰색으로 빛나기 시작했다.

"오오, 이건……."
"끝내시죠."
"흐음, 그래."

우리는 모든 힘을 쏟아붓기 위해 동시에 소리쳤다.

""그랜드 크로스!""

성이 성스러운 빛에 감싸였고, 모든 것이 새하얗게 변해갔다.

폭식의

Berserk of Gluttony

베르세르크

나만 레벨이라는 개념을 돌파한다

II

잇시키 이치카 지음

fame 일러스트

천선필 옮김

Contents

폭식의 베르세르크
~나만 레벨이라는 개념을 돌파한다~
II

Berserk of Gluttony
II

Story by Ichika Isshiki
Illustration by fame

제1화 그립지 않은 고향

어렸을 때부터 잘 알고 있는 그 낡고 정겨운 문에 손을 댔다. 삐걱거리는 소리와 함께 안으로 들어가자 아버지가 의자에 앉아 계셨다.

바로 옆에 있는 벽에는 오랫동안 사용한 창이 세워져 있었다. 그리고 창 끄트머리에 까만 피가 묻어 있는 걸 보니 돌아오는 길에 마물과 싸운 모양이다.

아버지의 안색이 좋지 않아 불안하여 다가가 보니 팔에 큰 상처가 나 있었다.

"아버지, 괜찮아?!"

"그래, 이 정도는 별것 아니다."

아버지는 그렇게 말하고 웃으면서 둘러대려 했지만 어린 나여도 알 수 있었다. 심한 상처다.

급하게 바깥으로 나와 우물물을 길어 올렸다. 손이 저릴 정도로 차가운 물이었다.

그 물을 가지고 돌아와 아버지의 팔에 난 상처를 씻었다. 얼굴을 찡그리는 아버지의 표정을 보니 역시 심한 상처라는 확신이 들었다.

이 마을에서는 상처에 잘 듣는 약초를 키우고 있기에 모든 집에 항상 비축해두고 있다. 우리집도 마찬가지였다.

안쪽 방에 있는 선반에 보관해둔 약초를 빻아서 아버지의 상처에 바른 다음 붕대를 감았다.

아버지는 그 모습을 말없이 바라보고 있었다. 치료가 끝나자 그제야 입을 열었다.

"능숙해졌구나, 페이트."

"당연하지! 아버지는 툭하면 다치니까."

"……그렇지, ……항상 미안하다."

아버지는 뭐라 말할 수 없는 표정을 짓고 다치지 않은 쪽 손으로 내 머리를 쓰다듬어주었다.

그리고 마침 생각났다는 듯이 일어서서 말했다.

"어머니의 무덤에 인사하러 갈까?"

"응."

무덤은 집 바로 뒤에 있었다. 나를 낳고 바로 죽은 어머니가 그렇게 해달라고 한 모양이었다. 내가 자라는 모습을 보지 못하는 대신 곁에서 지켜보고 싶었다는 모양이다.

그래서 우리 부자는 될 수 있으면 하루에 한 번은 어머니의 무덤에 인사를 하러 간다.

잡초를 뽑아서 깔끔하게 다듬은 무덤 앞에서 나와 아버지가 앉아서 손을 마주 모았다. 나는 팔을 다친 아버지를 곁눈질하며 훔쳐보았다. 입술에 힘을 주고 있는 걸 보니 아픈 것을 참고 있는 것 같았다.

"억지로 손을 마주 모으지 않아도 어머니가 화를 내지는 않을 거야."

"그렇겠지. 그래도 이렇게 하고 싶거든."

아버지가 마음속으로 그렇게 정한 건지도 모른다. 그래도 내

아버지는 항상 미소를 지으면서 내 머리를 쓰다듬어준다. 그때, 나는 어렸지만 아버지의 결심 같은 것을 본 것 같았다.

*

『행복하게 잠꼬대를 하던데. 하하하하.』

마차가 돌 위를 타고 올라가 크게 흔들리는 바람에 정겨운 꿈에서 깨어난 내게 그리드가 《독심》 스킬을 통해 말했다.

"왜 웃는 거야?!"

『아버지……, 아버지라니, 페이트도 아직 어리구나.』

"크흑."

하필이면 그리드가 듣다니, 큰 실수다! 종종 놀려먹을 소재로 삼을지도 모르겠다.

골치 아픈 녀석에게 약점을 잡힌 나는 크게 한숨을 쉬었다.

그리고 어렸을 때 행복했던 시절을 떠올리면서 마차를 이틀 정도 타고 가니 테트라라는 중간 정도 규모의 도시에 도착했다. 왕도와 비교하면 10분의 1정도 크기지만 꽤 활기가 넘치는 곳이었다.

그 이유는 왕도 남쪽의 물류거점이기 때문이다.

테트라에는 남쪽 각지의 명산물이 모이고, 그것을 왕도에서 온 많은 상인이 구입한다. 말하자면 이곳은 상인의 도시이기도 한 것이다.

가리아로 가려면 더 남쪽으로 가야만 한다.

나는 테트라에서 갈아탈 마차를 찾으려 했지만 이미 늦은 시간이었다. 밤에 움직이면 흉폭한 마물들에게 습격당할 가능성이 크다.

시험 삼아 마차를 태워줄 수 있는지 물어보니 힘들다고 거절당했다.

뭐, 그렇게 급히 갈 필요는 없다. 왜냐하면 록시 님의 동향을 조사해보니 아직 이 테트라에 도착하지 않은 모양이었기 때문이다. 대규모 군대를 이끌고 가리아로 가야 하니 혼자 여행하는 나와는 다르게 시간이 오래 걸릴 것이다.

그러니 오늘은 여기서 묵자. 그리고 그만큼 시간이 남는다면 가리아에 도착하기 전에 조금이라도 더 강해져야 한다. 자기 전에 도시 근처에 있는 마물을 사냥하고 나서 내일 아침에 다시 여기로 돌아와 마차를 타고 가면 되겠지.

돈이라면 하트 가문의 하인인 상장 씨에게 꽤 많이 받았다. 터무니없이 낭비하지 않는다면 가리아까지 가는데 돈 문제로 고생할 일은 없을 것이다. 분명 그녀는 내가 록시를 따라 가리아로 갈 것이라고 예상했을 것이다.

그래서 상장 씨는 그렇게 나를 말리려 한 것이다.

"소중히 써야지."

나는 금화를 떨어뜨리지 않게끔 꽉 쥔 뒤 상인의 도시 테트라 안을 걸어가기 시작했다.

이곳에는 한 번 온 적이 있다. 내가 태어나 자란 마을에서 왕도로 가던 도중에 들렀던 곳이다.

그때는 마을에서 쫓겨나서 돈이 거의 없는 상태였다. 어쩔 수 없이 다른 사람들이 오지 않는 골목 구석에서 웅크려 잠든 기억밖에 없다.

그리고 푼돈으로 딱딱한 빵을 세 개 사서 바로 왕도를 향해 걸어갔지. 지금 생각해보니 용케 살아서 왕도에 도착한 거 같다. 뭐, 왕도에 도착한 뒤에도 힘들긴 했지만······.

별로 생각하고 싶지 않은 과거가 머릿속에 맴도는 가운데 거리를 둘러보았다.

그러자, 꼬르르르륵······.

아무래도 배에서 식사를 요구하는 모양이었다.

왕도에서 산 보존식량을 먹을 수도 있겠지만 모처럼 도시에 왔으니까. 저번에 먹지 못했던 요리를 먹자.

마침 오른쪽에 커다란 나무 간판을 세워둔 술집이 있다. 오늘은 여러 가지 일들 때문에 술을 마시고 싶은 기분이니 이 가게로 하자.

나는 오래되어 낡은 문을 열고 술집 안으로 들어갔다.

자리는 서른 개 정도. 내가 자주 가던 왕도의 술집보다 넓다. 가게 안의 장식을 봐도 나름대로 괜찮은 술집이다.

나는 가게 안을 둘러보면서 카운터 구석 의자에 앉았다. 어떤 술집을 가더라도 내가 마음 편히 앉을 수 있는 위치는 정해져 있다.

바로 카운터 건너편에서 컵을 닦고 있던 남자 점원이 내게 말을 걸었다.

"주문은?"

"그렇지······ 추천 메뉴는?"

"술이라면 하트 영지산 붉은 와인. 식사는 토끼 고기 수프와 버터를 잔뜩 발라 구운 빵이 있지. 합쳐서 동화 20개야. 어떻게 할래?"

"비싼데. 외부인이라고 바가지 씌우는 거야? 동화 15개로 해 줘. 그럼 주문할게."

그러자 점원은 쓴웃음을 지으면서 가게 안쪽에 주문을 넣었다.

나는 선불로 동화 15개를 지불한 뒤 잠시 가게 안을 보고 있었다.

이 가게의 손님은 상인이 절반, 무인이 절반이었다. 다들 고급스러운 옷을 입고 있었다. 그렇구나, 돈에 여유가 있어 보이는 녀석들밖에 없어. 그래서 술이나 요리 가격을 비싸게 받으려 한 건가?

나는 그제야 나온 식사를 하면서 내일 어떻게 할지 생각하고 있었다.

마차를 타고 최대한 큰 도시를 지나 남쪽으로 내려가야겠지. 그러면 보급과 휴식을 할 수 있으니까. 가리아에 도착하기 전에 뻗어버리는 건 말도 안 된다. 폭식 스킬 때문에 툭하면 배가 고파지는 내게는 꽤 중요한 문제다.

식사를 남김없이 먹어치우고 와인에 입을 댔을 때, 가게 안쪽에서 시끄러운 소리가 들렸다.

무슨 일인가 싶어서 그쪽을 돌아보았다.

그곳에는 다른 사람들을 깔보는 표정을 짓고 있는 무인 여섯 명이 테이블 앞에 앉아 있었다.

그리고 그 사람들에게 엎드려서 절하고 있는 남자가 한 명.

남자는 식사 중이던 무인들에게 여러 번 고개를 숙이고 있었다. 그럴 때마다 무인들이 남자를 매도해댔다. 듣고 있자니 와인이 맛없게 느껴질 정도로 구역질이 났다.

평소에는 저렇게 골치 아픈 일에는 끼어들지 않는다. 하지만 그 남자는 낯이 익은 사람이었다.

저 녀석…… 이런 곳에서 무인들에게 무슨 부탁을 하는 거지?

내가 그렇게 생각하며 바라보고 있다는 것을 눈치채지 못한 채 남자와 무인들의 이야기가 이어졌다.

"지금은 가리아 때문에 마물이 이곳저곳에 있어서 짭짤한 토벌 의뢰가 끊이지 않는다고. 우리에게 이런 푼돈을 받고 산속에 있는 시골에 마물을 쓰러뜨리러 가라는 거냐!"

"부탁드립니다. 빨리 쓰러뜨리지 않으면 저희 마을이 전멸해버리고 말 겁니다."

"시끄러워! 다른 사람을 알아봐! 지금은 밥을 먹는 중이라고!"

"부디……, 부디, 부탁드립니다. 다른 분들도 다들 거절하셔서…… 이제 시간이 없어요. 부탁드립니다…… 저희 마을을 구해주세요."

필사적으로 부탁하던 남자의 머리를 턱수염이 난 무인이 짓밟았다.

"고개를 숙이려면 이렇게 바닥에 닿을 정도로 숙이라고. 성의를 보이란 말이야. 알겠어? 성의 말이야."

"부후디…… 부타학…… 드립니다."

남자는 바닥에 눈물을 뚝뚝 흘리며 애원했다. 무인들이 그 모습을 보고 소리 내며 웃기 시작했다.

한참 웃고 나서 질린 무인은 남자에게서 발을 천천히 치우며 말했다.

"알았어."

"정말이신가요!"

"그래, 하지만 말이야. 토벌 의뢰가 산더미처럼 쌓였거든. 1년 뒤에 가도 되나? 아, 그리고 말이지. 산속까지 가야 하잖아. 할증 요금까지 해서 금화 10개다."

"그런…… 시간이 너무 오래 걸리는데다가, 가지고 있는 돈도 은화 10개밖에 없습니다."

그 대답을 듣고 무인들이 다시 소리를 내며 웃기 시작했다. 술 안주로 삼기 딱 좋다는 분위기였다.

"그럼 없던 걸로 하지. 다른 사람을 알아봐."

"그럴 수가, 부디…… 자비를 베풀어주십시오. 부탁드립니다."

"싫거든? 너희를 구해봤자 돈도 안 되는데."

그럼에도 불구하고 남자는 포기하려 하지 않았다. 머리를 바닥에 비벼대며 몇 번이고 무인에게 부탁했다.

끈질기게 부탁하자 놀려대던 무인들도 짜증을 내기 시작했다.

"힘도 없는 주제에 까불지 마. 시끄럽다고."

그렇게 말하고 남자의 멱살을 잡아 일으켰다.

"너희 마을이 어떻게 되든 우리가 알 바 아니잖아!"

남자를 때리려는 듯이 휘두른 오른쪽 주먹.

별로 힘을 조절한 것 같지도 않은 무인의 힘이다. 맞으면 크게 다칠 수도 있다.

에휴…… 정신을 차리고 보니 나는 턱수염이 난 무인이 휘두른 주먹을 한 손으로 막고 있었다.

"이제 그만해도 되잖아."

"이 자식, 상관도 없는데 끼어들지 마. 너도 무사하지 못……."

나는 힘을 주며 무인의 주먹을 천천히 쥐었다.

그러자 턱수염이 난 무인은 갑자기 겁을 먹은 표정을 지으며 무릎을 꿇었다.

"알았어…… 알았으니까 이제 그만해."

"그래? 그럼 얌전히 밥이나 먹어. 가게에 폐가 되잖아."

"그렇게 하지. 그러니까 손을 놔줘…… 뭉개진다고."

　나와 실력 차이가 얼마나 나는지 이해한 턱수염이 난 무인은 터벅터벅 걸어가 자기 자리에 앉은 다음 다른 일행과 함께 조용히 다시 식사를 하기 시작했다. 마치 초상집 같은 분위기였다.

　나는 내가 구해준 남자를 보았다.

　그러자 남자는 눈을 크게 뜨며 한 발짝 뒤로 물러났다. 그리고 입에 손을 대고 깜짝 놀라고 있었다.

　태어나 자라난 고향 마을에서 전혀 사이가 좋지 않았던 소꿉친구인 세트에게 말했다.

"오랜만이구나. 5년 만인가?"

제2화 과거와의 해후

내가 그렇게 말하자, 세트는 껄끄러운지 굳은 표정을 지었다.

그리고 결심했는지 무릎을 꿇고 내게 엎드려서 절했다.

딱히 내가 강요한 것은 아니다. 세트가 스스로 엎드려서 절한 것이다.

"페이트! 부탁해! 네 힘을 빌려줘! 예전에 잘못했던 것들을 전부 없던 걸로 해달라는 말은 아니야. 하지만 이번만은 부디……."

내게 마을에서 나가라며 수없이 돌을 던져댔던 세트. 그는 촌장의 아들이고 나보다 네 살 정도 연상. 마을 젊은이들의 중심 같은 존재. 그렇기에 세트가 하는 일에 모두가 따른다.

그날, 내 앞에 비처럼 쏟아져 내렸던 돌. 그것은 피할 수 없는 절망이었다.

참고로 내가 살던 집은 촌장과 다른 어른들이 불을 질러서 잿더미가 되었다.

따돌림 같은 것은 어설프다는 듯이 철저하게 마을 전체가 나를 추방한 것이다.

그런 세트가 지금까지 저질렀던 행동을 전부 제쳐두고 내게 애원하고 있다. 정말…… 제멋대로 구는 거 아닌가?

마을에는 밥만 축내는 사람은 필요가 없다며 쫓아낸 사람. 그런데 5년이 지나 힘을 길렀다고 하니 그제야 필요하다고 한다. 분명 세트는 나를 보고 있지 않을 것이다. 그저 힘이 있는지 없는지만 보고 있을 것이다.

　지금 내 발치에서 바닥에 머리를 조아리고 있는 세트는 위세를 부리던 5년 전과는 달리 한심한 녀석이 되었다. 그리고 마을을 구해줄 무인을 찾지 못한 스트레스 때문인지 정수리의 머리카락이 많이 빠진 상태였다.

　"이렇게 부탁할게, 부디…… 도와줘. 힘을 빌려줘. 내가 할 수 있는 건 뭐든지 할게."

　뭐, 거절할 거였다면 처음부터 구해주지도 않았을 테고. 고향에 들르는 것도 괜찮겠지…… 가리아로 가기 전에 부모님이 잠들어 있는 무덤에 보고하고 싶으니까. 가는 김에 폭식 스킬에게 혼을 먹여서 조금이라도 강해지는 것뿐이고. ……그게 다야.

　결코 세트와 다른 사람들을 구하고 싶기 때문은 아니다.

　"알았어. 마을로 가자."

　"정말이야? 고마워. 그럼 내일 아침 일찍이라도 마을로."

　그렇게 말하며 일어서는 세트를 보며 고개를 저었다. 아침까지 기다리겠다니, 느긋한 녀석이네. 정말 마을이 걱정되긴 하는 건가?

　"지금 가자."

　"어? 이제 해가 질 텐데. 밤은 너무 위험해. 게다가 오늘은 날씨가 흐리잖아. 불을 켜고 어두운 밤길을 가다가는 마물의 표적이 될 거야."

　"그럼 더 좋잖아. 마물이 다가와 주면 찾는 수고도 덜고."

　그렇게 말하자 세트는 새파랗게 질려서 부들부들 떨기 시작했다. 어라?! 내가 이상한 말을 한 건가? 그러는 편이 더 효율 좋게 사냥할 수 있을 것 같은데.

그러자 내가 자루에 손을 대고 있던 흑검 그리드가 《독심》 스킬을 통해 말했다.

『어떻게 고블린들을 잔뜩 사냥할지, 그런 생각만 하니 사고가 치우치는 거다. 코볼트와 전투를 벌였던 걸 생각해 봐.』

"나도 안다고."

하긴, 나는 고블린 말고 다른 마물과 전투를 벌인 경험이 거의 없다. 고블린 같은 마물은 하품하면서도 사냥할 수 있을 정도로 많이 잡았다. 고블린 슬레이어라고 자칭할 수도 있을 징도다.

응, 그렇게 가장 약한 마물을 기준으로 잡는 건 그리드가 말한 대로 문제가 있겠지.

제2위계를 얻고 성능을 확인하기 위해 고블린들을 잔뜩 사냥한 영향도 있을지 모르겠다.

기세를 타고 수백 마리 정도 사냥한 감각이 전투에 대한 생각까지 오염시킨 모양이다. 뭐, 그 덕분에 왕도 주변에 있는 고블린의 숫자는 당분간 크게 줄어들겠지만.

내가 혼잣말을 중얼거리자 세트가 불안한 눈치로 이쪽을 보고 있었다.

"저기…… 정말 지금 갈 거야?"

"그래, 그 대신 불은 안 켜고 간다. 나는 밤눈이 밝으니 내 뒤를 따라와."

"……알았어. 페이트 말을 따를게. 이제 부탁할 무인은 너밖에 없어."

무인이라…… 세트에게는 내가 그렇게 보이는 모양이다. 이제야 하인을 벗어나 무인다워졌는지도 모르겠다. 악질 무인들을 혼내줬으니 그렇게 생각하는 게 당연한 건가?

*

우리는 저녁놀이 지는 상인 도시 테트라를 나섰다. 목적지는 이곳에서 서쪽 산속에 있는 고향 마을이다.

내가 쫓겨나기 전에는 마을에 60명 정도가 살고 있었을 텐데.

주 수입은 맑은 물이 있는 곳에서만 자라는 약초. 그것을 통해 사람들이 생계를 꾸리고 있었다.

그 약초는 미르라고 하는데 병에 걸려서 수확이 생각만큼 나오지 못하는 해가 종종 있다. 그럴 때마다 아버지는 촌장에게 고개를 숙이고 식량을 나눠달라고 했다.

그럴 수 있었던 것도 아버지가 《창기》 스킬을 가지고 있었기 때문이다. 마을은 왠지 모르겠지만 마물이 거의 오지 않는 곳에 있었다. 하지만 가끔 마물이 길을 잃고 마을로 오면 아버지가 해치웠기 때문이다.

아버지에게는 이용가치가 있다. 그렇기 때문에 마을 사람들은 밥만 축내는 무능한 아들을 용납해준 것이다.

그것도 계속 이어지지는 않았다. 아버지가 병으로 죽자 무능한 쓰레기 같은 나만 남았다.

나는 필사적으로 약초를 키워서 마을에 어떻게든 공헌하려 했지만 잘되지 않았다. 아버지라는 보호자를 잃고 약초 재배도 서투른 나. 어떻게 해볼 수도 없이 무능한 내게는 마을의 추방이 기다리고 있었다.

뭐, 애초에 본 적도 없고 들어본 적도 없는 《폭식》이라는 정체를 알 수 없는 스킬을 가지고 있었으니 그것도 마을 사람들에게 미움을 사게 된 원인인지도 모르겠다. 이대로 이 녀석을 내버려두면 마을에 불행을 불러올 거라는 이상한 소문까지 퍼졌으니까.

정말…… 고향 마을 사람들과의 관계는 일방적으로 최악이었다.

예전에 있었던 일들을 떠올리며 나는 손질이 별로 되어 있지 않아 풀이 자라난 산길을 나아갔다.

앞서가는 내 뒤에서 목소리가 들렸다.

"저기, 페이트. 아까 술집에서 봤는데, 정말 강해졌구나. 예전에는 그렇게 약했는데……."

"그래? 강해졌다는 생각은 안 드는데. 보통 아니야?"

"보통은 아니었던 것 같은데……."

내 말을 듣고 의아하다는 듯이 말하는 세트. 그런 표정을 지어봤자 강해진 이유—— 폭식 스킬에 대해 가르쳐줄 생각은 없어.

"그런 건 상관없어. 어서 가자."

"그래. 그런데 한 가지만 물어봐도 될까? 여기까지 와서 물어보긴 좀 그렇지만……, 그래도 역시 물어보고 싶어."

"뭔데."

"페이트는 우리, 마을 사람들을 지금도 원망해?"

내가 마을로 가서 다른 마음을 품고 복수하려는 것 아닌지, 그렇게 생각하는 모양이다. 정말…… 여기까지 와서, 물어볼 소리인가?

하지만 마을을 구해준다는 무인을 찾아내니 그제야 다른 생각도 할 수 있게 된 거겠지. 마을을 구해줄 무인을 찾기 위해 얼마나 고생했는지 알 것 같다.

꽤 오랫동안 말없이 밤길을 나아갔다. 그리고 나는 한숨을 한 번 쉬고.

"원망하지 않는다고 하면 거짓말이겠지. 하지만 그곳은 내 부모님이 잠든 곳이기도 해. 그것만은 소중히 여기고 싶어."

나는 너희가 싫다. 하지만 부모님을 위해 구해주지. 그런 뜻이다.

성인군자라면 다른 사람을 용서하는 마음을 가지라고 설교할 것이다. 하지만 아무리 용서한다 해도 상대방이 변하지 않는다면 의미가 없다.

그렇지 않으면 영원히 당하기만 하게 된다. 브레릭 가문에서 싫증이 날 정도로 맛보았다.

그래서일까…… 나는 고향 마을 사람들이 5년 동안 변했는지 알고 싶어지기도 했다.

세트가 술집에서 필사적으로 마을을 위해 애원하는 모습을 보고 혹시 그 마을이 그 이후로 좋은 방향으로 변했을지도 모르겠다고 기대해버린 거겠지.

이러쿵저러쿵해도 결국 나는 그런 짓을 당하고도…… 고향에 미련을 버리지 못하고 있는지도 모르겠다.

그곳에는 아버지와 함께 살았던 소중한 시간이 있다. 조금이라도 좋은 추억으로 만들고 싶은 마음이 있는 것 같다.

어두운 밤길, 산을 네 개 정도 넘어가자 작은 마을이 보였다.

집마다 희미한 빛이 새어 나오고 있었다. 보아하니 아직 마물에게 본격적으로 습격당하지는 않은 것 같다.

"도착했군, 네 아버지── 촌장을 만나게 해줘."

"그래, 꼭 만나줘. 너를 여기로 데려온 건 나야. 페이트를 절대로 욕보이게 하지는 않을게. 전부 잘 처리할 테니까. 그러니까 마물은 부디, 잘 부탁합니다."

고개를 크게 숙이는 세트. 역시 이 녀석은 5년 전의 세트가 아니다.

다른 마을 사람들도 이 녀석과 마찬가지로 변했으면 좋겠는데.

제3화 정지한 마을

뭐…… 기대가 엇나가는 것은 익숙하다.

세트는 마을 사람들과 이야기를 잘 해보겠다고 장담했지만, 촌장은 나를 매몰차게 거절했다. 그리고 지금은 마을 사람들이 모두 나와서 나를 둘러싸고 있다. 아, 저 눈을 보니 내가 마물이라고 생각하는 것 같은 살기까지 느껴진다.

세트는 나와 마을 사람들 사이에서 필사적으로 중재하고 있다.

"다들 부탁이니까 이야기를 들어줘. 페이트가 마물을 쓰러뜨려줄 거야! 딱히 마을에 해코지를 하려고 돌아온 게 아니라고!"

그 말을 듣고도 마을 사람들은 내게 곡괭이와 손도끼를 겨누며 계속 위협했다.

저마다 저 녀석은 마을이 위기에 처한 것을 노리고 복수하기 위해 돌아온 거다, 마물을 쓰러뜨려주겠다고는 돈만 챙겨서 도망칠 셈이다, 애초에 배가 고파지기만 하는 쓸모없는 스킬만 가지고 있는 쓰레기 자식이 마물을 쓰러뜨릴 수 있을 리가 없다, 뻔한 거짓말을 하지 마라…… 등등 마을 사람 수십 명이 내게 매도를 퍼부었다.

애초에 여유롭지도 않은 마을에 마물 소동이 벌어졌으니 다들 날카로워진 걸까.

상황은 내가 마을에 있었을 때보다 더 악화되었다.

마을 사람들은 세트가 은화 10개로 실력이 뛰어난 무인을 데리고 올 거라 믿고 있었던 모양이다. 만약 금화 10개라면 무인들도 기꺼이 와줬을 것이다.

기다리고 기다리던 마을의 구세주는 5년 전에 마을에서 쫓아낸 밥벌레. 마을 사람들의 분노는 이만저만한 정도가 아닌 모양이었다.

세트가 예정보다 늦었던 것도 마을 사람들의 분노에 부채질을 했다.

"세트, 시간이 오래 걸렸는데 이게 뭐야? 무인을 고용해오면 되는데 그런 것도 못 하냐!"

"네가 그래서 다음 촌장이 될 수나 있겠어?"

"언제 마물이 마을을 덮칠지 모르는데, 더 열심히 찾아서 무인을 데리고 오란 말이야! 우리가 얼마나 마물을 겁내면서 살고 있는지 너는 전혀 몰라!"

마을 사람들이 사이에 껴 있던 세트에게 질책을 퍼부었다. 아버지인 촌장도 마찬가지인 모양인지 이번 일에 대해 마을 사람들에게 사과했다.

"다들 미안하다. 내가 부족한 탓에……. 아무래도 아들에게 무인을 고용해오는 역할을 맡기는 건 아직 이른 모양이다. 한심하기는. 내일 아침이 되면 내가 직접 테트라에 가서 강한 무인을 찾아오지."

"하지만 그동안에 마물이 마을로 오면 어떻게 하는데요! 어제는 근처 숲에서 울음소리가 들렸다고요. 무인들이 오기 전에 마을이 공격당할지도 모르는데."

"그렇지. 그럼…… 마침 딱 좋은 먹잇감을 세트가 데려왔으니까. 저 녀석을 산 제물로 바쳐서 시간을 벌면 되겠지."

촌장은 나를 손가락으로 가리켰다. 이봐, 이봐, 시간을 벌려고 나를 먹잇감으로 쓰겠다고?

부모님의 무덤에 들러 인사를 하는 김에 마물을 쓰러뜨리고 가자…… 그런 생각뿐이었다. 그런데 설마…… 이런 취급을 받을 줄은 상상도 하지 못했다.

그리드는《독심》스킬을 통해 어이가 없어 하는 내게 웃어댔다.

『페이트, 너…… 먹잇감이라는데. 하하하하하하하하, 먹잇감, 먹잇감, 먹잇감!』

"시끄러워."

이대로 가다가는 끝이 없다. 마을 사람들을 좀 위협해야 하나 싶어서 내가 흑검 그리드를 칼집에서 뽑아 들려 했다.

"잠깐만, 페이트. 지금은 참아줘, 부탁이야."

세트는 내게 고개를 숙였다. 정말…… 마물 사냥도 쉽게 하지 못하다니, 어이가 없는 걸 넘어서 골치가 아파졌다.

촌장은 장본인들을 내버려 두고 멋대로 이야기를 해나갔다. 내게 당분간 마을 밖으로 나가는 것을 금지한다고 말했다. 그리고 내가 마을에서 도망치지 못하게끔 감시하는 역할을 세트에게 맡겼다.

"알겠지? 세트. 그 밥벌레가 도망치지 못하게끔 확실하게 감시해라. 내일 테트라에서 내가 돌아오기 전에 마을에 마물이 다가오면 그 녀석을 산 제물로 바치고. 절대로 놓치지 마라, 다음에는 나도 감싸줄 수가 없다."

촌장은 그렇게 말하고 집안으로 들어갔다. 마을 사람들도 그 말을 듣고 납득했는지 자신들의 집으로 돌아가기 시작했다.

보아하니 그들은 날 여전히 예전 그대로라 생각하는 모양이었다. 누구든 간단히 제압할 수 있는 졸개라는 뜻이다. 그렇게 있든 없든 상관없는 쓰레기는 산 제물로 바쳐도 된다. 뭐, 나는 천애고아다. 내가 죽는다 해도 마을 사람들을 원망할 가족은 없다.

마을 사람들에게 나는 때맞게 굴러들어온 호박이나 마찬가지다.

다시 조용해진 마을. 남은 사람은 나와 세트 두 사람뿐이다.

"이봐, 세트. 이게 뭐야? 마물을 퇴치해달라더니, 먹잇감으로 전락하는 기적이 일어났는데."

"미안해…… 정말 미안해."

그렇게 말하고 두 손으로 얼굴을 감싸는 세트. 바람이 불며 그에게서 머리카락을 빼앗아갔다.

마음고생 때문에 세트의 탈모가 계속 진행 중이다.

이제 무덤만 들르고 마을은 버릴까…… 이런 생각이 들 정도다. 하지만…… 폭식 스킬이 배고픔을 호소했다.

분명 폭식 스킬은 무덤에 인사만 하는 것을 허락해주지 않을 것이다.

오른쪽 눈에 위화감이 드는 것을 느끼며 한숨을 쉬고 있자니.

"우선 오늘은 우리 집에서 자. 내가 감시하는 역할도 맡았으니까. 그리고 페이트의 집은 이미……."

그렇다, 우리 집은 쫓겨났을 때 이미 불타서 없어졌다. 아직 뼈대 정도는 남아있을지도 모르지만.

사람이 잘 수 없는 곳이라는 건 분명하다.

"그렇게 하지. 그러고 보니 너는 독신이야?"

"딸이 한 명 있어. 부인은 숲에서 그 마물들에게 잡아먹혔고……."

세트가 그렇게까지 필사적이었던 것은 딸을 지키고 싶은 마음 때문일지도 모르겠다. 왠지 세트가 돌아가신 아버지와 겹쳐 보이는 것 같은 기분이 들었다.

"여기서 좀 떨어진 곳에 집이 있어. 따라와 줘."

"그래."

안내를 받고 간 집은 촌장의 집의 절반 정도, 다른 집과 비슷한 크기였다. 한 세대가 살 수 있을 정도의 크기였다.

미닫이문을 열고 안으로 들어가자 다섯 살 정도 되는 소녀가 세트에게 달려들었다.

"아빠, 어서 오세요. 나, 계속 착하게 지냈어."

"그렇구나…… 착하다."

귀여운 소녀는 아버지가 이상하다는 것을 민감하게 느꼈다.

"여기, 머리카락이 빠졌어. 아빠…… 괜찮아?"

"그래, 이건 금방 다시 날 거야……, 분명."

"그렇구나~."

이제 다시 돌아오지 않을 머리카락 이야기를 마친 세트의 딸이 나를 신기하다는 듯이 바라보았다.

"아빠, 이 사람은 누구야?"

"그러니까……."

이 마을에서 내 인식은 마물의 먹잇감이다.

세트는 딸에게 뭐라고 할까.

"이 사람은 페이트라고 하고, 마물을 퇴치해줄 거야. 엄청 강해."

"정말?!"

소녀는 나를 존경스러운 눈초리로 올려다보았다. 그런데 바로 울음을 터뜨려버렸다. 아마 마물에게 잡아먹힌 어머니를 떠올렸을 것이다.

소녀가 진정한 뒤에 저녁 식사를 하게 되었다.

세트가 없는 동안에는 촌장의 집에서 밥을 얻어먹었다고 한다. 이 아이에게 할아버지와 할머니가 매우 무서운 존재인 모양인지 항상 움찔거리면서 밥을 먹었다고 아버지에게 호소했다.

"참 무서웠겠구나. 오늘부터는 다시 함께 있을 거야."

"와~, 아빠 정말 좋아!"

나는 그런 이야기를 듣고 생각한 것을 솔직하게 세트에게 말했다.

"너…… 변했구나."

예전에는 내게 돌을 던지곤 했던 망할 녀석이었는데. 지금은 어엿한 아버지다.

내 말을 듣고 세트는 미안하다는 표정을 지었다.

"그때 나는 어린애였어. 아버지…… 촌장의 말을 곧이곧대로 듣고 그게 올바른 거라 생각했지. 딸이 태어난 걸 계기로 내 생각을 하게 되어서 조금…… 변했는지도 모르지."

하지만 세트 혼자 좋은 방향으로 나아간다 해도 주위에 있는 마을 사람들이 발목을 잡으면 소용이 없다. 이 마을은 한 번 깔끔하게 다시 시작하는 게 나을지도 모르겠다.

식사는 그다지 고급스럽지 않았다. 떫은맛을 빼낸 들풀즙에 곡물을 넣고 끓인 음식. 빈말로도 맛있다고는 할 수 없었다. 하지만 정겨운 맛이 났다. 아버지가 자주 해주던 음식이었기 때문이다.

"아직 이런 걸 먹어?"

"그래, 이 마을은 네가 떠난 뒤로도 여전히 가난해. 몸도, 마음도."

풍요롭지 못하고 가난한 채 마음만 거칠어진다. 결과적으로 볼 때 나는 여기를 떠났던 게 잘한 건지도 모르겠다.

맛없는 음식을 먹으며 세트와 소녀의 이야기를 들었다. 주로 마을을 습격하려 하는 마물에 대해서다.

좀 늦었다는 생각도 든다. 마물을 토벌하려면 이곳으로 오기 전에 알아두었어야 했다. 마을의 상황도 마찬가지다.

하지만 세트가 한 말보다 실제로 내 눈으로 마을을 보고 싶어서, 그리고 나도 모르는 사이에 초조해 했나 보다. 과거의 응어리가 있고 아버지와 소중한 추억이 있는…… 이 마을에 다시 발을 내딛을 이유를 찾고 있었던 것 같다.

겨우 숨을 돌릴 수 있는 곳으로 오니 마음에 여유가 생긴 모양이다. 무인으로서 한심하기도 하고, 그리드도 비웃을 것 같다.

세트의 말에 따르면 마을을 습격하는 마물에게는 날개가 있어서 하늘을 마음대로 날 수 있다고 한다. 상대해본 적이 없는 종류다…… 골치 아프네.

크기는 고블린 정도. 날카로운 발톱이 있고, 머리에는 뿔이 나 있다고 한다.

하늘에서 날아와 공격을 가하기에 한 번 노리면 도망칠 수가 없다.

"그 마물은 몇 마리나 있는데?"

"모르겠어. 하지만 목격정보에 따르면 한 마리는 아닌 것 같아."

대충 듣고 난 뒤 나는 흑검 그리드를 쥐었다.

"어떻게 생각해?"

『아마 가고일이겠지. 꽤나 똑똑한 마물이다. 처음에는 조금씩 습격하면서 인간들의 상황을 살펴보는 거야. 그리고 때가 되면 무리를 지어서 단숨에 습격할 테고.』

"기분 나쁜 마물이네…… 그 시기가 언제인데?"

『밤이다. 그것도 날씨가 흐려서 달빛조차 없을 정도로 어둡고 조용한 밤을 선호하지.』

"…………잠깐만."

오늘 날씨가 흐리지 않았나? 그래서 달도 보이지 않았을 텐데.

그리고 마을 사람이 말했다. 어제 근처 숲에서 마물의 울음소리를 들었다고.

설마.

나와 그리드가 나누는 대화는 다른 사람들이 보기에 내 혼잣말로 보인다. 그래서 세트와 소녀가 뭐라 말하기 힘든 표정을 짓고 있었다. 그런 눈으로 보지 말아줘. 지금 중요한 생각을 하고 있으니까.

잠시 후 기분 나쁜 예감이 적중했다.

집 바깥에서 사람의 비명소리가 차례차례 들리기 시작했던 것이다.

골치 아프게 되었다고 생각하고 있자니 그리드는 신이 나서 말했다.

『페이트, 어떻게 할 거냐. 가고일들을 진정시키기 위해서 산 제물이 될 거냐? 먹잇감, 먹잇감!』

"바보 같은 소리 하지 마. 바깥으로 나간다."

제4화 흑겸을 통한 수확

세트 부녀에게는 집 밖으로 절대 나오지 말라고 충고한 다음 바깥으로 뛰쳐나왔다.

어두운 밤이었지만 내게는 《암시》 스킬이 있다.

비명이 들려 하늘을 올려다보니 마을 사람들이 가고일 수십 마리에게 산채로 잡아먹히고 있었다.

가끔씩 비처럼 하늘에서 뚝뚝 떨어지는 액체는 마을 사람들의 피였다.

이미 가고일에게 붙잡힌 마을 사람들은 구해낼 수 없다.

흑겸 그리드를 뽑아 들고 하늘에서 덮치려 하는 가고일을 요격하기 위해 자세를 취했다. 곧바로 《감정》 스킬을 발동시켰다.

가고일 노아 Lv27

　　체력 : 890

　　근력 : 760

　　마력 : 1390

　　정신 : 1230

　　민첩 : 980

　　스킬 : 화염탄 마법

이 녀석들, 화염탄 마법을 쓸 수 있나? 하늘을 제압당한 상태에서 일제히 날리면 위험한데.

나는 곧바로 흑검을 흑궁으로 변형시켰다.

공중에서 사람의 배 부분을 뜯어먹고 있던 가고일 노아 중 한 마리를 향해 선제공격. 날아간 마력 화살이 가고일 노아의 미간을 정확히 뚫었다.

《폭식 스킬이 발동됩니다.》

《스테이터스에 체력+890, 근력+760, 마력+1390, 정신+1230, 민첩+980이 가산됩니다.》

《스킬에 화염탄 마법이 추가됩니다.》

오오, 처음 마법을 얻었다……라고 기뻐할 상황이 아니다.

쓰러뜨린 가고일 노아가 마을 사람의 시체와 함께 내 발치에 소리를 내며 떨어졌다. 그 사람은…… 나를 산 제물이라 불렀던 촌장이었다.

마을을 다스리는 사람이 죽으면 누가 피하라고 지시를 내리는데? 분명 나나 세트가 말해봤자 아무도 안 들을 거라고.

가고일 노아들은 동료 한 마리가 쓰러졌는데도 전혀 동요하지 않았다. 그러기는커녕 사람의 맛에 취했는지 더 먹으려고 공격을 가했다.

그러자 그리드가 내게 경고했다.

『페이트, 마법이 비처럼 쏟아져 내릴 거다. 이 몸의 형태를 대낫으로 변형시켜!』

나는 그리드를 흑검으로 변형시킨 뒤 세트와 소녀가 있는 집을 지키기 위해 지붕으로 뛰어올랐다.

곧바로 하늘이 붉게 타올랐다. 그것은 서른 개의 화염탄이었다.

마을을 향해 운석처럼 떨어져 내렸다.

가고일 노아 서른 마리가 동시에 날린 화염탄 마법── 넓은 범위를 태우는 무시무시한 연계 마법이었다.

이런 것을 제대로 맞았다가는 집 따위는 금방 타오를 것이다.

곧바로 대처할 수는 없다. 세트의 집을 향해 날아온 화염탄 두 개를 흑검으로 베어냈다.

날에 닿은 순간, 마법은 사라졌다.

그리드는 사상을 벨 수 있다고 잘난 척했는데, 무엇이든 벨 수 있는 것은 아니다. 스킬을 통해 발현된 사상에 간섭해서 없었던 것으로 만드는 것이다.

가고일 노아가 날린 화염탄 마법은 스킬이기 때문에 베면 없앨 수 있다. 하지만 스킬로 인해 간접적으로 생겨난 사상은 그럴 수 없다. 예를 들어 화염탄 마법의 공격으로 인해 타오른 집의 불은 끌 수가 없다.

뭐, 그런 것까지 가능하면 이 흑검은 무적이겠지만.

그런 걸 제쳐두더라도 흑검은 마법전에서 압도적인 힘을 발휘한다.

주위를 둘러보니 타오르는 집들로 인해 마치 대낮처럼 밝았다. 타오르는 집에서는 마을 사람이 몸에 옮겨붙은 불을 털어내려고 구르고 있었다.

그때를 기다렸다는 듯이 가고일 노아가 날아들었다.

살아남은 마을 사람들은 이제 절반도 안 될 것이다. 그럼에도 불구하고 욕심이 많은 가고일 노아들은 멈추지 않았다. 커다란 눈을 이리저리 움직이면서 유일하게 불꽃에서 벗어난 세트의 집을 표적으로 삼은 모양이었다.

나는 한데 모여주는 편이 더 싸우기 편하다.

가고일 노아 서른 마리가 일제히 내가 서 있는 세트의 집을 향해 화염탄을 날렸다.

화염탄 두 개라면 막아낼 수 있지만 서른 개라면 밀어붙일 수 있을 거라 생각한 모양이다.

화염탄의 점이 합쳐져 면으로 된 뒤 나를 덮쳤다.

지금은 왕도 주변에 살던 고블린들을 이용해서 연습을 했던 그것을 쓸 때일 것이다.

"그리드, 알겠지? 그걸 한다."

『제대로 할 수 있을지 이 몸은 좀 걱정이다만…… 해봐라.』

나는 가고일 노아 무리를 향해 흑검을 있는 힘껏 회전시키며 던졌다.

칼날에 담긴 저주를 이용해 서른 발의 화염탄으로 면이 된 화염벽을 뚫고 없앴다. 그리고 그 뒤에 있던 가고일 노아들을 찢어발겼다.

역할을 마친 흑검은 부메랑처럼 내 손으로 돌아왔다. 괜찮은 느낌이다…… 연습한 성과다.

산산조각 난 가고일 노아 스물 여덟 마리의 시체가 세트의 집 주위에 쏟아져내렸다.

《폭식 스킬이 발동됩니다.》

《스테이터스에 체력+24920, 근력+21280, 마력+38920, 정신+34440, 민첩+27440이 가산됩니다.》

자, 나머지는 두 마리다. 보통 무리 지어 습격하는 마물은 동료

의 숫자가 줄어들면 어떤 행동을 한다. 다시 말해 꼬리를 말고 도
망치는 거다.

"놓칠까 보냐!"

흑겸을 흑궁으로 바꾸고 한 마리씩 확실하게 꿰뚫었다.

나는 가고일 노아 두 마리의 스테이터스 가산을 들으며 다시 흑
겸으로 형태를 바꾸었다.

무리에는 반드시 그것을 이끄는 우두머리가 있다.

그런데 보이지 않는다는 것은.

『페이트! 위다!』

"그래, 나도 알아."

훨씬 커다란 불덩이를 만들어내며 높은 하늘에서 날아드는 커
다랗고 까만 그림자. 《감정》 스킬로 정체를 확인했다.

가고일 네오 Lv47

　　체력 : 12890

　　근력 : 11760

　　마력 : 23390

　　정신 : 23230

　　민첩 : 12980

　　스킬 : 화염탄 마법, 화염 내성

부하들이 싸우는 모습을 관찰하고 근거리에서 화염탄을 날리
면 날 쓰러뜨릴 수 있을 거라 판단한 모양이었다.

마법의 위력도 가고일 노아보다 강할 것 같다. 그렇구나, 화염

내성이 있어서 저런 자폭 같은 공격이 가능한 건가?

하지만 어차피 마물이다. 본능적인 전투로는 흑겸의 힘을 전부 다 파악할 수는 없는 모양인데.

나까지 통째로 집을 태우려 하는 가고일 네오가 엄청난 속도로 접근했다.

지근거리에서 타이밍을 노리고 흑겸을 휘둘렀다. 커다란 불덩이를 날리기 전에 가고일 네오의 몸을 통째로 가로로 두 동강 냈다.

싹둑 잘린 가고일 네오는 나와 교차하면서 반으로 나뉘어 지면에 떨어졌다.

《폭식 스킬이 발동됩니다.》

《스테이터스에 체력+12890, 근력+11760, 마력+23390, 정신+23230, 민첩+12980이 가산됩니다.》

《스킬에 화염 내성이 추가됩니다.》

이제 두 번째 화염 계열 스킬을 얻었다. 《감정》으로 확인해보니 화염 내성은 화염 계열 공격마법을 반감시켜주는 스킬이었다. 뭐야, 마법에만 적용되는 스킬인가? 아쉽다.

가고일의 혼을 잔뜩 먹었기에 폭식 스킬의 굶주림도 채워졌다. 욱신거리던 오른쪽 눈도 가라앉아서 내 몸 상태는 매우 좋았다.

한편, 마을은 비참한 상황이다. 세트의 집을 제외하고는 전부다 타버렸기 때문이다. 가고일의 화염탄으로 인해 타서 새까맣게 변한 땅바닥은 불탄 초원을 연상케 했다.

싸움의 대가는 컸다. 겨우 타오른 집에서 기어 나와 살아남은 마을 사람들은 심한 화상을 입었다.

내가 지붕에서 보고 확인한 생존자는 네 명. 나와 세트, 소녀를 합치면 일곱 명인가……. 이 사람들만으로는 마을을 유지하는 건 불가능할 것이다.

아직 연기를 피우며 타오르고 있던 집들을 보며 느꼈다.

내 마음속에서 어렸을 때부터 소용돌이치던 복잡한 감정도 저 집들처럼 다 타서 재가 되어가는 듯한 느낌이었다.

왠지 가슴에 구멍이 뻥 뚫린 것 같았다.

지붕 위에서 책상다리를 하고 앉아서 멍하게 밑불을 바라보고 있자니 세트와 소녀가 조심조심 집에서 나왔다. 그리고 나를 보고 물었다.

"페이트, 이게 대체……."

"가고일 무리에게 습격당했어. 맞서 싸우기는 했지만 이 집을 지키면서 싸우기에도 벅차서 말이야. 광범위 화염 마법 때문에 이 꼴이 되었지."

나는 그렇게 말하고 마을이었던 곳을 다시 바라보았다. 세트는 더 이상 묻지 않고 멍하니 서 있었다. 세트의 딸은 울음을 터뜨리는 것도 잊은 채 절대로 놓지 않겠다는 듯이 아버지의 다리에 달라붙어 있었다.

구역질 나는 마을이었다. 하지만 사라지고 나니 어두운 감정은 어디론가 사라지고 뭐라 할 수 없는 쓸쓸함만이 내 마음에 자리 잡았다.

이걸 고향에 대한 그리움이라고 할 수 있을까……. 모르겠다.

확실한 것은 단 한 가지. 그날, 나는 완전히 고향을 잃었다.

제5화 주먹의 무게

다음 날 아침, 두꺼운 구름은 사라지고 푸른 하늘이 돌아왔다. 밝아진 뒤에 다시 마을을 보았다. 깔끔하게 타버렸구나.

살아남은 마을 사람 몇 명은 타버린 땅바닥에 무릎을 꿇고 울음을 터뜨렸다.

그들은 모든 것을 잃은 것이다.

그런 와중에 세트의 집만 멀쩡한 광경. 조만간 마을 사람들이 세트에게 무슨 말을 할지도 모르겠다.

왜 너희 집만 피해를 입지 않았느냐고 마을 사람들이 따질지도 모른다.

하지만 앞으로 어떻게 할지는 세트가 생각할 일이다. 나는 원래 일정을 마쳐야지.

세트에게 말한 뒤 나는 집이 있었던 곳으로 향했다.

타는 냄새를 맡으며 마을의 남쪽으로 걸어갔다.

우리 집이 있었던 곳은 가고일의 화염탄과는 상관이 없었다. 집이 있었던 곳은 풀과 나무가 마구 자라나 있었다.

그곳을 지나 더 안쪽으로 나아갔다. 그곳도 마찬가지로 풀과 나무가 자라나 있었다.

흑검 그리드를 칼집에서 뽑아 들고 걸리적거리는 풀과 나무를 쳐냈다.

꽤 오랜 시간에 걸쳐 베면서 나아가자 작은 묘비 두 개가 서로

몸을 기대는 듯이 보였다.

"아버지, 어머니…… 다녀왔어."

오랫동안 햇빛을 받지 못했기에 부모님의 묘비에는 이끼가 잔뜩 끼어 있었다.

바로 손질하자. 나는 흑검 그리드를 칼집에 넣고 몸을 숙였다.

우선 어머니의 묘비부터 천천히 손으로 이끼를 떼 나갔다.

어머니는 나를 낳고 바로 돌아가셨다고 한다. 아버지는 어머니의 대해 말이 많고 참견쟁이라고 말했다. 사실 어떤 사람이었는지는 알 수가 없다.

"좋아, 깔끔해졌다. 다음은 아버지야."

내가 열두 살 때 유행병에 걸려 돌아가신 아버지. 창기 스킬을 지니고 있어서 마을에 들어온 마물을 쫓아낸 아버지는 어린 내 우상이었다.

내가 마을 사람들에게 괴롭힘당하지 않게끔 아버지는 마을에 공헌하기 위해 노력했다. 잘 웃는 사람이라 신기하게 생각한 나는 물어보았다.

그러자 아무리 힘든 일이 있다 해도 웃어넘기면 조만간 행복이 찾아온다는 것을 내게 가르쳐 주었다. 그날부터 나도 열심히 웃으려 했다.

하지만 자주 웃던 아버지가 병에 걸려 돌아가시자 나는 그때부터 억지로 웃지 않게 되었다.

5년이 지난 지금, 이해가 된다. 그 미소는 내 행복을 빌며 웃어 준 것이다.

그러니 미소를 지으며 아버지의 무덤에 대답하자.

"아버지, 나는 이제 괜찮아. 내 힘으로 걸어갈 수 있으니까."

아버지의 묘비도 깔끔하게 손질한 다음 일어섰다.

다음에는 언제 다시 올 수 있을까. 이제 오지 못할지도 모른다.

만약 가리아에서 살아 돌아올 수 있다면 다시 여기에서 지금까지 있었던 일들을 전부 부모님께 보고하자. 그러니까 오늘은 더 이상 아무런 말도 하지 않고 간다.

내가 온 길을 돌아가다 보니 세트가 커다란 나무 아래에 서 있었다. 보아하니 나를 기다리고 있었던 모양이다.

"성묘는 마친 모양이구나."

"그래, 방금하고 왔어."

"그래……."

뭔가 말하고 싶어하는 세트. 잠시 기다리고 있자니 그가 고개를 크게 숙였다.

"다시 사과하게 해줘. 예전에 그랬던 거…… 어제 있었던 일, 정말 미안하다."

"그래, 네가 사과한다는 건 잘 알아. 하지만……."

나는 흑검 그리드를 재빠르게 들고 흑궁으로 변형시켰다.

그리고 흑궁을 당기자 내 마력에 의해 검은 마력 화살이 생성되었다.

갑작스러운 행동을 보고 세트는 새파랗게 질려 굳어버렸다. 그대로 가만히 있으라고.

"페이트…… 너…… 설마."

심하게 동요하는 세트. 나는 아랑곳하지 않고 마력 화살을 날렸다.

마력 화살은 이를 악물고 눈을 감은 세트의 얼굴을 스쳐 뒤쪽에 있던 커다란 나뭇가지 안으로 사라졌다.

캬아아아——악.

이윽고 마물의 단말마가 들리면서 커다란 나무 위에서 가고일 노아가 떨어졌다.

"으아아아아아아, 마물?!"

세트는 바로 뒤에 떨어진 마물을 보고 깜짝 놀라 엉덩방아를 찧어버렸다.

나무 위에서 가고일 노아가 세트를 노리고 있었지만 습격당하기 전에 쓰러뜨렸다. 조금이라도 늦었다면 세트가 죽었을지도 모른다.

"아직 살아남은 녀석이 있었던 모양이네."

나는 스테이터스가 상승했다는 것을 알려주는 무기질적인 목소리를 들으며 세트에게 다가가 손을 잡고 일으켜 세워주었다.

아직 정신을 차리지 못한 것 같다. 말을 걸어도 반응이 없었다.

"이봐! 정신 차려!"

그렇게 말하며 볼을 살짝 때렸다.

세트는 눈을 깜빡이며 다시 땅바닥에 주저앉았다.

"깜짝 놀랐어. 설마 뒤에 있는 나무에 가고일이 숨어 있었다니…… 나는 페이트가……."

세트는 더 이상 말하지 않았다. 아니, 말하지 못한 건지도 모르겠다.

분명 세트는 내가 죽이려 한다고 생각했을 것이다.

뭐, 그런 상황에서는 그렇게 생각해도 어쩔 수 없겠지. 내게는 세트를 공격할 만한 동기가 있다. 그리고 세트도 공격당할 만하다고 생각하고 있다.

왠지 분위기가 껄끄러워졌다.

그 분위기를 바꾼 것은 세트였다. 일어서서 나를 똑바로 바라보았다.

"페이트, 나를 한 방 때려줘. 이걸로 전부 다 없었던 걸로 하지는 못하겠지만 매듭을 짓고 싶어."

어떻게 할까…… 그렇게 생각하고 있자니 그리드가 《독심》 스킬을 통해 말했다.

『때려줘라. 네 스테이터스로 힘껏 말이야, 흐흐흐.』

"세트의 머리가 날아가 버리잖아…… 이런 상황에 농담하지 마."

하지만 맞는 말인 것 같다. 나도 세트와 마찬가지로 매듭을 짓고 싶다.

세트의 제안을 받아들이자.

"알았어. 이를 악물어라, 세트."

"그래."

나는 오른쪽 주먹으로 세트의 볼을 쳤다.

힘을 꽤 조절했다고 생각했지만, 충격이 커서 세트는 뒤쪽에 있던 커다란 나무까지 날아갔다.

너무 심했나…… 그렇게 생각하고 있자니 땅바닥을 구른 세트는 웃고 있었다. 잘못 맞아서 머리가 이상해졌나?

달려가 보니 그렇지는 않았다. 그 표정은 알고 있는 표정이었다.

아버지가 자주 보여주었던 미소였다.

전부 웃어넘기고 앞으로 나아가자. 적어도 내게는 세트의 웃음소리가 그렇게 느껴졌다.

＊

"그래도 돼?"

"그래, 이제 그 마을에는 살 수 없으니 괜찮아."

나와 세트 부녀는 상인 도시 테트라에 와 있다.

세트는 그 마을을 떠나기로 했다. 거기 남아봤자 몇 명만으로는 마을을 유지할 수 없다. 그리고 살아남은 마을 사람들이 세트의 집이 무사했다면서 말도 안 되는 비난을 퍼부었기 때문이다.

세트도 한계였던 것 같다. 아버지인 촌장도 죽어서 뒤를 이어야만 한다는 책임도 사라졌다.

내가 봐도 세트는 해방된 것처럼 시원스러운 표정을 짓고 있었다.

"이제 어떻게 할 거야?"

"이 도시에서 일을 찾아보려고. 아, 그렇지. 이걸 받아줘."

세트가 내게 주려고 한 것은 마물 토벌 보수인 은화 10개.

나는 고개를 저으며 거절했다.

"필요 없어. 너한테 줄게."

"아니, 그럴 수는……."

"그럼 딸을 위해 쓰도록 해. 이래 봬도 지금 나는 돈 때문에 곤란하진 않거든."

"그렇게 말해주니…… 솔직히 고맙다."

이제 테트라에서 처음부터 다시 시작해야 한다. 밑천이 필요할 테니까.

나는 아무것도 없이 왕도로 뛰어든 뒤 꽤 고생했기에 잘 알고 있다. 이럴 때는 돈이 꽤 필요하다.

잠시 세트와 이야기하다가 헤어질 시간이 되었다. 슬슬 남쪽으로 가는 마차를 알아봐야 할 것이다. 미처 타지 못하고 테트라에서 하루 더 머물 수는 없다.

"그럼, 간다. 세트."

"그래, 또 보자."

"바이 바이, 오빠."

그래. 보자고 생각만 하면 분명 다시 볼 수 있다. 손을 흔드는 세트 부녀를 보고 약간 아쉬워하며 나는 테트라를 떠났다.

제6화 분노의 소녀

상인 도시 테트라에서 짐마차를 태워달라고 하여 다음 도시를 향해 떠났다.

날씨가 좋아서 나도 모르게 하품이 나올 정도다.

"형씨, 그렇게 느긋하게 하품이나 하고…… 호위는 제대로 할 수 있어?"

"죄송합니다."

나는 짐마차를 태워달라고 하는 대신 호위를 맡았다. 그것도 공짜가 아니라 성공보수로 은화 3개를 받기로 했다. 그 돈을 받기 위해서는 이 중년 행상인과 짐마차를 목적지까지 무사히 지켜야만 한다.

도적이나 일반적인 마물이라면 어떻게든 될 것 같다. 하지만 관 마물이 나타나면 행상인에게는 짐을 포기하고 도망치라고 하는 것이 낫겠지.

"그건 그렇고 형씨는 정말 강해? 그렇게 보이진 않는데."

"그럭저럭 싸울 수 있어요. 대충 신입 성기사 정도는 되려나?"

그러자 행상인이 배를 잡고 웃기 시작했다. 하마터면 들고 있던 고삐를 당겨서 말들이 깜짝 놀라게 할 뻔했다.

"이봐, 이봐. 허풍이 심하네. 성기사님하고 비슷하다고?! 널 위해서 하는 말인데. 지금 가는 도시에서는 허풍이라도 그런 말은 절대로 하지 마."

"어째서요?"

"그야 우리가 지금 가고 있는 도시는 성기사님의 영지니까. 만약 성기사님의 귀에 들어가 보라고, 불경죄로 목이 달아날 거야. 네 경솔한 발언에 나까지 휘말리는 건 사양이라고."

둘이서 사이좋게 목이 달아난다. 생각하기만 해도 오싹해진다. 좋아, 성기사에 대한 말은 절대 함부로 하지 말아야지.

이번에야말로 숙소를 잡고 느긋하게 쉴 거니까. 쓸데없는 싸움은 사양이야.

테트라에서는 고향으로 돌아가거나 마물을 퇴치하느라 제대로 쉬지 못했으니까.

그렇게 생각하는 내게 그리드가 《독심》 스킬을 통해 이야기를 걸었다.

『괜찮잖아, 실력을 시험할 겸 성기사하고 싸워보지 그래? 쓰러뜨린 다음 기분 좋게 자는 거지. 이거다.』

"잘 수가 없을걸? 그런 짓을 하면 도시 전체의 병사들에게 쫓기게 될 거야."

『페이트는 사고방식이 쪼잔하군. 그럼 도시를 점령하면 되잖아. 그리고 도시를 침대 삼아 기분 좋게 자는 거지. 이거다.』

"그냥 기분 좋게 자려는 건데 정말 탐욕적인 발상이구나……."

흑검 그리드의 터무니없는 생각을 듣고 어이없어하고 있자니 양쪽이 커다란 바위로 둘러싸인 고갯길에서 갑자기 마차가 멈췄다.

응? 뭐지?

좌우를 둘러보았다. 양쪽에 있는 커다란 바위에 남자들이 꽤 많이 보인다. 다들 무기를 들고 뚜렷한 적개심을 드러내는 상태라는 것은 분명했다. 뒤쪽을 보니 어느새 퇴로까지 막으려고 둘러싸고 있었다. 의심할 여지가 없이 잠복하고 있었던 모양이다. 저 녀석들이 실실대며 웃는 걸 보니 이곳으로 오기 전부터 노리고 있었는지도 모르겠다.

큰일인데…… 전혀 눈치채지 못했어. 호위 실격이네…… 흑검 그리드를 칼집에서 뽑아 들고 겨누었다.

곧바로 《감정》 스킬로 남자들을 보니 스테이터스는 대단하지 않았다. 하지만 서른 명 이상 있기에 한 명씩 상대하다가는 행상인을 지켜내지 못할 수도 있다. 그렇다면 단숨에 제1위계 오의인 블러디 터미건을 쓸까…… 하지만 그건 화력이 너무 강해서 도적을 모두 죽여버리게 될 것이다.

가능하면 그건 피하고 싶다. 상대방이 악당인 것 같다고 해도 전부 다 말없이 해치울 수 있을 정도로 나는 비정하지 않다.

고민하던 나를 행상인이 비명을 지르면서 끌어안았다.

"흐아아아아아…… 죽는다! 형씨, 성기사님만큼 강하다며? 어떻게든 해줘!"

"알았으니까, 이거 놔. 싸울 수가 없잖아!"

그런 우리를 보고 커다란 바위 위에 있던 도적의 리더 같은 남자가 웃어대며 말했다.

"이봐, 이봐, 너희들도 들었냐? 저 깡마른 애송이가 성기사님만큼 강하다는데. 이거 우습군. 우리에게 포위당하니 정신이 나간 모양인데."

그 말을 듣고 주위에 있던 도적들이 웃기 시작했다.

익숙한 모양새다. 자신들이 우세하다는 것을 내보임으로써 상대방을 위축시키려 하고 있다.

예상한 대로 내게 달라붙어 있던 행상인 아저씨는 더 겁을 먹었다. 이제 곧 실금할 것 같은 기세다.

이렇게 된 이상 망설일 수는 없지. 상대방이 우리를 죽이려 한다는 건 분명하다. 하지만 내가 저런 녀석들을 걱정해주는 건 거만한 생각이겠지…….

결심하고 흑검을 흑궁으로 변형시키려 하자 그보다 먼저 커다란 바위 위에서 도적의 리더가 소리쳤다.

"이 자식들아! 먹잇감이 벌벌 떤다! 단숨에 죽여버려어어어!"

온다! 그렇게 생각하고 긴장했을 때, 예상을 뛰어넘은 것이 왔다.

"으에에에엑, 정말로?!"

커다란 폭음과 함께 도적들이 비명을 질렀다. 발판으로 삼고 있던 커다란 바위가 산산조각 난 것이다.

이쪽으로 날아오는 바위 파편과 도적을 쳐내며 겨우 행상인과 짐마차를 지켜냈다. 어째서…… 저 도적들이 발판으로 삼고 있던 커다란 바위가 날아가 버린 건지, 그 이유는 바로 알 수 있었다.

"여자애?!"

본 적이 있는 갈색 피부 소녀가 모습을 드러냈다.

그렇다, 하트 가문의 영지에서 만났던 가리아인이다. 몸 전체에 새겨진 하얀 문신이 인상적이고, 체격에 맞지 않게 커다랗고 까만 도끼를 들고 있었다.

얌전하게 생긴 주제에 부서진 커다란 바위 위를 당당하게 걸어서 이쪽으로 다가왔다.

그리고 방금 엄청난 충격으로 인해 커다란 바위 위에서 잘난 척하던 도적들은 팔다리가 말도 안 되는 방향으로 휘어진 채 여기 저기에 쓰러져 있었다. 하지만 그녀는 흥미 없다는 듯이 눈길조차 주지 않았다. 그러기는커녕, 가끔 몇 명을 밟기도 했다. 그녀에게 도적들은 근처에 굴러다니는 돌멩이나 마찬가지일지도 모르겠다.

내 뒤에서 남자들의 비명소리가 들렸다. 퇴로를 막고 있었던 도적들의 목소리였다. 앞에서 벌어진 참상을 보고 겁을 먹은 채 소리를 지르며 재빨리 도망친 것이다.

가리아인 소녀는 나와 천천히 마주 보면서 짐마차 앞을 가로막았다. 그리고 꿈쩍도 하지 않았다. 그런 그녀를 보고 이곳에서 한시라도 빨리 도망치고 싶었던 상인이 말을 꺼냈다.

"아가씨, 구해줘서 고마워. 바로 여기를 떠나고 싶어서 그런데 비켜주면 안 될까?"

"싫어. 하지만 나도 태워주면 비킬게."

"……아, 알았어. 타고 가. 동안이면서 엄청난 힘……, 그리고 간이 큰 애로군."

행상인은 가리아인 소녀가 내뿜는 이질적인 분위기에 눌려 짐마차에 타는 것을 허락했다. 뭐, 그렇게 하지 않으면 저 커다란 바위처럼 될지도 모르니까. 교섭이 아니라 거의 강요다.

그리고 그녀에게서 태워주지 않으면 이 검은 도끼로 무슨 짓을 할지 모른다는 오라가 느껴졌기 때문이다.

그야말로 말 없는 협박 히치하이크다. 그래도 싸우지 않고 평화적으로 해결할 수 있다면 행상인에게는 별다른 문제가 아닌 모양이었다. 짐까지 박살 나는 것보다는 태우고 가겠다는 뜻이다.

그리고 그렇게까지 강한 모습을 보았으니 나보다 더 도움이 될 거라 생각한 것 같기도 하다.

나는 방금 습격했던 도적들을 둘러보았다. 죽지는 않은 것 같지만 뼈가 몇 개 부러졌을 것 같기도 하다. 이제 쓴맛을 봤으니 나쁜 짓은 하지 말라고 생각하면서 가리아인 소녀를 돌아보았다.

그녀는 들고 있던 검은 도끼를 짐마차에 싣고 있었다.

"영차."

"으아아아아."

짐마차에 내려놓은 검은 도끼가 너무 무거워서 마차가 크게 기울어졌다.

행상인이 허둥대며 따졌다.

"마차가 망가진다고. 그걸 내려줘!"

"아, 그렇구나. 슬로스, 원래대로 돌아와."

가리아인 소녀가 검은 도끼를 살짝 찌르자 마차가 원래 상태로 돌아왔다. 아마 어떻게 해서 검은 도끼의 무게가 많이 줄어든 모양이었다. 그 이상한 모습을 보고 행상인은 껄끄럽다는 미소를 짓고 있었다.

나는 그녀가 가지고 있던 검은 도끼가 왠지 그리드와 비슷했기에 그럴 수도 있겠다고 생각했다. 그리드는 한 손 검이나 마궁, 대낫으로 변형시킬 수 있으니까. 그러니까 무게를 바꿀 수 있는 무기가 있더라도 이상하지는 않겠지.

한 때는 짐마차가 망가지는 줄 알았지만 이걸로 안심이다.

도끼를 실은 가리아인 소녀가 내 옆에 앉았다.

"또 만났네."

"……그래."

만났다고 하기보다는 저 도적들처럼 잠복하고 있었다는 게 더 그럴싸할 것 같은데.

그런 내 마음을 꿰뚫어 보는 듯이 그녀가 말했다.

"나는 마인. 슬슬 가리아로 갈 거라 생각했어. 그렇지, 당신 이름을 못 들었는데. 가르쳐줄래?"

어째서일까, 말투는 부드러운데 가르쳐주지 않으면 엄청 화낼 거라는 기운이…….

아마 마인의 두 눈── 꺼림칙해질 정도로 붉은 눈이 그런 생각을 하게 만드는 것 같다.

저 눈은 내 몸속에 있는 폭식 스킬이 굶주려서 기아 상태에 빠졌을 때와 매우 비슷하다.

"물어보잖아, 가르쳐줘."

"페이트 그래파이트."

"……기억했어. 폭식의 페이트구나."

응?! 나는 폭식이라는 말을 한 마디도 안 했는데.

마인은 그렇게 생각하는 내게 행상인에게는 들리지 않게끔 살며시 귓속말로 말했다.

"같은 대죄 스킬 보유자니까 아는 게 당연하지. 페이트가 모르는 건 아직 미숙하기 때문이야."

"그렇구나…… 그럼 너는."

"나는 분노 스킬 보유자. 당신하고 동족. 어라? 그리드에게 아무 말도 못 들었어?"

마인은 고개를 갸웃거리면서 흑검 그리드를 바라보았다.

응, 아무 말도 못 들었어. 이 녀석은 뜸만 들이면서 이야기를 안 해주거든.

시험삼아 그리드에게 물어봐도 반응은 없다. 도적에게 습격당했을 때부터 자는 척하고 있다.

대죄 스킬…… 그리고 분노 스킬이라……. 내 폭식 스킬과 비슷한 힘을 지니고 있는 건가? 마인에게 물어보고 싶지만, 행상인이 이쪽을 힐끔거리고 있다.

지금은 더 이상 이야기하면 안 될 것 같다.

그래도 신경이 쓰여서 어찌할 바를 몰라하던 내게 마인이 말했다.

"앞으로 알게 될 거야. 그리고 페이트는 내게 빚이 있어. 그걸 갚을 때까지 같이 있어야 해."

빚? 혹시 하트 가문의 영지에서 코볼트를 쓰러뜨린 거 말인가? 그때 마인은 코볼트를 양보할 테니 빚이라고 말했다.

그리고 나는 코볼트를 사냥하면서 계곡을 파괴한 참상을 마인 때문이라고 덮어씌웠다. 응, 큰 빚이긴 하네.

하지만 지금 나는 할 일이 있다.

"그건 곤란한데. 나는 가리아로 가야 해서."

"알아. 내가 가는 방향도 그쪽이니 마침 잘됐네. 가리아로 가는 김에 도와줘."

말은 도와달라고 하지만 저 눈은 '강제, 거부하면 저 도적들과 마찬가지로 만들어줄 거야'라고 하는 것처럼 보인다.

방향도 같고, 나도 알고 싶은 게 있으니 당분간은 함께 다니자.

"알았어."

"기뻐. 앞으로 잘 부탁해."

마인은 그렇게 말한 다음 내 옆에서 잠들어버렸다. 정말 빠르기도 하지.

아, 그리드가 말했었지, 일류 무인은 언제든지 휴식을 취할 수 있다고. 그 말이 사실이라면 마인은 일류 이상의 무인일지도 모르겠다. 그리고 분노 스킬 보유자라……. 좀 전에 도적까지 통째로 시원스럽게 커다란 바위를 박살 냈지. 적으로 간주한 상대에게는 자비심이 없는 것 같다.

귀엽게 잠든 모습을 보면 저런 방식으로 싸우는 여자애로 보이지는 않는다.

우리가 이야기를 끝낸 것을 보고 행상인이 말을 걸었다.

"무서운 아가씨는 잠든 모양이로군. 그건 그렇고 형씨하고 아는 사이였어? 그럼 그렇다고 말을 하지."

"아는 사이까지는 아니에요. 한 번 만난 적이 있는 정도고, 거의 모르는 사이거든요."

"그런 것치고는 아가씨가 호의를 가지고 대해주던데. 날 엄청나게 노려봤다고. 이 나이에 지릴 뻔했어……."

그 뒤로는 도적이나 마물과 마주치지도 않고 나아갔다. 너무 평화로워서 앞으로 무슨 일이 일어나는 거 아닐까 하는 생각이 들 정도로 시간이 조용하게 흘러갔다.

"오, 보이는데. 목적지, 성기사님의 도시다."

"이건……."

겉으로 보기에는 마치 왕도처럼 견고하다.

그곳을 다스리는 성기사의 성격을 나타내는 것처럼 하얗고 높은 벽으로 둘러싸인 성채 도시였다.

제7화 관리받는 도시

하얀 담장이 내려다보고 있는 듯한 압박감. 역시 성기사가 다스리는 이 도시는 다른 곳과 비교해서 무언가가 다르다.

그것은 아마도 거절. 자신이 믿는 것 이외에는 인정하지 않겠다는 차가운 느낌만 든다.

짐마차는 정면의 거대한 문을 지나 안으로 나아갔다.

으아아…… 건물이 정말 크구나. 그런 게 여러 개나…… 지금 있는 곳에서 저렇게 크게 느껴지니 가까이에서 보면 더 장관일 것 같다.

그런데 하얀 외벽 안으로 들어가 보니 비슷한 높이의 벽으로 구획이 나뉘어 있다. 왕도에도 내부까지 이렇게 높은 벽을 세워두지는 않았는데.

그리고 구획으로 들어가는 문에서는 경비를 엄중하게 실시하고 있다.

"왠지…… 폐쇄적인 도시네요."

"그래, 이곳을 다스리는 성기사님은 영지 주민들에게 엄한 계급제를 실시하고 있으니까."

행상인 아저씨는 계급이 소지하고 있는 스킬에 따라 나뉜다는 것을 가르쳐주었다.

1. 성 스킬 …… 성기사

2. 공격 스킬 …… 무인

3. 생산 스킬 …… 기술자, 상인 등

4. 기타 쓸모없는 스킬 …… 농노

이 영지를 지배하는 성기사는 물론 정점이다. 그리고 마물과 싸울 수 있는 무인은 그다음으로 높다.

세 번째는 성기사나 무인들의 무구를 만드는 기술자, 또는 그것을 사고 파는 상인.

여기까지는 선천적으로 스킬의 은혜를 받은 사람들이다.

가장 밑바닥은 쓸모없는 스킬을 가진 사람들. 있으나 없으나 마찬가지인 스킬이나 단독으로는 의미가 없는 스킬이 그 스킬에 해당된다고 한다.

스테이터스 강화 계열만 가지고 있는 사람이 전형적인 예라 할 수 있다. 마력 강화 (소)를 가지고 있더라도 해도 정작 중요한 마법 스킬이 없으면 의미가 없다.

근력 강화 (소)라면 한 손 검기나 대검기를 가지고 있지 않아도 약한 마물 정도는 쓰러뜨릴 수 있을 것이다. 하지만 영주인 성기사님이 무인으로서 필요한 스킬 구성을 세세하게 정해두었다. 그렇기 때문에 거기에 맞지 않는 사람들은 무인으로서 인정받지 못한다.

나는 진심으로 이 영지에서 태어나지 않은 게 다행이라 생각했다. 겉으로 보기에는 그냥 배가 고파지기만 하는 스킬이기 때문에 들키게 되면 농노조차 되지 못하고 처분당했을지도 모른다.

너 같은 밥벌레는 영지 주민이라 할 수도 없다는 말을 들을 것 같다. 아, 브레릭 가문에서 일용직 문지기 아르바이트를 하던 시절이 떠오른다. 그때와 비슷한 일들이 이 도시에서 대규모로 벌어지고 있는 것이다.

"여행자에게도 계급제도가 적용되나요?"

"하하하, 그렇지는 않아. 그런 짓을 하면 아무도 이 영지로 오지 않을 테니까. 만약 그렇게 되면 물류가 막혀서 위험하잖아."

"하긴…… 그 말을 들으니 안심이 되네요."

"뭐, 형씨하고 아가씨는 무인이니까 이곳의 영지 주민이 되면 나름대로 여유롭게 살 수 있을 거야."

무인이 대우받는 영지……. 하지만 무인은 마물과 싸우는 게 일이다.

여차하면 소집되어 성기사의 고기방패로 써먹히게 될지도 모르니까. 이런 계급제도를 만드는 성기사다. 제대로 된 녀석은 아닐 것 같다.

"저는 할 일이 있어서 여기에 오래 머무를 생각은 없어요."

"그렇군. 그리고 다시 말하지만 성기사님 험담은 하지 마."

"네, 충고해주셔서 감사합니다."

짐마차가 멈추자 대기하고 있던 도시 관리인들이 다가왔다. 지금부터 장사 교섭이 시작된다.

"형씨, 성공 보수인 은화 3개야. 받아줘."

"네, 인연이 있으면 또 보죠."

"그래. 그때도 호위를 부탁하마."

아무것도 안 했는데 돈을 받는 건 조금 찝찝했지만, 호위란 원래 이런 일이다. 반드시 싸워야만 한다는 법은 없다. 결국 고용주를 무사히 목적지로 데려다주기만 하면 된다. 나는 폭식 스킬 때문에 마물과 계속 싸워왔기에 이상한 감각이 몸에 배었는지도 모르겠다.

나는 아직 자고 있던 마인을 깨웠다.

"이봐~, 도착했어."

"하루만…… 더."

"얼마나 더 잘 셈이야? 일어나라니까!"

그렇게 말하며 억지로 깨우려 했을 때, 입을 다물고 있던 그리드가 오랜만에 말을 걸었다.

『그만둬라. 이 녀석은 잠버릇이 엄청 심해. 자칫하다가 화를 내면 큰일 난다.』

"큰일 난다고? 어떻게 되는데?"

『이 녀석이 온 힘을 다하면 이 도시 따위는 흔적도 없이 사라진다. 순발력이라면 대죄 스킬 중에서도 톱클래스야. 업고 갈 수밖에 없겠지. 그리고 저기 있는 슬로스도 잊지 마라. 저걸 잊고 가더라도 화를 낼 가능성이 있으니까.』

화가 난 마인이 그렇게 무서운가? 그리드가 위험하다고 할 정도니 꽤 위험하긴 하겠지만.

그건 그렇고 그리드가 이제야 입을 열었네.

"이봐, 그리드는 마인하고 아는 사이야?"

『먼 옛날부터 악연이다. 아직 살아 있었다니 놀랍군…… 끈질긴 여자야. 이제는 되찾지 못한다는 걸 깨닫고 슬슬 포기하면 될 텐데…….』

"그게 무슨 소리야?"

『모른다, 이 몸하고는 상관없어. 끼어들고 싶지도 않아.』

그런 다음 그리드는 다시 마음을 닫아버렸다. 알고 싶으면 본인에게 물어보라는 것 같다. 그리고 알아버리면 골치 아픈 일에 휘말리게 된다, 그렇게 말하고 싶은 것 같았다.

하지만 이미 늦었거든. 나는 그녀를 도와줘야만 하게 되었으니까.

아마 대죄 스킬에 관련된 문제일지도 모르겠다. 마인은 보유자라면 다른 보유자를 느낄 수 있다고 말했었다. 그러면 보유자는 나와 마인만 있는 게 아니다.

그렇다면 내가 그렇게 생각하게 만드는 이 느낌도…… 마인과 똑같은 느낌인 건지도 모르겠다.

마인이 무엇을 원하고 무엇을 하고 싶은지는 모르겠지만 나는 가리아로 갈 거다. 이번 한 번만 힘을 빌려줄 뿐이다.

그 뒤로는 다시 각자의 길을 걸어가면 된다.

나는 잠든 마인을 업은 채로 독심 스킬을 발동해보았지만 아무것도 보이지 않았다. 하트 가문의 영지에서 감정 스킬을 썼을 때와 마찬가지다. 그녀에게는 스킬이 통하지 않는다.

그렇다면 슬로스라는 검은 도끼는 그리드와 마찬가지로 마음을 가지고 있을까?

오, 《독심》 스킬이 발동되는데!

『쿠우우우울, 음냐, 음냐…… 쿠우우우울, 음냐, 음냐.』

자고 있다. 이 무기, 자고 있는데. 살짝 찔러봐도 전혀 깰 생각이 없다.

안 되겠다. 나는 깨울 수 없다. 무슨 무기가 이렇게 느긋한 거야?

그리드의 성격도 그렇지만 이 슬로스라는 검은 도끼도 만만치 않다.

그 모습을 보고 그리드가 《독심》 스킬을 통해 웃기 시작했다.

『여전히 자기만 하는 녀석이로군. 이 나태는.』

"깨울 수는 없어? 이야기를 하고 싶은데."

『너는 못 깨울 거다. 깨울 수 있는 건 사용자뿐이야.』

특이한 무기구나. 그리드도 그렇지만……. 아, 그렇지.

"저기, 그리드나 슬로스 같은 무기는 뭐라고 해? 그 정도는 가르쳐달라고."

『……이제는 괜찮겠지, 이 몸들은 대죄 무기다. 성검 같은 장난감보다 훨씬 격이 높은 존재다.』

하긴, 성검보다는 격이 높겠지. 브레릭 가문의 하드가 지니고 있던 성검을 쉽사리 부러뜨렸으니까.

그리고 그리드는 위계를 해방시킴으로써 새로운 모습과 힘을 얻을 수 있다. 내 스테이터스를 잔뜩 빨리게 되긴 하지만, 그 덕분에 지금까지 싸울 수 있었던 것은 분명하다.

저렇게 깊게 잠든 슬로스도 아마도 어떤 힘을 지니고 있을 것이다. 그러고 보니 짐마차에 실었을 때 너무 무거워서 짐칸이 기울었던가? 무게…… 음~, 그것만 있는 건 아닐 것 같다. 뭐, 나중에 마인이 싸우는 모습을 보면 금방 알 수 있겠지.

행상인과 관리의 교섭이 끝나자 짐 반입이 시작되었다. 방해가 되지 않게끔 바로 떠나자.

마인을 업고 검은 도끼까지 드니 벅차다. 검은 도끼의 자루를 잘 이용해서 마인을 업었다.

이대로 도시 안을 산책할 수는 없었기에 나는 우선 숙소를 찾기로 했다.

짐 반입장에서 도시 안으로 들어가자 돌로 포장된 길 양쪽에는 가로등이 반듯하게 늘어서 있었다. 그리고 그 앞에는 보란 듯이 커다란 분수가 물을 뿜어내고 있었다. 저렇게 물을 관리하는 걸 보니 수도 설비도 꽤 거창할 것 같다. 대충 둘러보기만 해도 인프라가 꽤 잘 정비되어 있어서 지방 도시 같다는 느낌이 아니었다. 왕도에 필적한다 해도 과언이 아니다.

농장 안에 집이 군데군데 있는 시골 같은 영지와는 정반대다. 얼마나 합리적으로 도시를 만드는가, 그것에 중점을 두면 이런 도시가 될지도 모르겠다.

길을 나아가다 보니 경비하고 있던 병사들이 불러세웠다. 나쁜 짓을 하지도 않았는데, 왜?

"너는 여행자로군."

"네, 숙소를 찾으려고 하는데요."

내가 솔직하게 대답하자 병사는 반대쪽을 손가락으로 가리켰다.

"그럼 저쪽에 여행자용 숙소가 있다. 그곳에 묵도록 해. 이 앞에 있는 구역은 영지 주민들만 들어갈 수 있다."

이럴 수가?! 이 도시에서는 여행자에게 출입제한까지 거는 건가…… 철저하네.

그리고 나는 병사의 목 근처에 까만 문신이 있는 것을 보았다.

시험 삼아 물어보니.

"이것이 영지 주민의 표식, 그리고 무인 신분을 나타낸다."

"저기…… 영지 주민들이 모두 그걸로 계급을 나타내나요?"

"그래, 맞아. 그게 이 영지의 규칙이니까. 자, 돌아가지 않으면 감옥에 갇히게 될 거다."

그런 건 사양이다. 나는 재빨리 병사가 가르쳐준 숙소를 향해 갔다. 이 도시는 무서울 정도로 엄격했다.

제8화 멸망의 사막

경비병이 가르쳐준 숙박 시설은 여행자를 한꺼번에 모두 수용할 수 있을 정도로 컸다. 멀리서 봐도 그 크기를 실감할 수 있을 정도였다.

다른 여행자들과 함께 그 안으로 들어가 보았다.

"이거 대단하네……."

상점이 많이 딸려 있어서 밖에 나가지 않아도 대충 다 갖출 수 있을 것 같다. 이 도시에서는 외부인에게 출입제한을 걸고 있기 때문에 배려해준 모양이다.

잠든 마인을 업은 채 두리번거리고 있자니 시설 종업원이 말을 걸었다.

"묵고 가실 건가요?"

"네, 두 명이에요."

"알겠습니다. 그럼 이쪽으로 오시죠."

정중한 대접에 감탄하면서 종업원 뒤를 따라가 보니 커다란 중앙계단이 보였다.

가운데가 뚫려 있고 그곳에 계단이 있어서 위층으로 올라갈 수 있었다. 아래에서 올려다보니 방이 셀 수 없을 정도로 많았다.

"발치를 조심하십시오. 손님의 방은 3층입니다."

"여기에서 봐도 방이 꽤 많이 있네요. 얼마나 되나요?"

"이 숙박시설은 5층까지 있고, 각 층에 500개씩, 전부 합치면

2500개입니다."

방이 2500개나 되다니, 대단하다. 왕도에도 이렇게 방이 많은 숙박시설은 없었다. 큰 곳도 1000개 정도다.

"처음 오신 분들께서는 놀라곤 하십니다. 이 도시에서 자랑하는 숙박시설이니까요. 이미 알고 계시겠지만 이 도시에서는 다른 곳에서 온 분들께 출입제한을 걸고 있습니다. 그 때문에 여행자나 행상인들이 일시적으로 이용할 수 있는 숙박시설로 이곳을 운영하고 있습니다."

"그렇게까지 하는 건 도시에서 어슬렁거리면서 나쁜 짓을 하지 못하게 하기 위해서인가요?"

종업원은 말꼬리를 흐리면서 천천히 고개를 끄덕였다.

"하지만 이 숙박시설 안에서는 자유롭게 행동하실 수 있습니다. 가지고 계신 무기를 들고 다니셔도 상관없습니다."

"그거 다행이네요. 무기를 뺏기면 알몸이나 마찬가지니까요."

모르는 도시에 도착해서 숙소에 묵으려고 했더니 갑자기 무기까지 금지하면 화를 내는 사람도 있을 것이다.

만약 자고 있는 마인에게서 검은 도끼를 빼앗으려 하면 화를 낼 것 같은 예감이 든다. 적어도 커다란 바위를 박살 낼 수 있는 힘이 있다는 것은 분명하다. 그렇기 때문에 분노 스킬 보유자가 얼마나 강한지는 아직 모르겠지만 마구 날뛰면 그냥 넘어갈 수 있을 것 같지는 않다. 무기를 가지고 있어도 된다는 말을 들으니 왠지 안심이 되었다.

계단을 올라가 방 앞에 도착하자 종업원이 마침 생각났다는 듯이 물어보았다.

"손님께서는 장비를 보아하니 무인이신 것 같은데요……."

갑자기 그렇게 물었기에 수상쩍어하면서 고개를 끄덕이자.

"그렇다면 샌드맨 사냥을 해보시는 건 어떠신지요? 도시에서 상금이 꽤 나올 겁니다."

마침 잘됐네! 폭식 스킬이 배가 고파하기 시작한 참이었는데.

"가르쳐주시면 고맙겠네요. 저는 배가 고파…… 아니, 돈을 벌고 싶었던 참이라서요."

"그렇게 해주시면 저희도 고맙지요. 이 시기에 샌드맨들이 활발하게 움직여서 도시에 있는 무인들만으로는 전부 다 대처할 수가 없습니다. 그래서 외부의 무인을 불러들이고 있고요."

그렇구나, 지푸라기라도 잡고 싶은 심정이라는 건가?

나는 자세한 정보를 듣기 위해 종업원과 같이 방으로 들어갔다. 그렇게 넓지 않은 방에는 침대 두 개, 간소한 테이블과 의자 두 개가 있었다. 침대 하나에 마인을 눕힌 다음, 벽에 검은 도끼를 세워두었다.

종업원과 나는 의자에 앉아 샌드맨에 대해 여러 가지 이야기를 들었다.

샌드맨은 도시에서 동쪽으로 가면 나오는 사막에 있다고 한다.

사막에만 사는 마물이라 내버려 두어도 될 것 같았지만 토벌해야 하는 이유가 있었다.

이 마물은 자신들이 사는 영역을 넓히기 위해 주위의 녹지대를 사막화시킨다고 한다. 아무런 대처도 하지 않으면 계속 늘어나서 사막을 점점 넓혀 나간다.

근처에는 수원지인 숲과 광대한 농업지대가 있어서 만약 이런 곳이 사막이 되면 영지에 사는 사람들이 살아갈 수 없게 된다.

별다른 생각없이 듣고 있었는데, 샌드맨 사냥은 영지 주민들에게 사활문제였다. 그래서 이 종업원도 우리가 무인이라는 것을 알고 샌드맨 사냥을 권한 것 같다.

나는 바로 받아들였다. 샌드맨은 야행성이니 바로 사막으로 가야겠다.

"샌드맨은 모래 안에 붉은 코어가 있습니다. 그것을 깨거나 금이 가게 만들면 쓰러뜨릴 수 있습니다. 죽으면 코어의 색이 붉은색에서 푸른색으로 변합니다. 그 코어를 시설 안에 있는 교환소로 가져가면 현금으로 바꾸어줍니다. 그럼 잘 부탁드리겠습니다."

종업원은 고개를 숙이고 방에서 나갔다.

자, 나는 사막을 갈 건데…… 푹 잠든 마인은 어떻게 할까. 아무런 말도 없이 나가면 화를 낼 것 같고, 억지로 깨워도 화를 낼 것 같다. 그런 느낌이 든다.

어쩔 수 없지. 메모를 남겨두고 가자.

나는 도시 동쪽에 있는 사막으로 가서 샌드맨을 사냥한다고 메모를 남겼다. 그리고 마인의 기분 좋게 잠든 얼굴을 보고…… 장난기가 생겨버렸다.

펜을 들고 그녀의 양쪽 볼에 고양이 수염을 세 개씩, 정성껏, 확실하게 그려보았다. 꽤 완성도가 높은데? 잘 어울린다.

자, 커다란 고양이가 잠든 사이에 샌드맨 사냥을 하자.

들고 있던 흑검 그리드가 《독심》 스킬을 통해 말했다.

『페이트, 겁을 모르는 녀석. 마인에게 저런 짓을 하다니, 이 몸은 나중에 어떻게 되더라도 모른다.』

"얼굴에 낙서를 한 정도 가지고, 너무 그러지 마."

지금 사막으로 가면 도착할 무렵에는 밤이 될 것이다. 그래, 성기사의 영지이기도 하니 너무 화려하게 싸우면 눈에 띄어서 골치 아픈 일에 휘말리게 될지도 모르겠다. 최대한 정체를 숨기는 게 좋겠지.

그렇다면 그게 나설 차례다. 왕도를 나선 뒤로 한 번도 쓰지 않았던 인식 저해 기능이 있는 해골 마스크를 가방에서 꺼냈다.

사막에 들어가면 해골 마스크를 쓰고 샌드맨을 마구 사냥해주지. 그럼 검은 외투도 입고 가는 게 나으려나? 그리고 흑겸 그리드를 흑겸으로 변형시키면…… 어디에 내놔도 손색이 없는 마물 리치가 완성된다. 뭐, 그렇게까지 하지는 않겠지만.

그런데 슬슬 리치 설정도 필요 없는 것 아닌가 하는 생각이 든다.

이제 왕도에서 하인으로 일하며 이중생활을 하던 시절이 아니다.

그렇지…… 해골 마스크를 쓴 무인 무쿠로라고 할까?

이제 사막에서 마물의 혼을 마구 먹어대더라도 나라고 들키지는 않겠지.

교환소에 가져다줄 샌드맨 코어를 헤이트 상한치인 10개로 제한하면 딱히 수상하게 여기지도 않을 테고, 완벽하다.

그렇게 생각하는 내게 그리드가 말했다.

『그렇다면 좋겠다만…….』

"이제 막 나갈 참인데 재수 없는 소리 하지 마."

나는 숨소리를 내며 자는 마인에게 작은 목소리로 '다녀오겠습니다'라고 한 뒤 방을 나섰다.

계단을 내려가자 무인들 몇 명도 나와 마찬가지로 장비를 갖추고 홀에 모이기 시작했다. 아마 샌드맨 사냥에 나서려는 파티일 것이다. 점점 사람들이 늘어나서 모두 합쳐 스무 명. 꽤 대규모 사냥을 벌이려는 모양이다.

그들과는 마주치지 않게끔 조심하자. 모처럼 식사하는데 방해받고 싶지는 않다.

오랜만에 마음껏, 자유롭게 사냥을 하고 싶다.

응? 왜 이렇게 마음이 급해질까…… 기분 나쁜 예감이 들어서 흑검을 거울로 삼아 눈을 보니…… 역시 오른쪽 눈이 붉게 물들어 있었다.

나는 반 기아 상태가 되었다.

"큰일이네…… 벌써 한쪽 눈이 붉어졌어."

『페이트, 너는 폭식 스킬에 너무 휘둘리고 있다. 좀 참는 것도 배워두는 게 나을 거야. 그래…… 이번 샌드맨 사냥 때는 반 기아 상태를 아슬아슬하게 유지하면서 싸워봐라. 그렇게 폭식 스킬에 저항하는 방법을 익히는 거다.』

그리드는 간단한 것처럼 말했지만, 몸속에서 나를 지배하려 드는 본능과도 같은 욕구에 저항하는 것은 매우 힘들다. 가끔 나 자신의 생각이라고 착각이 들 정도다.

하지만 해나갈 수밖에 없다. 조금씩이라도 저항할 힘을 길러나가지 않으면…… 조만간 전부 삼켜지게 될 것이다. 그런 건 내가 제일 잘 알고 있다고.

『네 몸속에서 꿈틀대는 폭식 스킬과 제대로 마주 볼 수 있는 지점을 찾아내지 못하면 조만간 네가 너로서 살아가지 못하게 될 거다.』

　그리드가 한 말이 내게 묵직하게 얹혔다.

제9화 겹쳐진 충격

나는 숙박시설에 모여 있던 파티의 뒤를 몰래 미행했다.

이유는 단순하다. 스무 명이나 되는 대규모 파티의 사냥이라는 것을 직접 보고 싶었기 때문이다.

검은 외투를 걸치고 해골 마스크를 낀 나는 매우 수상한 모습이었기에 그들에게 들키면 그냥 넘어갈 수 없을 것이다.

무인 스무 명에게 둘러싸인 채 곧바로 전투를 벌이게 될 수도 있다.

그래도 역시 보고 싶다. 서로 장점을 살리고 단점을 보완하는 팀워크를 알고 싶다는 생각이 들었다. 내 경우에는 그것을 혼자 해내야만 하기 때문에 분명히 그들의 전술이 참고가 될 것이다.

그리고 그리드가 말했던 기아 상태를 견뎌내는 훈련도 된다. 눈앞에 마물이 있다 해도 욕망에 지지 않고 참아낼 수 있는지 시험해보자.

이 느낌은 눈앞에 먹이가 있는데 기다리라는 말을 들은 개와 비슷한 것 같다. 그리고 그 먹이는 다른 자들이 낚아채 갈 것을 알고 있다. 이런 상태에서 폭식 스킬이 미쳐 날뛰지 않을지 걱정이다. 뭐, 아직 반 기아 상태니까 어떻게든 되겠지.

구름이 껴서 어둑어둑한 밤인데도 불구하고 내가 미행하고 있는 무인들은 불도 켜지 않은 채 걸어가고 있다.

음~, 스무 명 모두가 암시 스킬을 가지고 있을 것 같지는 않은데. 그렇다면 어떻게…….

답을 그리드가 《독심》 스킬로 가르쳐주었다.

『네 해골 마스크와 마찬가지로 마도구 같은 것을 가지고 있겠지. 마물은 야행성인 경우가 꽤 많으니까. 그것들을 사냥하기 위해서 암시 스킬과 같은 효과를 지니고 있는 마도구가 필수적이다. 가리아에서 양산되었으니 암시 효과가 있는 마도구가 전 세계에 꽤 많이 퍼졌을 테고. 하지만 지금은 제조법이 사라져서 쉽게 살 수 있는 물건이 아니겠지만.』

"그렇구나. 나는 스킬이 계속 늘어나니까 상관없지만 보통은 여러모로 장비를 갖춰야만 하겠어. 돈이 아무리 많아도 부족하겠는데."

생각해보니 내 기본 장비는 흑검 그리드뿐이지. 해골 마스크는 정체를 감추고 싶을 때만 쓰니까.

"나도 장비를 늘리는 게 나으려나?"

『하하하하, 네게 그런 꼼수는 필요 없다. 네게는 폭식 스킬이 있잖아. 스테이터스, 스킬을 마음껏 늘릴 수 있지. 다른 사람들은 그러지 못하니까 마도구 같은 것에 의존하는 거다.』

그리드는 자신을 강화시키기 위해 마도구를 사는 것은 어리석은 짓이고, 그렇게 하는 것보다는 유용한 스킬을 지닌 마물의 혼을 먹어버리면 해결된다고 했다. 맞는 말이긴 하다.

그래도 말이야. 마도구를 이것저것 모으는 것도 왠지 괜찮잖아.

그런 생각을 하자 그리드가 비웃었다.

『하, 그렇게 쓸모없는 쓰레기를 잔뜩 들고 여행을 하겠다고? 걸리적거리기만 하잖아. 이 몸만 들고 가면 된다니까!』

마도구를 쓰레기라고 하는데다가 자화자찬을 엄청해대네.

뭐, 제2위계까지 해방시킨 상태니까 그리드가 없으면 안 된다는 건 분명하다. 하지만 그 말을 본인에게 하면 매우 잘난 척할 테니 절대로 하지는 않을 거다…… 안 할 거라고.

나는 유일하게 가지고 있는 마도구── 해골 마스크에 손을 댔다. 너만큼은 소중하게 다루어 줄게.

당분간은 무인 무쿠로로서 정체를 숨길 생각이기 때문이다. 특히 록시 님 앞에서는 페이트로서 나설 수 없다. 만약 가리아에서 다시 만나게 되더라도 이 가면을 계속 쓸 생각이다.

가리아로 가면 마물들을 먹어치우는 것……을 피할 수 없게 된다. 그런 괴물 같은 모습을 그녀에게만은 보여주고 싶지 않다. 만약 그녀가 부정한다면 나는 가리아에 온 것조차 후회하게 될 것이다. 그런 상태에서 제대로 싸울 수 있을 것 같지는 않다. 그러니까 내 모든 것을 가려주는 해골 마스크는 꼭 필요하다.

『이봐, 페이트. 가면을 고집하다가 자신을 잃어버리면 그게 마음의 틈새가 되어서 폭식 스킬이 파고들 거다. 의존은 이 몸에게만 해!』

"알았다니까, 자화자찬은 그만하고…… 믿으니까."

『하하하, 말 잘했다. 마음 푹 놓도록 해.』

진짜 마음을 놔도 되는지 모르겠다. 그리드는 뭐든지 거창하게 말하는 버릇이 있으니까.

제2위계 때도 사상을 벤다고 했는데, 뚜껑을 열어보니 스킬 한정이었다. 뭐, 그것도 충분히 강하긴 하지만…….

그러니까 그리드가 신나게 하는 말을 곧이곧대로 듣다가는 쓴맛을 보게 될 수 있다.

그리드의 웃음소리를 들으니 골치가 아파지는 것을 느끼며 일정한 거리를 유지하고 무인들 뒤를 따라갔다. 점점 발치가 초원에서 황야…… 사막으로 변해갔다.

"꽤 큰데. 지평선 너머까지 사막이야."

『샌드맨이 오랜 세월에 걸쳐서 열심히 생식 영역을 넓혔겠지. 이대로 가다간 1000년 뒤에 이 영지가 사막에 잠기겠는데.』

1000년이라…… 아득히 먼 이야기 같다. 적어도 나는 수명이 다해서 살아있지 못하겠지.

처음 온 사막을 보고 내가 좀 흥분해서 모래성을 쌓고 있자니 앞서가던 무인들이 전투를 벌이기 시작했다.

『시작했군.』

"그래, 실력을 보자고."

잠시 싸움을 지켜보았다. 아무래도 저 대규모 파티는 마법에 중점을 둔 구성 같았다.

화염 마법을 다루는 마술사 다섯 명이 주로 샌드맨을 쓰러뜨리고 있었다. 나머지는 방패 담당 겸 샌드맨을 모으는 담당이 열 명. 그리고 예측하지 못한 움직임을 보이는 샌드맨을 끌어들이는 담당인 검사와 창병이 다섯 명…… 이런 느낌이다.

다들 제대로 역할을 해내며 샌드맨을 한곳에 모았다. 그리고 화염 마법으로 불태웠다. 멀리서 보기에는 간단한 작업 같았다.

그 이유는 그렇게 보일 정도로 그들의 솜씨가 좋고 군더더기가 없기 때문이었다. 저것이야말로 샌드맨 사냥에 익숙한 무인들의 솜씨였다.

내가 그 모습을 보면서 감탄하고 있자니 그리드가 하품하는 소리가 들렸다.

『따분한 사냥이로군. 같은 행동을 반복하다니, 정말 따분해.』

"그럼 어떻게 사냥해야 하는 건데?"

『주위와 함께 샌드맨을 통째로 날리는 것, 이거다.』

바보냐…… 나는 하트 가문의 영지에서 파괴했던 계곡을 떠올렸다. 그런 짓을 하면 뒤처리를 하기 힘들다고.

그리고 반 기아 상태에서 참으며 싸우라면서?

"너무 화려하게 싸우면 폭식 스킬이 단숨에 만족해버리잖아. 이번에는 참으라더니 무슨 소리야?"

『노려보지 마, 노려보지 마. 예를 들면 그렇다는 거다. 지금 그렇게 하라는 말이 아니라. 자, 페이트! 슬슬 우리도 샌드맨을 사냥하자!』

그리드가 제안한 방식은 고블린을 사냥했을 때처럼 모조리 다 쓰러뜨리는 것이 아니라 한 마리씩 간격을 두는 방식이었다.

샌드맨을 한 마리 쓰러뜨리고 잠시 폭식 스킬이 끓어오르는 것 같은 느낌을 견뎌낸다. 그리고 다음 샌드맨을 사냥하는 식이다.

지금도 왠지…… 폭식 스킬 때문에 다가오는 굶주림의 파도에 휩쓸릴 것 같아서 꽤 위험한 상태다.

대규모 파티 무인들의 사냥을 관전하면서 오랫동안 참았기 때문에 슬슬 샌드맨 한 마리를 사냥해도 될 시간이다.

나는 미행하던 것을 멈추고 사이좋게 사냥하는 그들과는 다른 쪽으로 걸어가기 시작했다.

모래산을 몇 개 넘어가 보니 샌드맨 한 마리를 발견했다.

바로 《감정》 스킬을 발동.

샌드맨 Lv30
    체력 : 1760
    근력 : 890
    마력 : 1330
    정신 : 1760
    민첩 : 100
    스킬 : 정신 강화 (중)

가고일 노아와 비슷한 정도다. 달팽이처럼 움직이는 모습을 보고 그럴 것 같았는데, 역시 민첩이 낮다. 어지간한 실수를 하지 않는 한 잡히지는 않을 것 같다.

자, 어떻게 쓰러뜨릴까. 좀 전에 대규모 파티의 마술사는 화염 계열 마법으로 샌드맨을 태웠다. 아마 화염이 약점이겠지.

그렇다면 가고일에게 빼앗은 화염탄 마법이 나설 차례다.

거리가 조금 먼 것 같긴 하지만, 해볼까. 나는 왼손을 샌드맨에게 향한 채 《화염탄 마법》 스킬을 떠올렸다. 그러자 손 앞에 붉은 불덩이가 생겨나기 시작했다.

응, 마법은 발동될 때까지 시간이 걸리는구나. 생겨난 불덩이를 샌드맨에게 날렸다.

"어라?!"

『하하하하, 페이트. 너…… 너무 서투르잖아. 그곳에는 아무것도 없다고.』

내가 날린 화염탄 마법은 샌드맨에게 맞지 않았고, 방향조차 엉뚱한 곳으로 날아갔다.

모래가 활활 타올랐다. 그리고 샌드맨이 나를 보고 천천히 움직이기 시작했다. 저 속도라면 내가 있는 곳까지 오기까지 꽤 여유가 있다.

『풉…… 왜 그래? 폭식 스킬 때문에 조준이 빗나갔나?』

"웃고 싶으면 웃으라고. 마법은 처음 써보니까 그렇지. 다음에야말로……."

그렇게 말하는 내게 갑자기 웃음을 멈춘 그리드가 말했다.

『어쩔 수 없지. 이 몸이 힘을 빌려주마. 형태를 마궁으로 바꿔라.』

그리드가 말한대로 흑궁으로 변형시키고 샌드맨을 향해 겨누었다.

"이대로 평소처럼 마력 화살을 날리라고?"

『아니야. 마력 화살을 날리기 전에 화염탄 마법을 떠올려라.』

흑궁을 당기고 내 마력으로 화살을 정제. 평소에는 그다음에 화살을 날린다.

그리드가 이번에는 단계를 하나 더 거치라고 한 것이다.

뭐든지 시험해볼 일이다. 머릿속으로 《화염탄 마법》을 떠올렸다. 그러자 검은 화살이 붉게 타올랐다.

"이건…… 화염이 깃든 화살인가?"

『어때. 이 몸의 마궁은 화살에 네 마법을 실을 수 있다고. 다시 말해 페이트가 가지고 있는 스킬에 따라 속성 공격도 가능하다는 거지.』

게다가 마법처럼 발동되기까지 시간이 오래 걸리지 않는다. 마술사는 불가능한 연사 마법도 가능하다고 한다.

가라! 날린 불꽃 마력 화살이 정확하게 샌드맨의 머리에 명중했다.

『쓰기 편하지?』

"그래! 최고야! 백발백중이고."

타오르는 샌드맨을 보면서 그냥 마법을 쓰는 건 포기했다. 앞으로는 흑궁을 통해 쓰자. 그러는 편이 나한테 더 잘 맞는다.

《폭식 스킬이 발동됩니다.》

《스테이터스에 체력+1760, 근력+890, 마력+1330, 정신+1760, 민첩+100이 가산됩니다.》

《스킬에 정신 강화 (중)이 추가됩니다.》

샌드맨의 혼을 먹고 약간 배가 부른 나는 눈을 감았다.

자, 잠시 사냥을 중단하고 폭식 스킬의 굶주림을 견뎌낼 시간이다. 과연 이것을 반복하면서 반 기아 상태 너머에 있는 기아 상태를 억누를 수 있게 될까. 지금은 그리드가 한 말을 믿을 수밖에 없다.

제10화 모래 먼지를 두른 호완(豪腕)

으엑…… 지친다. 나는 모래 위에 대자로 드러누웠다.

육체적이 아니라 정신적으로 지쳤다.

폭식 스킬의 굶주림을 견뎌내며 샌드맨의 혼을 조금씩 사냥하는 것은 매우 끈기가 필요한 작업이었다.

예를 들면 목이 매우 마른데 물을 한 방울씩, 그것도 시간을 두고 마실 수밖에 없는 듯한 느낌. 이렇게 목이 마른데 왜 단숨에 마시면 안 되냐는 분노까지 치밀어 올랐다.

나는 그렇게 참아가며 몇 시간 동안 사냥을 하고 있었다.

"그리드, 슬슬 배를 채워도 되지 않을까…… 아침이 되기 전에 도시로 돌아가고 싶은데."

『그래. 처음치고는 잘 견딘 편이다. 무리해서 발광하면 곤란하니 이 정도로만 해둘까.』

나를 감시하는 역할을 맡은 그리드의 허락도 받았으니 샌드맨을 팍팍 사냥하자. 아침이 되려면 아직 시간이 있으니 폭식 스킬의 굶주림을 채우기 위해 사냥하더라도 시간은 충분하다.

그럼 바로 시작하자. 반 기아 상태라 신체능력이 평소보다 강화된 상태다. 일어서서 쿵쿵쿵……. 지금이라면 마물이 있는 방향도 냄새를 맡아서 알아낼 수 있다.

"북쪽 방향, 조금 떨어진 곳에 샌드맨 세 마리."

『반 기아 상태를 유지하면서 싸운 효과로군. 꽤 잘 다루게 되었는데.』

　뭐, 어느 정도는 익숙해졌다. 반 기아 상태에서는 한쪽 눈만 붉게 변하기 때문에 약한 상대에게 겁을 주는 효과가 없는 것 같다. 완전 기아 상태라면 눈이 마주치기만 해도 나보다 스테이터스가 낮은 상대는 곧바로 몸이 굳어버린다.

　반 기아 상태에서도 그 능력을 사용할 수 있으면 좋겠지만, 그렇게 잘 풀리지는 않는 것 같다.

　나는 북쪽으로 걸어가기 시작했다. 오, 있다. 모래에서 몸을 반쯤 내민 샌드맨이 세 마리. 주위를 살피며 경계하고 있었다.

　아마 내가 샌드맨을 많이 사냥했기 때문일 것이다. 몇 마리를 잡았더라…… 50마리가 넘었을 때부터 세지 않아서 정확한 숫자는 모르겠다.

　그렇게 많이 잡으면 헤이트 효과가 반전되어서 마물들이 겁을 먹게 되는지도 모르겠다. 그러면 매우 곤란한데.

　이제부터 폭식 스킬의 배를 잔뜩 채워줘야만 한다. 모래 안으로 도망치면 공격할 방법이 없다.

　지금 반 기아 상태 느낌으로는 샌드맨을 30마리 정도 잡아야 할 것 같다. 내가 보고 있는 세 마리를 잡는다 해도 27마리를 더 잡아야 하나?

　모래 안으로 도망치기 전에 반드시 잡아야만 한다.

　우선 저 샌드맨 세 마리를 해치우자.

　나는 흑궁을 겨누고 마력 화살에 화속성을 실은 뒤 날렸다.

　샌드맨이 불기둥을 피우며 타올랐다. 그 모습을 본 나머지 두 마리는 모래 안으로 도망치려 했지만, 그걸 바라만 보고 있을 수는 없다. 곧바로 화살을 두 개 날렸다.

《폭식 스킬이 발동됩니다.》

《스테이터스에 체력+5280, 근력+2670, 마력+3990, 정신
+5280, 민첩+300이 가산됩니다.》

나는 무기질적인 목소리를 들으며 불기둥 세 개를 바라보았다.
역시 별로 배가 차지 않았다. 27마리를 더 잡아야 하는데…….

거물이라도 있으면 한 방에 해결될 텐데. 그런 생각을 하면서
모래산을 올라가다 보니 매우 맛있는 냄새가 풍겼다. 이 냄새
는…… 예전에 맡아본 적이 있다.

하트 가문의 영지에 쳐들어온 관 마물과 같은 냄새다.

"그리드, 이 앞에 관 마물이 있어."

『호오, 고유명사를 지닌 마물인가? 메인 디쉬로는 딱이군. 마
물의 강한 혼을 먹고 견디는 훈련도 할 수 있고. 일석이조다! 예
전처럼 폭식 스킬의 기쁨에 휘둘리면서 발버둥치지 마라!』

"그건…… 기분 나쁜 추억인데. 뭐, 샌드맨으로 훈련한 성과를
시험해보자고."

냄새를 맡으며 나아가다 보니 거칠게 전투를 벌이는 소리가 들
렸다.

누군가가 싸우고 있는 건가?

나는 살며시 다가가 전투를 벌이는 모습을 발견했다.

"저건…… 내가 미행하던 대규모 파티구나."

『큰일인데. 이대로 가다간 전멸한다.』

대규모 파티에는 부상자가 여섯 명이나 있어서 도망치려고 해
도 그럴 수 없는 상태였다.

방패를 든 전위 무인 다섯 명이 관 마물의 맹공을 견뎌냈다. 하지만 방패에 커다란 금이 가거나 이가 빠진 상태였다. 관 마물이 날리는 일격이 그 정도로 묵직한 것이다.

어떤 스킬로 대미지를 경감시키고 있긴 한 모양이지만, 정작 중요한 방패가 부서지면 끝장이다.

나는 그들이 싸우는 모습을 보고 가슴이 뛰는 것을 느꼈다. 부상한 동료를 저버리지 않고 모두 함께 난관을 뛰어넘으려 하는 자세를 보이고 있었기 때문이다. 저버리면 살아날 수 있을지도 모른다. 그런 생각은 애초에 하지도 않는 것 같은 모습이었다.

"멋지네……."

『부럽나?』

"글쎄. 갈까? 그리드."

『구해줄 셈인가?』

"아니…… 배를 채우러 갈 뿐이야."

나는 저 사람들과 함께 싸울 수 없다. 그들이 전투를 벌이는 모습을 보고 깨달았다.

폭식 스킬과 흑검 그리드를 합친 전투 방식에는 협조성이라는 것이 없는 것 같다. 진심으로 싸우게 되면 그들까지 통째로 삼켜 버릴지도 모른다.

함께 싸울 수 있는 것은 나와 마찬가지로 대죄 스킬을 지니고 있는 마인 정도밖에 없을 것 같다.

나는 전투를 벌이고 있는 곳으로 달려가면서 흑궁으로 거대한 관 마물을 겨누었다.

우선 죽을 것 같은 방패 무인들에게서 관 마물을 떼어놓는다.

불꽃이 깃든 마력 화살 다섯 발, 발치에 박아주지.

착탄과 동시에 관 마물의 발치가 타올라서 자세가 무너지기 시작했다.

"단숨에 파고든다."

『근접 전투는 기본 형태인 흑검으로 가라!』

"그래, 굳이 말하지 않아도 그럴 생각이었어."

그리드의 형태를 흑궁에서 흑검으로 바꾸고 관 마물에게 다가갔다.

이 거리라면 감정 스킬을 쓸 수 있을 것 같다.

나는 곧바로 적의 정보를 확인했다.

[모래먼지를 두른 자]

샌드 골렘 Lv60

    체력 : 450000

    근력 : 430000

    마력 : 245000

    정신 : 265000

    민첩 : 115000

    스킬 : 모래먼지 마법

꽤 대단하네. 울퉁불퉁한 바윗덩어리 같은 모습을 보고 강할 것 같다는 생각이 들긴 했다.

체력과 근력이 특히 높다. 방패를 든 무인들이 용케도 저렇게 높은 근력을 지닌 관 마물의 공격을 견뎌냈구나. 스킬 말고도 방패에 뭔가 비밀이 있는지도 모르겠다.

이 싸움이 끝나면 물어보고 싶은데, 안 되겠지.

나는 전위에 있는 방패 무인 다섯 명을 그대로 날려 보내며 억지로 물러나게 했다.

"무슨…… 으아아아악."

"너…… 끄아아아악."

"어어어, 이럴 수가."

"무슨 짓이냐! 네놈! 젠장."

"꺄아아아아악."

어이쿠, 한 명…… 여자가 있었네. 너무 난폭하게 날려버렸나? 미안해.

자, 그래도 이제 샌드 골렘과 대규모 파티 사이에 끼어들었다.

뒤쪽으로 물러나서 간격을 두자 목소리가 들렸다.

"외모가 특이하긴 하지만 무인가…… 혹시 우리를 도와주려는 건가?"

아마 이 대규모 파티의 리더일 것이다. 그가 대표로 내게 여러 가지를 물었지만 전부 고개를 저었다.

"그럼 어째서……."

곤란해하는 그에게 대답했다.

이유 같은 건 사막으로 왔을 때부터 정해져 있다. 폭식 스킬의 굶주림을 채우기 위해서다.

"사적인 이유가 있어서 이 마물은 내가 해치운다. 당신들은 어서 이곳에서 떠나줘."

"아니, 그럴 수는 없지. 구해주려고 허세를 부리지 않아도 돼……

저 녀석은 매우 강해. 우리와 함께 싸우는 게 나을 텐데."

뭐, 그럴 줄 알았지. 모든 동료와 함께 이 상황을 헤쳐나가려던 무인들이니까. 그렇게 말하지 않을까 싶긴 했는데.

하지만 정말 걸리적거린다고. 고향 마을에서 가고일들과 싸웠을 때도 느꼈지만, 나는 많은 사람을 지키면서 싸우는 게 힘들다.

몇 명 정도면 지킬 수 있을 것이다. 하지만 열 명, 스무 명이라면 상황이 달라진다. 지금 나는 그렇게 능숙한 전투를 벌일 수가 없다.

내 뒤에 있는 사람은 대규모 파티 스무 명. 그중 여섯 명은 부상을 입어서 움직일 수가 없다.

만약 샌드 골렘이 광범위 공격을 가한다면 내 바로 뒤에 있는 사람을 제외하면 살아날 수 없을 것이다.

나는 샌드 골렘을 바라보았지만 그들을 향해 살짝 고개를 돌려 말했다.

"마음은 기쁘지만, 당신들은 싸우는데 걸리적거려. 휘말리고 싶지 않으면 바로 떠나줘. 안 그러면 함께 모래 안에서 잠들게 될 거야."

다시 고개를 돌려서 샌드 골렘의 움직임을 노려보고 있자니 잠시 후 대규모 파티의 리더의 목소리가 들렸다.

"……알았다. 그래도 무리하진 말라고."

그리고 샌드 골렘이 움직이기 시작했다. 팔뚝을 휘두르며 나를 덮치려 했다. 그 공격을 피하며 곁눈질로 보니 대규모 파티가 피하기 시작하고 있었다.

이제 마음 편히 싸울 수 있다. 자, 얼른 해치워야지.

마인이 깨기 전에 도시로 돌아가야 한다고. 나는 흑검 그리드를 하단으로 겨누고 샌드 골렘의 품속으로 파고들었다.

제11화 붉은 천둥

 우선은 일격. 몸통을 흑검으로 깊게 베며 파고들었다.

 샌드 골렘은 민첩이 약간 낮다. 팔뚝을 휘두르는 공격은 위협
적이긴 하지만, 맞지 않으면 상관이 없다. 이대로 교란하면서 바
위 몸통을 깎아내 주지.

 뒤쪽으로 돌아가 흑검을 찔러넣었다. 그리고 물러날 때도 등을
가로로 베었다.

 응? 왠지…… 손맛이 없다. 일단 거리를 벌리자 위화감이 들었다.

 일반적인 마물이라면 이 정도 공격을 가했을 때 움직임이 둔해
지곤 한다. 하지만 샌드 골렘은 전혀 대미지를 입은 기색이 없었다.

 "혹시 샌드 골렘도 샌드맨처럼 본체가 코어에만 있는 건가?"

 『이제야 눈치챘나? 알아낼 때까지 세 번이나 공격하다니, 아직
멀었군.』

 "그래도 꽤 일찍 눈치챈 것 같은데."

 다시 말해 샌드 골렘의 거대한 몸은 코어가 모래를 바위로 만
들어서 형태를 취한 것에 불과하다. 그렇기 때문에 껍질인 바위
를 아무리 공격해도 본체인 코어에는 대미지가 들어가지 않는다.
쓰러뜨리려면 커다란 몸통 안에 있는 코어에 직접 공격하는 수밖
에 없다.

 대체 코어가 샌드 골렘의 어디에 있는 걸까. 투시할 수 있다면
바로 해결되겠지만 그런 힘은 없으니까.

"잘라내서 조그맣게 만들까."

『촌스럽군.』

"시끄러워."

그리고 다른 목적도 있다. 일대일 승부를 이용한 전투기술 향상.

예전에 싸웠던 관 마물—— [통곡을 부르는 자] 코볼트 어설트
와 싸웠을 때, 나는 적과 전투 경험의 차이를 느끼고 직접 대결하
는 것을 피했다. 그리드의 제1위계인 흑궁의 오의로 밀어붙이어
서 도망쳤던 것이다.

그때는 하트 가문의 영지가 위험에 빠질 거라 질 수 없는 싸움
이 되어 어쩔 수 없이 그렇게 싸웠다. 하지만 그렇게 계속 싸우다
가는 앞으로도 버틸 수 있을지 불안해졌다.

『뭐, 둔하니까 연습 상대로는 좋겠지. 하지만 적을 얕보지 마
라…… 저건 관 마물이야.』

"……그, 그래. 굳이 말하지 않아도 알아."

그리드는 내 생각을 다 내다보고 있는 모양이었다. 항상 까불
기만 하는 것이 아니다. 여차하면 사용자인 나를 잘 챙겨준다. 말
버릇은 안 좋지만…….

"근접 전투나 전투를 벌일 때 치고 빠지는 방식을 지금 단련해
야지."

『그럼 해봐라.』

나는 흑검을 쥐고 단숨에 파고들었다.

샌드 골렘은 바로 내게 반응했다. 두 팔을 들어 올리고 공격했다.

늦었다.

나는 그 공격을 피하면서 날아든 오른팔을 흑검으로 절단했다.

그 뒤를 이어 왼팔도 올려 베었다.

하늘로 뜬 샌드 골렘의 두 팔을 보면서 정체를 알 수 없는 느낌이 머릿속에 스치는 것을 느꼈다. 너무 쉽다. 이게 관 마물의 전투 방식인가? 예전에 싸웠던 녀석은 더 호전적이었고, 살을 주고 뼈를 치려는 느낌이었다.

전투 경험이 풍부한 것 같은데 왜 샌드 골렘이 이렇게 수동적으로 싸우는 걸까. 마치 나를 끌어들이려는 것 같은데…… 그때, 그리드가 《독심》 스킬을 통해 경고했다.

『페이트, 뒤로 멀리 피해라!』

갑자기 샌드 골렘에게 이변이 생겼다. 크게 부풀어 오르며 몸을 구성하고 있던 수많은 바위를 사방팔방으로 날린 것이다.

"큭."

내 몸보다 커다란 바위가 엄청난 속도로 날아들었다. 뛰어올라서 공중에 있던 나는 피하지 못하고 부딪혔다.

엄청난 충격이 나를 덮쳤고, 예상했던 것보다 뒤로 멀리 날아갔다.

겨우 착지했지만 잠시 모래 위를 요란하게 굴러가게 되었다.

"저 몸은 무기도 되는구나."

『그래서 방심은 금물이라 했잖아.』

입안에 고인 피를 땅바닥에 뱉으면서 콩알처럼 보일 만큼 멀리 떨어진 샌드 골렘을 바라보았다.

꽤 멀리 날아와 버렸다. 만약 흑검 그리드로 제대로 맞는 것을 막지 못했다면 바로 일어서지 못할 정도로 크게 다쳤을지도 모르겠다. 위험하다, 위험해.

샌드 골렘의 밑천은 대충 알았다. 좋은 훈련을 하고 있다.

"가자, 바위 탄막을 피하면서 코어를 노릴 거야."

『페이트, 이 몸을 잘 다뤄봐라.』

샌드 골렘은 공중에 떠 있는 커다란 코어를 기점으로 수많은 바위를 불러들이고 있었다. 다시 원래 형태로 돌아가려 하고 있는 것이다.

나는 흑검을 흑궁으로 변형시키고 다시 접근하기 시작했다.

화염 마력 화살을 날리면서 모래에 발이 빠지지 않게끔 달려갔다. 전부 코어를 노리고 쐈지만 커다란 바위가 방패가 되어 가로막았다.

좋아, 노린 건 그게 아니니까. 휘몰아치는 모래와 폭염이 주위의 시야를 가리기 시작했다.

그 사이를 틈타 샌드 골렘의 코어 쪽으로 단숨에 달려갔다.

형태를 완전히 갖추지 못했다. 이대로 두 동강 내주지. 그리드의 형태를 한 손 검으로 변형.

하지만 얼마 남지 않았을 때, 샌드 골렘이 다시 만들어가던 몸을 파열시켰다.

"쳇, 또냐."

하지만 올 것을 알고 있었고, 눈이 익숙해진 지금은 내 민첩 수치로 피할 수 있을 것이다.

『페이트, 앞으로 발을 내디뎌라. 뒤로 물러서지 마!』

"나도 알아."

차례차례 날아드는 커다란 바위를 피하고 양쪽에서 날아드는 바위는 베고 쳐냈다.

얼마 남지 않았을 때, 다시 코어를 노리는 나를 가로막으려 했다. 내 발치에 있던 모래가 솟구치기 시작했던 것이다.

이것은 샌드 골렘이 가지고 있는 《모래먼지 마법 스킬》. 그렇구나, 모래 폭풍을 만들어내서 나를 그 안에 휘말리게 한 다음 공중에 떠 있는 커다란 바위로 뭉갤 셈이다.

곧바로 그리드가 이 상황에 대처하기 위해 내게 재촉했다. 나도 안다니까.

『페이트! 대낫이다.』

"그래."

흑검에서 흑겸으로. 소용돌이치는 모래먼지를 단숨에 갈랐다.

스킬로 인해 발생한 사상은 없었다. 하는 김에 코어를 지키려 하는 커다란 바위도 모조리 베고 쳐냈다.

이제 덩그러니 남은 샌드 골렘의 코어뿐이다. 한 번 더 모래먼지 마법을 쓰더라도 이 흑겸으로 무효화. 더 이상 샌드 골렘이 저항할 수는 없을 것이다.

자, 이대로 대낫을 휘둘러서 두 동강 내주지.

내가 낫을 크게 휘둘러서 붉은 코어를 베려 했을 때.

"어어??"

『페이트, 빨리 숨통을 끊어라.』

"그런데 말이지……."

그제야 이길 수 없다는 것을 알고 샌드 골렘의 코어가 모래 안으로 파고들어서 도망치기 시작한 것이다. 설마 도망칠 줄은 몰랐기에 멍해졌다.

하지만 여기까지 와서 놓칠 수는 없다. 샌드 골렘을 오늘 메인 디쉬로 정했다. 그리고 저렇게 헤이트를 쌓은 상태로 놓치면 간단히 헤이트가 사라지지는 않을 것이다. 나중에 이 사막에 온 다른 무인들을 노리고 피해를 입힐 가능성이 있다.

조금 무리를 해서라도 해치워야 한다.

나는 흑궁으로 변형시키며 그리드에게 말했다.

"그리드, 블러디 터미건을 쓴다. 내게서 모든 스테이터스 중 10퍼센트를 가져가."

『10퍼센트? 부족한데. 샌드 골렘이 어디로 도망쳤는지 모르잖아. 모래 안쪽 깊이 들어갔을지도 모르지. 깊숙이 파헤치려면 20퍼센트를 내놔.』

여전히 탐욕스럽구나. 뭐, 어서 해치우지 않으면 샌드 골렘이 점점 멀리 도망쳐버릴 것이다. 망설일 틈은 없다.

"알았어, 해줘."

『이기기 위해서라면 스테이터스가 줄어드는 것도 신경 쓰지 않게 되었군. 좋은 경향이다! 그럼 가져가마, 네 20퍼센트를!』

흑궁이 내 힘을 빨아들이는 것이 느껴졌다. 잘 알 수 없는 탈력감과 함께 오른손으로 쥐고 있던 흑궁이 강력한 힘을 뿜어내기 시작했다.

더욱 크고 더욱 무시무시한 병기로 변했다.

활시위를 당겨 마력 화살을 정제. 거기에 화속성을 더했다.

노리는 곳은 골렘의 코어가 사라진 모래 아래…… 그곳을 기점으로 화속성을 부가한 《블러디 터미건》을 사용해 넓은 범위를 날려버린다.

"증발해라!"

여전히 강한 발사의 충격 때문에 크게 물러나면서 날린 거세게 타오르는 번개. 사막을 깊게 파헤치고 안쪽에 있는 단단한 암반을 드러내며 마구잡이로 나아간다.

지나간 뒤에는 사막에 커다란 골짜기가 생겼다.

깊은 골짜기가 불꽃의 바다로 변했다. 폭풍으로 인해 대량의 모래가 휘몰아치고 있었기에 숨을 쉬기가 좀 힘들 정도였다.

쓰러뜨렸나? 그렇게 생각하고 있자니 무기질적인 목소리가 들렸다.

《폭식 스킬이 발동됩니다.》

《스테이터스에 체력+538000, 근력+474500, 마력+311500, 정신+353000, 민첩+120000이 가산됩니다.》

《스킬에 모래먼지 마법이 추가됩니다.》

어라, 보아하니 샌드 골렘뿐만이 아니라 공격 범위 안에 있던 샌드맨들까지 한꺼번에 쓰러뜨린 모양이다. 운이 좋은데!

그리고 관 마물이라는 질이 좋은 혼을 먹은 폭식 스킬의 환희가 나를 덮쳤다. 지금은 오늘 훈련한 성과를 보일 때다. 나는 마음에 직접 흘러들어 오는 충격에 휘둘리지 않으려고 열심히 버텼다.

"끄으윽…… 크으으으으윽…… 휴우~. 어때, 저번처럼 발버둥을 치지는 않았다고, 그리드!"

『겨우 견뎌낸 모양이군. 침을 좀 흘린 것 같은데.』

"어이쿠."

침을 닦으면서 흑검을 거울삼아 눈을 확인했다. 양쪽 다 검은 색이었다.

어느 정도 폭식 스킬을 견뎌냈고, 반 기아 상태도 해제시켰다.

나름대로 꽤 진도가 나간 것 같다.

폭식 스킬의 굶주림이 날마다 심해지고 있었기에 마음속으로…… 가리아에 도착할 때까지 버틸 수 있을지 걱정이 되었기 때문이다. 이대로 폭식 스킬을 견뎌내는 훈련을 하다 보면 어떻게든 될지도 모르겠다. 약간이나마 희망의 빛이 보인 것 같았다.

그런 내게 말을 거는 사람이 있었다. 좀 전에 철수했던 대규모 파티 사람들이다. 모두 함께 오지 않을 것을 보니 나를 구하기 위해 싸울 수 있는 사람들로만 파티를 다시 편성해서 돌아온 모양이었다.

리더가 내 뒤에 펼쳐져 있는 사막의 모습을 보고 멍한 모습을 보였다.

"이, 이걸 자네가 했다는 거야……? 대체 어떻게…… 샌드 골렘은 어디에."

그러자 마침 하늘에서 샌드 골렘의 코어가 나와 리더 사이에 떨어졌다. 코어에는 금이 크게 간 상태였고, 색은 붉은색에서 푸른색으로 변한 상태였다.

"여기 있는데, 왜?"

자, 어떻게 할까. 결국 나는 그리드가 말했던 것처럼 '주위와 함께 통째로 날리는 것, 이거다'라는 짓을 저질러버렸다.

최대한 태연한 척하면서 거대 코어 쪽으로 다가가 살짝 두드렸다.

그러자 구하러 와준 무인들은 입을 떡 벌린 채 숨을 쉬는 것조차 잊은 것 같았다.

제12화 무인 무쿠로

음, 어떻게 할까. 나는 무인들을 살펴보았다. 뒤쪽에서는 아직도 사막이 타오르고 있었다.

이런 상황을 일으킨 나를 괴물이라 부를지도 모르겠다.

나는 해골 마스크 너머로 식은땀을 흘렸다.

내가 무슨 말을 해야 하나 싶어서 입을 열려고 했을 때, 예상과는 달리 리더인 남자가 활짝 웃었다.

"참 대단하군. 이런 걸 할 수 있는 무인은 지금까지 살면서 본 적이 없어. 이봐, 너희도 마찬가지지?"

다른 무인들도 리더의 말에 맞장구를 치며 고개를 끄덕이기 시작했다.

그리고 나를 칭찬하며 다가왔다.

"그런 해골 마스크를 끼고 있으니 수상쩍어 보이긴 하지만, 꽤 하잖아."

"좀 전에 구해줘서 고마워."

"그 흑검은 무슨 무기야? 좀 보여줘."

경계하고 있었던 것이 바보 같아질 정도다. 지금까지 만났던 록시 님을 제외한 무인들이 너무나도 쓰레기들이라 경계해버리는 버릇이 생긴 모양이다.

생각해보니 이 사람들은 동료를 소중히 여겼고, 나를 걱정해서 도와주기 위해 죽음을 각오하고 달려와 준 사람들이다.

리더가 내게 악수를 청했다.

"나는 바르도라고 한다. 이 파티를 이끌고 있지. 자네 이름을 알려주겠나?"

정체를 해골 마스크로 숨기고 있기에 미리 마련해두었던 가짜 이름을 대답했다.

"무쿠로다. 당신들 파티 중에 부상당한 사람들은?"

"그래, 덕분에 목숨에 지장은 없어. 먼저 도시로 돌려보냈지. 치료를 받으면 금방 나을 거야."

"그렇군……."

그거 다행이네.

이 샌드 골렘 코어는 어떻게 할까. 도시로 가져가서 환금하면 분명 엄청난 돈이 될 것은 분명하다. 여행 자금이 단숨에 늘어난다. 마인의 여비도 어쩌다 보니 내가 내주게 되었으니 돈은 필요하다.

이미 무인 무쿠로로서 다른 사람들 앞에 나섰으니 이제 와서 숨을 필요는 없겠지.

나는 흑검 그리드를 칼집에 넣고 코어를 들어 올리려 했다. 크기는 내 키와 비슷한 정도. 묵직해서 짊어지니 발이 모래 속으로 푹 빠질 정도였다.

내 스테이터스라면 문제없이 들 수 있긴 하지만, 발치가 불안정하다. 나아갈 때마다 무릎까지 모래에 파묻혔다.

보다 못한 주위의 무인들이 내게 다가와 손을 내밀었다.

"우리도 돕지. 뭐, 수고비 같은 걸 청구하지는 않을 거야. 안 그래? 너희들!"

힘차고 굵은 목소리가 사막을 가로질렀다. 모두의 손이 코어를 받치기 시작하자 무게가 줄어들어서 모래에서 빠져나올 수 있었다.

"덕분에 살았어."

"자네가 구해줬잖아. 이 정도는 하게 해줘."

그 뒤로는 모두 함께 구령을 넣으며 도시를 향해 나아갔다. 가끔은 이런 것도 괜찮은데.

*

겨우 아침이 되기 전에 숙박시설에 도착했다. 만약 나 혼자였다면 아직 사막에 파묻힌 채 별로 움직이지 못했을 것이다.

팀 플레이 만만세다.

숙박시설 안으로 들어서서 종업원들이 일제히 달려왔다.

그리고 우리가 들고 있는 코어를 보고 소동이 벌어졌다. 그중에서 책임자로 보이는 사람이 공손히 고개를 숙이고 환금소로 안내해주었다.

"아~, 설마…… 그 샌드 골렘을 쓰러뜨리실 줄이야, 오늘은 정말 기쁜 날입니다."

샌드 골렘── 고유명사가 붙은 관 마물. 이야기를 들어보니 사막에 퍼져 있는 마물들의 보스라고 한다. 이 샌드 골렘을 쓰러뜨리기 위해 도시를 관리하는 성기사가 대대로 열심히 싸웠다고 한다.

하지만 쓰러뜨리기 직전이 되면 항상 모래 속으로 도망친다.

그것을 수백 년 동안 계속 반복한 모양이었다.

이야기를 듣고 보니 샌드 골렘이 도망치는 속도는 정말 빨랐다. 질 것 같다고 생각한 순간에 바로 모래 속으로 사라졌으니까. 수백년 동안 성기사와 싸우면서 도망치는 방식을 단련했기 때문에 그렇게 빠른 건가?

뭐 나도 그리드의 제1위계 오의를 사용하지 않았다면 사막 위에서 '젠장~'이라고 하면서 발을 동동 굴렀을 것이다.

환금소에서도 소동이 벌어졌다. 사람들이 모여서 눈에 띄게 되었는데, 이렇게 된 이상 무인 무쿠로를 알리자. 영지를 좀먹던 원수를 해치웠으니 수상한 해골 마스크를 끼고 있더라도 다들 호의적으로 받아들여 줄 것이다. 그중 일부는 수상하다는 듯이 나를 노려보았지만, 신경 써봤자 어쩔 수 없다.

환금은 거금을 마련해야 하기 때문에 나중으로 미루게 되었다.

"죄송합니다. 성기사님 말고 설마 샌드 골렘을 토벌하시는 분이 계실 줄은 꿈에도 몰라서……. 금액은 상층부와 협의해서 알맞은 가격을 제시해드리겠습니다. 그러니 오늘은 푹 쉬십시오."

"알겠습니다. 그럼 푹 쉬세요."

나는 여기까지 운반해준 무인들에게 고맙다는 인사를 했다.

그러자 그들이 술집에서 한잔하고 싶다는 말을 꺼냈다.

"어때, 싸운 뒤에 한잔하는 건 각별하거든. 그리고 샌드 골렘을 쓰러뜨린 이야기도 해주고."

술을 마시는 것은 매력적인 제안이다. 하지만 샌드 골렘에 대해서는 이야기할 생각이 들지 않았다. 아직 미숙하기도 하고, 그리드에게만 의존하는 전투였다.

분명 내 눈앞에 있는 무인들이 전투에 있어서는 대선배일 것이다. 그런 그들을 실망하게 하고 싶지 않았기에 정중히 거절했다.

"그래? 아쉽군. 우리는 당분간 이 도시를 거점으로 샌드맨 사냥을 할 생각이야. 볼 일이 있으면 언제든 말을 걸어달라고. 그럼 또 보지! 무쿠로!"

"그래, 또 보자고."

나는 빌린 3층 방을 향해 커다란 중앙계단을 올라갔다. 일단 내 뒤를 쫓아오는 녀석이 있는지 확인하면서. 처음 이곳으로 왔을 때는 맨 얼굴로 왔기에 지나칠지도 모르겠지만 경계해도 문제는 없을 것이다.

"음, 어느 방이었더라……."

각 층에 방이 500개나 있어서 어느 방이었는지 모르겠다. 큰일인데. 전부 다 똑같은 방 같아.

초조해진 내게 그리드가 어이가 없는지 가르쳐주었다.

『여기에서 왼쪽으로 열네 번째 방, 거기가 네 방이다.』

"그리드는 의외로 기억력이 좋구나."

『의외라니, 그게 무슨 소리야? 이 몸은 무기물이니까. 사람과는 구조가 달라서 기억력이 좋다고.』

무기물은 대단하구나. 그런 생각을 하며 방문을 열고 안으로 들어갔다.

이제야 쉴 수 있겠다…….

두 개 있는 침대 중 한 곳에서는 고양이 수염이 난 마인이 푹 자고 있었다. 보아하니 아직 낙서를 했다는 건 눈치채지 못한 모양이다.

자, 나도 자자. 너무 지쳤다. 흑검 그리드를 벽에 세워두고 해골 마스크를 벗었다.

침대에 뛰어들자 바로 졸음이 몰려왔다. 엄청난 졸음이다……
만약 마인의 얼굴처럼, 누군가가 낙서를 하더라도 일어날 자신이
없을 정도로 졸리다. 의식이 눈 깜짝할 새에 어두워졌다.

*

왠지…… 물이 떨어지고 흐르는 소리가 들리는 것 같아서 눈을
떴다. 하품을 하면서 방을 둘러보니 마인이 없었다.

그리고 물소리가 멎은 뒤 잠시 후 마인이 속옷 차림으로 방에
있던 샤워실에서 나왔다?!

"잠깐, 그게 무슨 꼴이야!"

"딱히 페이트 같은 어린애가 보더라도 창피하지 않아."

나보다 연하로 보이는데 그게 무슨 소리야?

응? 옷을 입고 있을 때는 몰랐는데 하얀 문신이 가슴과 배까지
있었다. 돌아서니 등까지……. 거의 몸 전체에 있다. 없는 곳은
얼굴 정도다.

그리고 눈이 마주치자 그녀가 방긋 웃었다.

"용케도 그런 낙서를…… 잘 지워지지 않아서 정말 곤란했는데."

"?! 그건 그냥 호기심에…… 미안해."

"사실 페이트가 잠들었을 때 3층에서 바깥으로 내던질 참이었
는데. 하지만 지금은 당신이 다치면 곤란해. 그래서 이렇게 했어."

마인은 속옷 차림으로 손거울을 들고 다가왔다. 어딜 봐야 할
지 곤란하다.

"봐, 내 자신작. 고맙다는 인사는 필요 없어."

"뭐라고?!"

손거울로 본 나는 원시인 같은 얼굴이었다. 두꺼운 눈썹이 이어져 있고, 그린 수염이 입 주위를 한 바퀴 돌아 구레나룻과 합쳐져 있었다.

그리고 이마에는 폭식이라고 적혀 있었다. ……이건 너무 심하잖아. 착각인지 독심 스킬이 발동되지도 않았는데 벽에 세워둔 그리드가 웃는 소리가 들렸다.

"고양이 수염을 귀엽게 그렸을 뿐이잖아. 그런데 나는 완전히 딴사람이 됐네."

"잘 어울려. 어울리지!"

마인의 붉은 눈은 어울린다는 말만 인정할 기세였다.

"알았어. 내가 잘못했어. 그러니까 옷을 입어줘."

마인은 나를 남자로 보지 않을지 모르겠지만, 나는 매우 신경이 쓰인다. 한창 때의 남자를 얕보지 말라고!

나는 도망치는 듯이 곧바로 샤워실에 들어갔다. 그리고 마인의 보복으로 인해 변해버린 얼굴을 씻었다. 꼼꼼하게 그려서 전혀…… 지워지지 않는데…….

역시 분노 스킬 보유자답다. 당하면 열 배, 스무 배로 갚아주는 것이 기본 자세인 모양이다.

이제부터 마인하고 함께 여행을 하게 되었으니 명심해둬야겠다.

제13화 **괴씸한 성기사**

겨우 얼굴에 그려져 있던 낙서를 대충 씻어냈다. 거울로 다가가 잘 살펴보니 이마에 아직 희미하게 글자가 남아있었다.

뭐, 이 정도라면 앞머리로 가릴 수 있고, 해골 마스크도 쓸 수 있다. 며칠 정도 지나면 완전히 사라질 것이다.

나는 모처럼 샤워실로 들어왔기에 어제 전투를 벌이면서 모래를 잔뜩 뒤집어쓴 몸을 씻기로 했다.

"오오⋯⋯."

나도 모르게 소리를 내버린 것에는 이유가 있다. 놀랍게도 머리를 감는 데 쓸 수 있는 물비누가 있었기 때문이다. 얼굴에 그려진 낙서를 지우는데 집중하느라 고체비누만 있는 줄 알았다.

하트 가문에 있었을 때도 하인 전용 목욕탕에는 고체비누만 있었다. 꽃에서 추출한 향기가 나는 물비누는 고급품이라 쉽게 살수 있는 물건이 아니다. 그것이 방에 있다니⋯⋯.

그러고 보니 마인이 내게 다가왔을 때 약간 달콤한 향기가 났던 이유는 이 물비누로 머리를 감았기 때문일 것이다.

나는 물비누가 들어 있는 병을 들었다. 그리고 병에 어떤 종이가 붙어 있는 것을 깨달았다.

· 사용할 경우, 구입하는 것으로 보고 금화 1개를 청구합니다.

……이봐, 이봐. 무료가 아니었던 모양이다. 그야 그렇겠지……
고급품이니까.

"젠장."

이미 마인이 썼기에 구입하는 것은 확정이다. 어차피 마인에게
따진다 해도 낙서를 지우느라 썼다고 할 게 분명하다.

뭐, 전부 별다른 생각 없이 마인의 얼굴에 고양이 수염을 그려
버린 내 잘못이다. 시간을 되돌릴 수 있다면 어제의 나를 온 힘을
다해 말리고 싶다.

육체적으로도, 금전적으로도 뼈아픈 복수를 당해버렸다. 샌드
골렘 토벌 상금으로 메꿀 수밖에 없다. 내 예상으로는 꽤 거금을
받을 수 있을 것 같다. 금화 1개 정도는 여유롭게 메꿀 수 있을 것
이다.

벌써부터 기대된다. 거금을 받으면 뭘 할까……. 우선 갓 구워
서 부드러운 빵을 먹자. 그리고 고기가 잔뜩 들어있는 수프. 생각
만 해도 침이 나온다.

이런, 이런. 우선 머리를 감자.

나는 꽃향기가 나는 물비누를 조금 손에 담았다. 이것만 해도
은화 몇 개는 되겠는데…… 꿀꺽. 왕도에서 문지기를 하던 때는
은화 2개를 모으느라 몇 년이 걸렸다. 그래서 나 같은 가난한 사
람이 물비누를 쓴다니, 마치 높은 곳에서 뛰어내리는 기분이다.

여기 그리드가 있었다면 궁시렁거리지 말고 얼른 머리를 감으
라고 할 것 같다.

그렇게 내가 갈등하고 있자니.

"아직이야? 얼른 해. 슬슬 출발하고 싶은데."

어이쿠, 분노 양이 짜증 내는 모양이다.

서둘러야지, 또 무슨 짓을 당할지 모른다. 나는 결심하고 머리를 감기 시작했다. 우오오오오오, 이렇게…… 기분이 좋다니. 물비누, 무시무시하다! 이 한 번만으로도 은화 몇 개 가치는 있는 것 같다.

*

시원하게 씻고 샤워실에서 나오자 마인은 이미 여행 준비를 마치고 침대 위에 누워있었다.

"늦어…… 기다리다 지쳤어."

그저 붉은 눈으로 바라보기만 하는데, 대체 뭘까…… 이 압도적인 위압감은.

"저기, 기분 풀어. 이거 줄 테니까."

나는 구입하게 된 물비누를 누워 있던 마인의 배에 올려놓았다.

"응, 페이트는 눈치가 빠르네. 용서해주마."

"성은이 망극하옵니다! 그럼 갈까?"

나는 흑검 그리드를 차고 가방을 든 뒤 마인과 함께 방을 나서려다가.

"어이쿠, 그 전에 이걸 써야지."

가방에서 해골 마스크를 꺼내 장착. 이 도시에서는 무인 무쿠로로 행세하기로 했다.

내 모습을 본 마인은 눈을 가늘게 뜨고 방긋 웃었다.

"남자다워졌네."

"어? 그게 무슨 소리야? 이건 정체를 숨기기 위해서 쓰는 건데……."

"그럼 가자. 페이트."

"더 자세히 말해줘! 저기! 마인! 그리고 이 마스크를 썼을 때는 나를 무쿠로라고 불러줘!"

나를 무시하고 먼저 나서는 마인. 해골 마스크를 쓰니까 남자다워졌다니, 그게 무슨 뜻인데!

그런 이야기를 듣고 있던 그리드는 크게 웃어댔다.

『잘됐구나, 그 모습을 칭찬해주는 녀석이 있어서…… 푸하하하하하하하하핫.』

"시끄러워."

아무리 생각해도 칭찬이 아니잖아. 정말…… 앞으로 마인하고 잘해나갈 수 있을지 불안해진다.

머리를 감싸쥐고 있자니 1층으로 내려간 마인이 나를 불렀다.

『도쿠로(해골)! 얼른!』

"무쿠로(시체)라고, 도쿠로가 아니야!"

분명 놀리는 것 같다. 내가 숙박비를 정산하고 있자니 마인이 멋대로 숙박시설을 나가려 했다. 급하게 불러세워서 아직 볼 일이 남았다는 말을 했다.

"뭔데?"

"어젯밤에 동쪽에 있는 사막에서 샌드 골렘을 쓰러뜨렸어. 그 상금을 받아야 하니까 조금만 기다려줄래?"

"샌드 골렘?! 사막화의 원인이 된 관 마물……. 아쉽네, 들러서 쓰러뜨릴 예정이었는데. 선수를 쳤어."

마인은 바로 사막에 가서 샌드 골렘을 쓰러뜨릴 생각이었던 모양이다. 야행성 마물인데 어떻게 쓰러뜨릴 생각이었을까. 꽤 신경 쓰인다.

물어보려고 했지만 축 처진 모습을 보니 말해줄 것 같지 않았다.

"저쪽에 교환소가 있으니까 다녀올게."

"……나도 갈래."

검은 도끼를 어깨에 짊어진 마인이 힘없이 터벅터벅 따라왔다.

내가 선수를 쳐서 꽤 많이 실망한 모양이었다. 분노 스킬도 내 폭식 스킬처럼 마물을 쓰러뜨리면 강해지는 건지도 모르겠다. 그렇다면 관 마물을 놓친 것이 꽤 분할 것이다.

그만큼 내가 강해졌으니 용서해줬으면 좋겠다. 앞으로 마인과 함께 싸워야만 한다. 그러기 위해서는 나도 강해지는 편이 나을 것이다.

교환소에 도착하자 이미 종업원들이 나를 기다리고 있었다.

"오래 기다리셨습니다, 무쿠로 님. 이것이 샌드 골렘의 상금입니다."

카운터에 놓여 있는 금화를 보고 나는 깜짝 놀랐다. 정말이야……? 받아도 돼? 이렇게 많이!

해골 마스크를 쓰고 있어서 다행이다. 금화 100개를 본 나는 분명 남에게 보여줄 수 없는 표정을 짓고 있을 것이다.

그건 그렇고 금화 100개라. 너무 거금이라 어떻게 써야 할지 모르겠다.

생각이 날 때까지는 소중하게 가방에 넣어두자.

가난한 티를 마구 내면서, 주위를 경계하면서 금화를 가방 안쪽에 넣고 있자니 마인이 욕심난다는 듯이 내 손을 보고 있었다.

"혹시 마인도 관 마물을 쓰러뜨리고 보수를 받으려 했어?"

"응, 그래. 내 여행 목적 중 하나는 돈을 모으는 거야. 우리 마을은 가난하니까 항상 관 마물을 쓰러뜨려서 돈을 받고 마을 자금에 보태고 있어."

"그랬구나. 절반 받을래?"

"받을래!!"

그렇게 소리치지 않아도 줄게. 나는 금화 50개만으로도 충분하고도 남아.

마인은 내게서 금화 절반을 받고 자기 가방에 소중히 넣었다. 그리고 나를 보는 표정이 조금 부드러워졌다. 그렇군, 마인에게 돈을 주면 부드러워지는구나…… 내 머릿속에 있는 마인 취급설명서에 새로운 페이지가 추가되었다.

"돈도 받았으니까 슬슬 갈까?"

"응."

자금 사정이 여유로워진 우리는 신나는 표정으로 숙박시설을 나서려했다.

하지만 앞을 가로막는 사람들이 있었다.

가운데에 있던 남자는 황금빛 중갑주를 입고 붉은 망토까지 걸치고 있었다. 솔직히 취향이 이상한 것 같다. 그 뒤에는 무인으로 보이는 남자들이 50명 이상. 척 보기에도 숙련자 같았다.

뭐, 이렇게 화려한 장비를 걸친 사람이 누군지는 뻔하다.

나는 《감정》 스킬을 발동시켰다.

루돌프 란체스터 Lv120

체력 : 1454000

근력 : 1698000

마력 : 1576000

정신 : 1327000

민첩 : 1465000

스킬 : 성검기, 완력 강화 (대), 마력 강화 (대), 감정

오오! 대단하다. 모든 스테이터스가 100만 이상이다. 외모 때문에 몰랐는데, 진짜 성기사다. 그리고 위험하게도 나와 마찬가지로 감정 스킬을 가지고 있다.

스킬은 은폐 스킬로 숨겨두었지만, 샌드 골렘을 먹어서 루돌프보다 높은 스테이터스를 얻었다는 것을 보여줄 수는 없다. 그 사실을 알게 되면 분명히 골치 아프게 될 것이다. 어떻게 할까……

그렇게 생각하고 있자니 상대방이 먼저 움직였다.

성기사 루돌프는 앞으로 한 발짝 나온 다음 나를 내려다보면서 말했다.

"네가 샌드 골렘을 쓰러뜨렸다는 무인인가?"

"네, 그런데요."

그러자 입술을 핥으며 나를 끈적거리는 시선으로 바라보았다. 솔직히 말하지, 엄청 기분 나쁘다.

"그렇군. 뭐, 그럭저럭 강한 것 같군. 좋다, 후쿠로(주머니)라고 했지?"

"무쿠로입니다."

"아, 그렇군. 무쿠로, 너는 오늘부터 내 부하가 되어라. 미리 말해두지만 네게 거부할 권리는 없다."

이야기를 들어보니 루돌프는 감정 스킬을 사용하지도 않고 나를 대충 살펴보기만 한 것 같다. 성기사가 아니라면 자신보다 약할 거라고 단정 지은 모양이다. 이런이런, 거만한 성기사님이라 다행이다.

루돌프의 이야기를 들어보니 이곳을 다스리는 성기사가 대대로 놓쳤던 샌드 골렘을 쓰러뜨리는 것을 높게 평가하는 모양이다. 놀랍게도 억지로 부하로 삼는 상을 주겠다고 한다.

그 제안을 듣고 나는 마음속으로 안심했다. 감정 스킬을 써서 제대로 확인했다면 다른 반응을 보였을 것이다.

그리고 내가 할 대답은 이미 정해져 있었다.

"그건 곤란한데요. 저는 갈 곳이 있어서."

"무슨 소리를 하는 거냐. 성기사인 내가 정하면 반드시 따라야 하는 것이 도리다. 자, 목을 내밀어라. 내 영지의 주민이니 문신을 새겨주지."

왕도에서도 성기사의 권한이 매우 강력하지만, 이 도시는 이상할 정도다. 성기사의 영지라서 마음대로 굴 수 있는 거겠지. 어떻게 할까…… 나는 흑검 그리드를 뽑아야 할지 망설였다.

이 성기사는 이야기가 통하는 상대가 아니다. 저 눈은 자신보다 격이 떨어지는 사람은 벌레라고 생각하는 눈이다. 만약 그의 부하가 되더라도 애완동물 취급을 받게 될 것이다.

성기사는 내게 천천히 다가왔다.

"자, 내 부하가 되어라. 얌전히 말을 들으면 편하게 살게 해주지."

이제 흑검 그리드를 뽑을까…… 그렇게 생각했을 때── 마인이 내 앞에 끼어들었다.

"그건 곤란해. 무쿠로는 나하고 선약이 있어."

어이쿠, 단숨에 상황이 이상해졌는데. 나는 깨닫고 말았다.

만약 성기사가 물러나지 않는다면 터무니없는 일이 벌어진다는 것을 본능적으로 알게 되었다.

하지만 뭐든지 자기 마음대로 된다고 생각하는 성기사는 마인을 비웃는 듯이 말했다.

"너처럼 새파란 꼬맹이는 집에 가서 엄마와 함께 얌전히 잠이나 자라. 다음에 너…… 끄아아아아아아아아악."

아아아아…… 이럴 수가. 그것은 눈 깜짝할 새에 일어난 일이었다.

화가 잔뜩 난 마인이 바닥에 내려두고 있었던 검은 도끼를 재빠르게 들었다. 그리고 검은 도끼 옆부분으로 성기사를 있는 힘껏, 하늘을 향해 올려친 것이다.

모든 스테이터스가 100만 이상인 성기사가 쉽사리 공중에 떴고, 숙박시설 지붕을 뚫고 나갔다. 그럼에도 불구하고 기세는 전혀 줄어들지 않았고, 그가 다스리는 도시의 외벽을 넘어서 사라져갔다.

저 성기사는 살아있을까. 뭐, 그렇게 스테이터스가 높으니까. 간단히 죽지는 않았겠지…… 그럴 거야.

마인은 시원스러운 표정으로 내게 말했다.

"성기사는 집에 갔어. 자, 우리도 출발하자."

"그, 그래."

나는 쓴웃음……밖에 지을 수가 없었다.

성기사가 데려온 무인들은 울부짖으면서 도망쳤고, 주위에서 상황을 지켜보던 사람들은 너무 놀란 나머지 주저앉았고…… 어떤 의미로 아비규환, 지옥과도 같은 광경이었기 때문이다.

그리고 내 머릿속에 있는 마인 취급설명서에 페이지가 새로 추가되었다. 그녀를 절대로 어린애 취급하지 마라. 매우 중요하다, 목숨이 위험할 수도 있다.

제14화 폭식과 분노

그 폐쇄적인 도시를 떠난 뒤 며칠이 지났다. 그러고 보니 샌드 골렘과 전투를 벌이다 알고 지내게 된 무인인 바르도 일행과는 아무런 이야기도 하지 않고 나와버렸다.

뭐, 그들은 도시를 옮겨 다니면서 마물 토벌로 먹고 사는 모양이니 또 만날 수 있을지도 모르겠다. 그때 함께 한잔하면 되겠지.

마차를 타고 푸른 하늘 아래를 나아갔다. 이번에 탄 마차는 저번처럼 호위를 겸해서 탄 짐마차와는 달랐다. 샌드 골렘을 잡고 얻은 금화를 써서 이동하기 위해 빌린 것이다.

꽤 사치를 부린 건지도 모르겠다. 하지만 돌아오지 못할지도 모르는 여행이다. 호화롭게 가자…… 그렇게 생각하고 빌려버렸다. 아, 물론 내 옆에서 뚱한 표정으로 앉아 있는 마인은 돈을 내지 않았다. 그녀는 최대한 모은 돈을 자기 마을에 주고 싶은 모양이었다.

괜찮아, 길동무가 있으면 먼 길도 짧게 느껴진다고 하니까.

나는 금화 15개로 고용한 중년 마부에게 물었다.

"다음 도시는 얼마나 가야 해요?"

"네, 그게…… 사흘 정도 더 가야겠네요."

사흘이라…… 그 말을 듣고 나는 마차 뒤에 실은 식량을 보았다. 별로 남지 않았다.

내가 배가 고파져서 먹었다고? 아니야, 아니라고. 꽤 아껴서 먹고 있다.

그리고 란체스터 영지의 도시에서 다음 도시에 멀리 떨어져 있다는 것을 미리 확인한 나는 식량을 잔뜩 사서 실어두었다.

그럼에도 불구하고 육포 몇 조각만 남은 이유는 간단하다.

내 옆에서 아직 퉁한 표정으로 앉아 있는 마인이 먹었기 때문이다. 그녀는 네가 폭식 스킬 보유자 아니야? 라고 할 정도로 잘 먹는다.

내가 그 모습을 보고 잘 먹는데도 크지 않는다고 말실수를 해서 마인에게 주먹으로 얻어맞은 걸 아직도 잊지 않았다.

배가 고픈데…… 배에서 꼬르륵 소리가 날 정도다.

그런 나를 보다 못한 마부가 제안했다.

"식량도 얼마 남지 않았고, 조금 돌아가게 되지만 이 앞에 나름대로 사람이 많은 마을이 있는데 거기서 보급을 하는 건 어떨까요. 말도 푹 쉬게 할 수 있으니 그러면 좋겠는데요."

마침 잘됐네! 나는 그 제안을 흔쾌히 받아들였다.

일단 마인에게도 물어볼까?

"마인은 어때? 괜찮은 생각이지?"

그녀는 하늘을 바라보면서 건성으로 대답했다.

"듣지는 않았지만, 괜찮을 것 같아."

"너무 건성이네……."

흥미가 없는 것에 대해서는 전부 다 건성이다. 마인은 하품을 하고 나서 뒤쪽에 있던 마지막 식량인 육포를 먹기 시작했다.

"잠깐, 왜 지금 먹는데?"

"배가 고프니까. 그리고 식량을 사러 간다며?"

"그렇긴 하지만."

나도 배가 고프다고. 그렇게 말하려 했는데…… 마인에게 말해 봤자 소용없을 것 같아서 포기하려던 참에.

"자, 이거."

들고 있던 육포를 내 입에 밀어 넣었다. ……냠냠, 배가 고프니 더 맛있네.

"페이트도 배가 고프지?"

"그래……."

뭐야, 흥미 없는 건 전혀 보지도 않으면서. 내 배에서 나는 소리는 확실하게 들었어?

고맙다는 인사는 안 할 거야. 이 육포는 내가 산 거니까.

어울리지 않는 행동을 한 마인을 보고 당황하고 있자니 정작 그녀는 육포를 먹고 만족했는지 내 무릎을 베고 누워버렸다.

"잘 거면 뒤쪽에 자리가 비었으니까 거기서 자."

"싫어! 저쪽은 딱딱해서 잠이 안 와. 이 침대는 그럭저럭."

"그럭저럭이라 미안하다."

"잔소리를 하는 침대라 옥에 티야. 도착하면 깨워……."

말이 참 심하시네. 그리고 빨리도 잔다!

진짜 잘 자네. 작은 숨소리를 내면서 조용히 잠든 모습을 보니 그냥 어린아이처럼 보인다. 그걸 본인에게 말하면 그 루돌프라는 성기사처럼 검은 도끼에 얻어맞겠지만.

마인의 머리를 쓰다듬으면서 느긋하게 다른 쪽 손으로 흑검 그리드를 쥐었다.

"저기, 그리드. 마인은 뭐하고 싸우는 걸까?"

『글쎄다.』

"아는 주제에 또 딴청 피우는 거야?"

『계속 따라가면 일부분은 볼 수 있을 거다. 하지만 깊게 파고들지는 마라.』

"일부분이라……."

대죄 스킬하고 관련된 걸까. 아니면 전혀 다른 무언가? 나는 알 수가 없다.

나는 진지하게 물어보는 건데, 마음 편한 그리드는 장난기 어린 목소리로 터무니없는 이야기를 꺼냈다.

『페이트, 기회다. 그때 복수를 하는 거다.』

"무슨 소리야."

『푹 잠든 마인의 이마에 분노라고 적어줘라! 재미있을 거야.』

"그야 네가 보기에는 재미있겠지만."

『할 거냐? 해버릴 거냐?』

"할 것 같냐! 나는 아직 죽고 싶지 않아."

방금 떠올렸던 루돌프가 멀리 날아가는 기억이 나로 바뀌어서 재생되었다. 하늘을 날아가면서 먼저 마을로 가서 기다릴게요~! 그럴…… 수 있겠냐고!

진짜, 그리드는 진지한 이야기를 하다가도 항상 이런 느낌이라 곤란하다.

잠시 후 마차가 마을에 도착했다.

"이거…… 대단한데."

나도 모르게 그런 말이 나올 정도로 밀밭이 넓게 펼쳐져 있는 마을이었다. 농업이 발달한 마을 같다. 곳곳에 물레방아가 있고,

그 힘을 이용한 절구가 밀을 빻는 소리가 들렸다.

마을에서 풍기는 이 향기롭고 침이 나올 정도로 맛있을 것 같은 냄새는…… 빵이다!

보아하니 밀 말고 다른 작물도 키우는 모양인지 본 적도 없는 채소밭까지 군데군데 보였다. 그리고 소와 돼지의 울음소리도 간간이 들렸다.

내 고향이었던 마을보다 훨씬 풍요로웠다.

"이렇게 번창한 마을을 본 건 처음이야."

"그렇겠죠. 이 스이 마을은 물이 많이 솟아나는 곳이라서요. 그 물이 식물의 성장에 도움이 된답니다. 마을 가운데에 있는 호수가 그 물이고 도착하면 금방 볼 수 있을 겁니다."

"호오~, 그런 물이 있구나. 신기하네."

"50년 전부터 갑자기 솟아나기 시작했다네요. 그 작은 샘 주위에는 식물들이 자라났다고 하고요. 여행자가 우연히 발견한 뒤로 사람들이 모여서 지금 같은 마을을 만들었다고 들었습니다."

갑자기 물이 솟아날 수도 있나? 이 마을에 오기 전에 본 땅은 빈말로도 좋다고 할 수 없는 곳이었다. 마른 흙이 펼쳐져 있기만 했는데…….

이곳은 사막 안에 있는 오아시스 같았다.

"아, 그렇지. 급하게 가시는 손님들은 상관없겠지만, 혹시나 해서 말씀드리는데요."

아저씨는 내게 이상한 말을 했다.

"여기에 오래 머무르면 안 됩니다. 절대로요."

"어째서? 이렇게 느긋한 곳인데?"

진짜 원인은 마부도 모르는 모양이었다. 껄끄러운 표정을 지으면서 계속 말했다.

"그건 말이죠. 계속 머무르면 이 마을에서 나갈 생각이 없어지거든요."

거짓말?! 그렇게 따지고 싶었지만 아저씨가 너무 단호하게 말했기에 쓴웃음을 지을 수밖에 없었다.

그래서 우리는 하루만 여기서 머무르고 바로 출발하기로 했다.

아저씨는 말을 쉬게 하기 위해 먼저 숙소로 보냈다. 나는 잠든 마인과 검은 도끼 슬로스를 마차에서 내리고 일단 그와 헤어졌다.

자, 마인을 어떻게 깨울까…… 고민된다.

함부로 깨우면 잠버릇이 나쁜 그녀가 화를 낼지도 모르고. 하지만 마인이 마을에 도착하면 깨워달라고 했다.

그렇지…… 푹 잠든 그녀를 부드럽게, 확실하게 깨울 좋은 방법이 있으면…….

앗?! 좋은 방법이 떠올랐다!

"그럼 바로."

숨소리를 내며 자는 마인의 자그마한 코를 손가락으로 쥐었다. 그리고 잠시 기다렸다.

그녀의 눈썹이 조금씩 움직이기 시작했다. 그것이 온몸으로 퍼져나갔다.

오오, 괜찮은 느낌인데.

얼굴이 빨개지는 걸 보니 괴로운 모양이다. 이제 타이밍을 보기만 하면 된다.

지금이다!!

나는 마인이 눈을 뜬 순간, 그 일보 직전에 잡고 있던 그녀의 코를 놓았다.

"마인, 마을에 도착했어."

"……그래."

그녀는 내가 어떻게 깨웠는지 눈치채지 못한 것 같다. 흐음, 흐음, 이 수법은 유용할 거 같은데…….

"자, 마인의 도끼. 그리고 마부 아저씨는 말을 쉬게 하려고 숙소로 보냈어. 우리는 식량을 사러 가자."

"알았어."

내게 검은 도끼 슬로스를 받은 마인은 일어나자마자 재빠르게 내 코를 잡았다.

"이번에는 내가 깨워달라고 부탁했으니까 용서해줄게. 하지만 다음에도 그러면."

"아야야야야."

들켰다! 젠장…… 실패했나!

하지만 포기하지 않을 거야. 왜냐하면 마인이 자는 모습을 보고 있으면 장난을 치고 싶어지니까. 왜 그런지는 모르겠지만 무심코 해버리거든.

아마 내 안에 있는 폭식 스킬이 그렇게 만드는 것 같다. 그렇게 적당한 이유를 대고 있자니 마인이 눈살을 찌푸리며 다시 코를 잡았다. 이번에는 방금보다 더 세게 잡았다. 아파, 아파, 아프다고!

"듣고 있어?"

"듣고 있어요. 다음부터는 안 그럴 테니까 놔줘!"

겨우 풀려난 코를 쓰다듬으며 생각했다. 후후후후후, 똑같은 방법은 말이지. 다음에는 다른 방법으로 깨워주마…….

농담은 이만하고 식량을 사러 가자.

"숙소에서 얼른 쉬고 싶으니까 얼른 식량을 사자."

"그럴 생각이야. 아직 덜 잤어."

"더 잘 생각이야?"

졸린 마인을 데리고 사람들이 많은 쪽으로 갔다.

가게가 많지는 않았지만 전부 다 너무 많은 거 아닌가 할 정도로 다양한 물건들이 있었다.

채소를 파는 가게 아주머니에게 물어보자.

"괜찮아. 이 마을에서는 이게 당연한 거니까. 이곳에서는 농작물이나 가축이 깜짝 놀랄 정도로 잘 자라거든. 하지만 마을 바깥으로 가지고 나가면 금방 상하거나 썩으니까 다른 도시에 내다 팔기는 힘들어."

"그런 걸 먹어도 괜찮은가요?"

"괜찮아! 괜찮아! 우리는 매일 먹으니까. 그런데 너희는 여행 식량을 찾는 거지?"

"네, 맞아요."

"그럼 소금에 절여서 말린 고기를 사야겠네. 그건 괜찮은 모양이야. 여기에 들르는 여행자들은 다들 그걸 사가니까."

채소가게 아주머니가 가르쳐준 대로 우리는 옆집 정육점에서 짭짤해 보이는 말린 고기를 꽤 많이 구입했다. 물론 마인은 동화 1개도 내지 않았다.

나는 말린 고기가 잔뜩 들어 있는 포대를 들고 걸어가면서 마인에게 말을 걸었다.

"그건 그렇고 특이한 마을이구나. 농작물하고 가축이 잘 자라는데 간단히 가지고 나갈 수가 없다니."

"페이트, 저걸 봐."

"뭔데? 저 세 쌍둥이?"

"응. 그리고 저기도."

"어…… 네 쌍둥이?"

그뿐만이 아니었다. 많은 아이들이 마찬가지로 세 쌍둥이나 네 쌍둥이였다. 보통 이런 경우는 없지.

"아이를 많이 낳는 마을인가?"

"아니야."

마인이 딱 잘라 말하자 그리드가 《독심》 스킬을 통해 말해주었다.

『마인 말이 맞다. 분명히 무언가가 일으킨 일이야.』

"무언가라니? 그게 뭔데……, 아무것도 없잖아."

『힌트는 이미 들었을 텐데.』

힌트? 음~, 그렇다면 이 기괴한 마을이 생긴 원인일 텐데. 신기한 물이 솟아나기 시작했다…… 이것이 모든 것의 시발점이다.

우리는 이 마을의 중심에 있는 커다란 호수로 갔다. 처음에는 작은 샘이었다는데, 지금은 왕도의 성이 통째로 들어갈 정도로 컸다.

이 호수는 사람들의 쉼터로 이용하고 있는 모양이었고, 남녀노소가 느긋하게 물놀이를 즐기고 있었다.

나는 별다른 생각 없이 호수의 물을 뜨려고 손을 뻗었지만.

"페이트, 안 돼. 자극하지 않는 게 좋을 거야."

"어? 나는 이 물을 확인하려고——."

마인이 팔을 붙잡았다. 그녀는 곧바로 들고 있던 검은 도끼를 땅바닥에 내려놓았다.

"혹시나 했는데, 이건 진짜야."

『그런 모양이군.』

그리드가 마인의 말에 맞장구를 쳤다. 나는 무슨 소린지 전혀 알 수가 없었다.

혼자만 모르는 것 같아서 물어보니 마인이 해준 대답은.

"도시 포식자."

그런 낯선 단어였다. 그리고 그리드가 보충 설명을 해주었다.

『마물이다. 엄청나게 거대한 마물이지. 게다가 엄청나게 많이 먹어댄다. 그래도 수백 년에 한 번만 식사를 하지. 지금부터 하는 말이 중요해. 이 마물은 한 번에 잔뜩 먹기 위해 매우 느긋한 방법을 쓴다.』

"설마…… 그게."

나도 그렇게 설명을 들으니 이해할 수 있었다.

마물의 이름이 도시 포식자니 답을 알 수가 있었다.

그래서 마물은 이 마을이 이상할 정도로 발전하는데 힘을 빌려주고 있는 것이다. 이 물을 통해서……, 이 물은 먹잇감인 인간을 불러들이기 위한 미끼나 마찬가지다. 마물은 무엇보다 인간을 먹는 것을 좋아한다.

좀 전에 본 세 쌍둥이나 네 쌍둥이들이 태어난 것도 도시 포식자의 물 때문일 것이다. 더욱 많이 먹을 수 있게끔 그렇게 만든 것이다.

　나는 호수 바닥을 살펴보았지만 너무 싶어서 마물 같은 모습은 보이지 않았다. 이렇게 깊으니 감정 스킬도 발동되지 않을 것이다.

　"도시 포식자가 이 아래에 있어?"

　"있어. 그리고 언젠가 여기에 있는 사람들을 모두 먹을 거야."

　"그렇다면……, 아니."

　그렇게 말하려다가 입을 다물었다. 이건 그런 문제가 아니다.

　마인은 내가 무슨 말을 하고 싶었는지 눈치챘는지 대신 말해주었다.

　"만약 우리가 도시 포식자와 싸우면 이 마을은 돌이킬 수 없는 피해를 입을 거야. 그리고 사실을 말해봤자 믿어줄 사람도 없어. 도시 포식자는 땅속 깊은 곳에 둥지를 틀고 있으니까. 피하지 않는 사람들은 전투에 휘말리게 될 테고."

　"그리고 쓰러뜨려버리면 이 마을은 죽겠지."

　"맞아. 도시 포식자의 힘으로 발전한 마을이니까 사라지면 원래대로 메마른 땅으로 돌아갈 거야. 이주를 한다고 해도, 페이트가 그들에게 지금 같은 생활을 제공할 수 있어?"

　"……못 하지."

　"그래서 이건 쓰러뜨리면 안 되는 마물."

　"하지만…… 그건."

　결과를 뒤로 미루기만 하는 것 같다. 하지만 마인의 말이 맞을 것이다.

　도시 포식자라고 부를 정도니까 이 마물이 먹을 정도 규모로 마을이 발전하기까지는 꽤 오랜 시간이 걸릴 것이다. 100년, 아니

200년이 걸릴 지도 모른다.

그전까지 여기 사는 사람들은 행복한 시간을 보낼 수 있다. 그런 상황인데 우연히 들른 여행자가 멋대로 미래를 결정할 수는 없다.

알고 있는데도 아무것도 할 수 없는 답답한 마음에 흑검 그리드를 쥐자.

『언젠가 좋은 방법을 찾아내면 다시 오면 되잖아. 안 그래? 페이트.』

"그래, 그렇게 할게. 지금은 그렇게 할게."

마음이 흔들리려 했을 때, 문득 그녀의 얼굴이 머릿속을 스쳤다. 만약 록시 님이었다면 어떻게 했을까……

그녀라면 그녀답게 내가 생각하지도 못한 것들을 해내버릴 것이다.

나는 호수를 바라보던 마인에게 말했다.

"지금 나는 할 수 없는 일들이지만, 다음에 여기에 왔을 때는……."

"힘만으로는 해결할 수 없는 싸움도 있어. 페이트가 그걸 깨달았으니, 지금은 충분한 것 같아. 숙소로 가자."

항상 무표정한 마인이 그때만은 약간 부드러운 표정을 지은 것 같았다.

도시 포식자…… 쓰러뜨려서는 안 되는 마물이다. 지금까지 쓰러뜨렸던 마물 중에는 없었던 타입이다.

이렇게 쓰러뜨리는 것이 정의라고 할 수 없는 마물과 다시 마주치면 내가 흑검을 칼집에서 뽑아 들 수 있을까. 마음의 천칭에 달려있을지도 모르겠다.

제15화 황혼의 노기사

도시 포식자가 잠들어 있는 스이 마을에서 보급을 마친 우리는 다시 마차를 타고 가고 있다.

왕도에서 멀어질수록 도시 사이의 거리가 멀어졌다. 다시 말해 가리아 쪽으로 다가가면 다가갈수록 사람이 살기 힘든 곳이라는 뜻이다. 가리아에서 쳐들어오는 마물의 영향 때문이다.

지금은 침입을 막아내는 책임을 진 성기사가 부재중이라 상황이 악화되기만 하고 있는 모양이다. 여기로 오면서 마물을 꽤 많이 쓰러뜨렸기에 몸소 알게 되었다.

가리아에서 멀리 있는 지역까지 마물들이 유입되고 있다. 이 사실은 왕국에 심각한 영향을 끼칠 것 같다.

그런 생각을 하고 있자니 작은 마을에 도착하자마자 마차가 큰 소리를 내면서 멈춰버렸다.

"이런~, 이거 큰일인데. 아무래도…… 왼쪽 바퀴가 망가져버린 모양이네요."

마차에서 내린 남자가 곤란한 표정으로 내게 그렇게 설명했다. 수리를 하려면 사흘 정도 걸린다고 한다. 우리는 당분간 이 작은 마을에 머무르게 되었다.

마인은 내게 뭔가 해달라고 했었기에 여기서 멈춰서게 되니까 화를 낼 줄 알았는데, 그렇지 않았다. 시간 문제가 아니라고 하면서 마을을 살펴보기 위해 혼자서 산책을 하러 가버렸다. 제멋대로 구는 녀석이다.

나는 마을에서 사흘 정도 머무를 허가를 받기 위해 촌장을 찾기로 했다.

"그건 그렇고 이 마을은 평화롭네."

『아마 강한 자가 마을을 지키고 있는 거겠지.』

그리드가 《독심》 스킬을 통해 내게 말했다. 그럴지도 모르겠다. 여기로 오면서 꽤 많이 쓰러뜨린 마물 같은 그림자가 이 마을에서는 느껴지지 않았다. 가리아까지 절반 정도 남은 위치에 있는데도 불구하고 이 마을은 왕도처럼 평화로웠다.

어떤 의미로는 이상하다. 나는 스쳐지나가는 어린아이들을 보면서 고개를 갸웃거렸다.

좋은 환경도 아닌데 이 작은 마을 사람들은 안심하고 살아가는 것 같았기 때문이다.

잠시 걸어가다 보니 커다란 나무 그루터기에 앉아 있는 노인이 있었다. 긴 하얀 수염을 목 뒤로 묶은 게 보였다.

마침 잘 됐다. 저 사람에게 촌장이 어디 있는지 물어보자. 다가가자 오히려 그 노인이 말을 걸었다.

"이 마을로 온 강한 기운 중 하나는 자네인가? 흐음, 적의는 없는 것 같군."

노인은 방긋 웃으며 내게 악수를 청했다.

"내가 아론 바르바토스. 이 마을의 우두머리를 맡고 있다. 환영하마, 젊은 무인이여."

이 사람이 마을의 우두머리구나. 어이쿠, 나도 자기소개를 해야지.

"저는 페이트 그래파이트라고 합니다. 타고 가던 마차가 망가져버려서 그런데 수리하는 동안 이 마을에 머무를 수 있게 허가해주실 수 있나요?"

"그래, 마음대로 머물다 가도 상관없어. 그 대신 조건이 있네. 우선 나와 승부를 내보지 않겠나?"

아론은 그렇게 말하고 그루터기 아래에서 황금빛 검을 꺼냈다. 저건…… 성검이다.

다시 말해 그는 성기사라는 뜻이다. 그리고 우리가 이 마을에 들어온 것을 눈치채고 무기를 숨겨둔 채 기다리고 있었다.

처음에 아론은 이렇게 말했다. 내게 적의가 없다고……. 만약 그가 위험하다고 판단했다면 말없이 공격했을지도 모른다는 건가?

"아뇨, 성기사님하고 싸울 수 있을 정도로 강하진 않은데요."

"하하하, 거짓말하지 말게. 나는 감정 스킬을 가지고 있어. 자네는 레벨이 1이면서 스테이터스가 터무니없군."

진짜냐…… 감정 스킬을 지닌 성기사라니. 은폐 스킬로 스킬을 가릴 수는 있지만 스테이터스는 속일 수 없다. 예전부터 걱정하긴 했지만 설마 이런 곳에서 들킬 줄은 상상도 못 했다.

"그래서, 어떻게 하자는 거죠?"

나는 흑검 그리드를 칼집에서 뽑아 들었다. 그러자 아론은 왼손을 내 앞으로 내밀고 말했다.

"방금 말했을 텐데. 자네에게는 적의가 없다고. 그러니까 사투를 벌이려는 건 아니야. 자네가 얼마나 강한지 알고 싶으니 가볍게 싸워보자는 거다. 어떻게 할 거지?"

이 노인, 내게 확인하면서도 성검을 칼집에서 뽑아 들었다. 말과 다르게 의욕이 넘치잖아.

그렇다면 붙을 수밖에 없다. 나는 흑검 그리드 끄트머리를 아론에게 겨누었다.

"흐음, 자세가 마치 고블린 혹은, 코볼트 같군. 야성미가 넘치는 자세야."

"칭찬하시는 건가요?"

"아니."

어쩔 수 없잖아. 내 검술에는 스승 같은 게 없다. 이게 올바른 자세인지 아닌지는 알 수가 없다. 마물을 쓰러뜨릴 수만 있으면 되니까.

"마물을 쓰러뜨릴 수 있긴 하겠지만, 대인전을 벌이면 고생하겠군."

"그런가요? 감정 스킬을 가지고 계신다면 아실 텐데요. 이 스테이터스라면……."

"과연 그럴까."

다음 순간, 내 코앞에 아론이 들고 있던 성검 끄트머리가 있었다. 빠르잖아!

"모든 스테이터스가 200만 이상, 보기에는 강하지. 하지만 그것을 완전히 살려내지 못하면 소용이 없지. 아마 자네는 급속도로 강해지는 자신의 몸에 익숙해지지 않은 것 같군."

"그렇다면 어쩌라는 거죠?"

"아니, 늙은이의 소일거리 삼아 이 마을에 머무르는 동안 내가 자네를 지도해주지. 그게 이 마을에 머무르는 조건이야, 어떤가?"

소일거리라……. 그런 이유로 내게 싸우는 법을 가르쳐준다고 한다. 혹시 저 자상해 보이는 미소에 다른 꿍꿍이가 있을지도 모른다. 하지만 모든 스테이터스가 200만을 넘어섰을 때부터 몸을 컨트롤하는데 위화감이 들긴 했다.

이건 기회일지도 모른다. 노련한 성기사가 싸우는 법을 가르쳐준다면 더 이상 바랄 게 없다. 고블린 선생님과 실전훈련을 벌이며 익힌 방식은 나중에 통하지 않을 것 같으니까.

"알겠습니다. 당분간 잘 부탁드립니다."

내가 흑검을 칼집에 넣고 아론에게 고개를 숙였다.

그는 성검을 칼집에 넣고 다시 악수를 청했다.

"흐음. 잘 부탁한다, 페이트. 이대로 늙어서 죽는 것보다는 괜찮다 싶은 젊은이에게 내 모든 것을 전해주고 싶다는 생각이 항상 있었거든. 아니, 정말 마침 잘 와줬다."

"저기…… 미리 말씀드리지만 이 마을에는 사흘 정도 머무를 예정이라서요."

"그거 큰일이군. 그럼 바로 수행을 해볼까!"

다시 성검을 뽑아 드나 싶었는데 맨손으로 덤벼들었다. 급하게 주먹을 막아냈지만 너무 묵직해서 뒤로 크게 날아갈 정도였다. 이 영감님, 기운이 너무 넘치는데.

"호오, 거의 기습이나 마찬가지였는데 막아내다니. 그럼 이건 어떨까."

"어?!"

곡예 같은 움직임을 보이며 내게 덤벼드는 아론. 이게 진짜로 살 날이 얼마 남지 않은 영감의 움직임이야?

결국 나는 저녁이 될 때까지 아론에게 체술을 듬뿍 배웠다. 자동 회복 스킬이 없었다면 분명 내 몸은 멍투성이가 되었을 것이다.

"스테이터스 컨트롤은 무기를 들지 않은 맨손이 제일 감을 잡기 편하지. 자, 오늘은 이쯤 해두지. 그럼 페이트, 집으로 안내해 줄 테니 따라오도록."

내일도 이렇게 당하려나…… 그런 생각을 하고 있자니 건너편에서 마인이 타박타박 걸어왔다. 그 모습을 보고 아론이 한순간 깜짝 놀란 표정을 지었다.

"설마……."

"왜 그러시죠?"

"아니, 아무것도 아니야. 그녀도 자네 일행인가?"

"맞아요. 마인이라고 해요. 툭하면 화를 내곤 하니까 조심하세요. 어떻게 해볼 수가 없을 정도로 말괄량이거든요."

"그거 큰일이군, 하하하하."

"웃을 일이 아니거든요."

둘이서 마인 이야기를 하고 있자니 이쪽으로 다가오던 마인이 재채기를 했다.

그리고 왠지 모르겠지만 나를 노려보기 시작했다. 어어어? 벌써 화나셨나요…….

제16화 **성검의 극의**

우리는 아론의 안내를 받아 그가 사는 집으로 향했다. 성기사의 집이니까 저택처럼 클 줄 알았는데 아니었다. 말린 벽돌로 만든 검소한 단층집이었다.

"하하하하, 혹시 호화로운 저택일 거라 생각했나?"

"솔직히 그럴 줄 알았어요."

"솔직해서 좋군. 그쪽 아가씨는 이 집이 마음에 들었나?"

그렇게 아론이 마인에게 물어보았지만, 그녀는 고개를 돌리며 무시해버렸다.

"어라, 기분이 상한 모양인데."

"신경 쓰지 마세요. 마인은 항상 이런 느낌이니까요."

"그런가……."

아론은 조금 아쉽다는 듯이 문을 열고 우리에게 들어오라며 손짓했다.

마인이 다른 사람에게 마음을 터놓지 않는 것은 어제오늘 일이 아니다. 그녀와 함께 여행을 하게 된 뒤로 다른 사람과 생산적인 이야기를 하는 모습을 본 적이 없다. 나만 유일하게 같은 대죄 스킬 보유자라서 이야기를 나누는 정도다. 내가 보기에 마인은 자신의 힘만 믿는 고독한 무인 같다. 분명 그것이 그녀다운 방식일 것이다.

아론의 집안으로 들어가자 방에는 생각보다 물건이 없었다. 그렇게 생각하던 내게 아론이 웃으며 이야기해주었다.

"이 집은 마을 사람들이 나를 위해 일부러 만들어준 집이야. 원래 이곳에는 마을이 없었거든. 내가 마물을 쓰러뜨리면서 화풀이를 하다 보니 어느새 갈 곳을 잃은 사람들이 멋대로 모여서 마을을 만들더군. 그렇게 자연스레 마을을 지키는 우두머리가 된 거지."

곤란한 녀석들이라고 하면서도 싫지는 않은 것 같았다. 그저 죽기만을 기다리는 것보다는 시간을 때울 수 있으니 더 낫다는 모양이다.

아론은 우리에게 차를 내주면서 이야기를 계속했다.

"나는 마을 사람들에게 미리 말했었지. 나이도 많이 들어서 언제까지나 너희들을 지켜줄 수 없다고. 그런데도 갈 곳도 없으니 여기에 마지막까지 남겠다는군."

"마을 사람들이 아론 님하고 함께 죽겠다고 한 건가요?"

"아론 님이라고 부를 필요는 없다. 아론이라고 부르면 돼. 그런 모양이더군. 그건 참 곤란한데 말이지. 내가 죽은 뒤에 마을 사람들이 마물들에게 잡아먹힐 거라는 사실은 뻔하니까."

이것만은 어떻게 할 수가 없다면서 아론도 포기한 모양이었다.

"혹시 제게 당신 대신 이 마을을 지키라고 하진 않겠죠?"

"하하하하, 그러지는 못하지. 우연히 이 마을에 온 자네에게 그런 부탁을 할 수는 없어."

"그럼 어째서 제게 이렇게 잘해주시는 건가요?"

돈도 받지 않고 모르는 사람을 단련시켜주다니, 역시 이해가 되지 않는다. 방금 한 이야기를 듣고 나니 더더욱.

그러자 아론은 진지한 표정으로 내게 말했다.

"이건 내 이기심이야. 그저 자네를 통해 내가 살아온 증거를 남기고 싶은 거지. 살 날이 얼마 남지 않은 늙은이의 소원을 들어주면 안 되겠나."

"증거라고요……."

그렇게 말하며 방을 둘러보니 침대 옆 선반에 있는 그림이 보였다. 부모와 자식의 그림이었다. 아버지는 아마도 젊은 시절의 아론. 머리카락이 까만 부인은 매우 아름다웠다.

그 사이에 서서 자신만만한 표정을 짓고 있는 검은 머리카락 남자애가 있었다. 손에는 성검을 본떠 만든 장난감을 들고 있었다.

"저기…… 저 그림은?"

"내 가족이다. 예전에 왕도에 근무할 때는 일만 하느라 좀처럼 영지로 돌아가지 못했거든. 내가 가리아로 가 있을 때, 운이 나쁘게도 영지로 침입한 마물들에게 두 사람 다 죽어버렸어. 지금은 저걸 침대 곁에 두고 참회하는 나날을 보내고 있는 거지. 우스운 이야기 아닌가?"

"아뇨…… 쓸데없는 걸 여쭤봐서 죄송합니다."

저 그림에 나온 남자애는 왠지 나와 닮은 것 같다. 혹시 아론이 나를 죽은 아들과 겹쳐보고 있는 건가? 지나친 생각일지는 모르겠지만…… 아들에게 전해주고 싶었던 것을 내게 전해줌으로써 나름대로 속죄를 하려는 걸까.

문득 보여준 아론의 슬퍼 보이는 표정을 봤을 때, 왠지 그런 생각이 들었다.

*

　다음 날, 나무 그늘에서 마인이 기지개를 켜고 있는 모습이 보였다. 참 느긋하기도 하지. 하지만 나는 그럴 여유가 없었다.

　이제 이틀밖에 남지 않았기에 아침부터 아론이 나를 단련시켜 주고 있었다.

　끄헉……. 명치에 뼈아픈 공격을 세 방이나 맞아버렸다.

　"한눈을 팔다니, 아직 여유가 있는 모양이로군."

　"좀 천천히 하면 안 될까요. 너무 힘들다고요. 허리를 삐끗해도 저는 몰라요."

　"호오, 그런 말이 나올 정도면 기운이 남은 모양인데."

　어라, 이상한 스위치를 눌러버렸나? 스테이터스를 컨트롤하기 위해 가장 적합한 맨손으로 대련을 하는데, 잘못 맞으면 크게 다칠지도 모른다.

　아론의 이야기에 따르면 실전에 가까운 긴장감이 단련의 효과를 더욱 크게 만들어주는 모양이었다. 뭐, 보통은 3년 정도 할 것을 사흘로 압축시키고 있으니 어쩔 수 없을지도 모르겠다.

　그렇기 때문에 말로 하기보다는 몸에 배게 만드는 스타일인 것이다.

　그런 보람도 있었는지 머리로 생각하기보다는 몸이 멋대로 반응하게 된 것 같다. 그때마다 가장 적합하게 자동적으로 스테이터스를 컨트롤하고 있는 것이다.

　공방은 점심 때까지 쉴 새 없이 이어졌다.

　"흐음, 꽤 틀이 잡히기 시작했군. 역시 말로 하는 것보다 빨라.

자네가 튼튼해서 다행이네."

"안 그랬으면 지금쯤 죽었을 걸요."

자동 회복 스킬에 감사하면서 단련을 하다 보니 또 그 욱신거리는 느낌이 찾아왔다.

쳇, 이럴 때. 그 이후로 기아 상태를 억누르는 훈련을 해서 개선될 징조가 보였는데, 이렇게 의식이 다른 곳에 쏠려버리면 곧바로 고개를 내밀곤 한다.

이 느낌을 보니 오른쪽 눈은 벌써 붉게 변했을 것이다. 한쪽 눈을 감고 속일까…… 아니, 아론 상대로는 힘들다. 한쪽 눈만으로는 그의 맹공을 막아낼 수 없다. 어쩔 수 없지…….

"응? 참 기괴하군…… 눈의 색이 변했어. 그 색은 마인의 눈동자와 같은 색인 것 같은데……."

"흥분하면 눈의 색이 변하거든요."

"그렇다면 마인은 항상 흥분한 상태라는 건데……."

그 말을 들은 마인이 검은 도끼를 살짝 들어 올리려 하고 있었다. 내가 항상 흥분한 상태라고? 이런 눈초리로 나를 보았다.

으아아아아아아. 급하게 거짓말을 하면 안 되는구나. 미심쩍어하는 표정을 지은 아론에게 대련을 계속하자고 말했다.

"자, 계속 부탁드립니다."

"의욕이 있다는 건 바람직하지. 그럼 간다."

이건……, 아론의 움직임이 느리게 보인다. 반 기아 상태가 평소보다 날카로워졌다. 훈련한 성과가 시너지 효과를 일으키고 있는 건가?

"이런?! 갑자기 움직임이 좋아졌는데."

"아론이 잘 가르쳐주셔서 그래요. 그럼 저도 갑니다."

대인전에서 중요한 것은 발놀림이다. 하반신의 움직임을 통해 대충 예측할 수 있게 된다. 아론에게 배운 것을 그에게 돌려준다. 깊게 파고들면서 온 힘을 다한 일격. 반대로 가볍게 파고들 때는 견제나 유도다. 보통은 공격을 가하는 팔에 시선이 가곤 한다. 하지만 예측할 때는 기점인 발의 움직임이 더 중요하다.

보인다, 여기다!

"오오…… 꽤 많이 늘었군."

나는 아론의 주먹을 피한 뒤 품속으로 파고들어서 오른쪽 주먹을 그의 코앞에서 멈췄다.

뭐, 이렇게 해낸 것은 반 기아 상태이기 때문이다. 평소였다면 아직 이 영역에는 도달하지 못했을 것이다. 하지만 반 기아 상태에서 이렇게 해냈으니 신체능력에 완전 부스트가 걸린 기아 상태라면 터무니없는 움직임…… 인간의 영역을 초월한 전투를 벌일 수 있을지도 모르겠다.

"그야말로 눈빛이 변하니 움직임이 다른 사람 같을 정도로 날카로워지는군. 그것이 원래 자네의 힘이라는 건가? 보아하니 마음에 부담이 걸린 것 같기도 한데…… 그쪽도 마찬가지로 수행중이라는 건가?"

"그런 느낌이죠."

나는 쓴웃음을 짓고 둘러댔고, 문득 아론의 스테이터스가 신경 쓰였다.

상대방도 감정 스킬을 써서 내 몸을 확인했다. 쓴다 해도 쌤쌤이겠지. 《감정》을 발동.

아론 바르바토스 Lv180

   체력 : 3244000

   근력 : 3856000

   마력 : 3948000

   정신 : 3874000

   민첩 : 4098000

   스킬 :

강하다……. 전부 300만 이상이다. 지금 나보다 더 강하잖아!

스킬은 아마 은폐 스킬로 볼 수 없게끔 가리고 있을 것이다.

그건 그렇고 이 정도 스테이터스면 꽤 상위 성기사다.

스테이터스를 보는데 집중하던 내게 아론이 어이없어하며 충고해주었다.

"감정 스킬을 정면으로 쓰면 안 되지. 그 스킬은 특유의 안구운동이 약간 보이니까, 아는 사람이 보면 감정당하고 있다는 것을 금방 알아챌 거다."

"그런가요……."

"뭐, 모르는 게 당연하겠지. 내가 자네를 똑바로 보면서 감정을 했을 때도 아무런 반응을 보이지 않았으니까."

톱 레벨 무인들은 감정하는 것조차 간파할 수 있구나. 다음에 거울을 보면서 감정 스킬을 써서 눈이 어떻게 움직이는지 확인해야지.

그리고 아론은 내게 유용한 기술을 가르쳐주었다.

"감정 스킬을 일시적으로 방해하는 방법이 있지."

"엄청 알고 싶네요."

남들과는 스테이터스가 다른 내게는 매우 고마운 방법이다. 전투를 벌이게 된다 해도 자신의 정보를 상대방에게 알리고 싶지는 않다.

"시험 삼아 내게 감정 스킬을 써봐."

아론이 말한대로 《감정》 스킬을 사용했다.

윽?! 갑자기 눈앞이 어지러워졌다. 대체 뭐에 당한 거지…….

"자네가 감정 스킬을 사용한 것과 동시에 몸 안에 있는 마력을 뿜어낸 거다. 이렇게 상대방에게 타이밍을 맞춰서 뿜어내면 상대방은 어지러워져서 잠시 감정 스킬을 사용할 수 없게 되지. 최근에는 이런 걸 할 수 있는 사람이 별로 없게 되긴 했지만, 꽤 쓸만한 기술이야. 기억해두도록."

"감사합니다."

"그럼 슬슬 점심식사를 하지."

"네."

여러모로 도움이 된다. 그리드는 자신을 사용하는 전투 방식에 대해서 가르쳐주긴 하지만 이런 기초에 대해서는 아무런 말도 하지 않는다.

그렇기 때문에 아론에게 지도를 받으니 이해가 되었다. 이렇게 기초를 쌓아가면 여차할 때 힘이 되어줄 것 같았다.

제17화 함께 싸우자는 부탁

마지막 날에는 아론에게 검술을 배우게 되었다.

하지만 시간 제한이 있어서 기본적인 동작뿐이다. 자세, 검을 휘두르는 방법, 흘리는 방법 등, 그의 선조로부터 전해져 내려온 유파를 배웠다.

그리고 들고 있는 무기는 흑검 그리드가 아니었다. 그냥 나무 막대기다. 왜냐하면 그리드로 훈련을 하게 되면 독심 스킬을 통해 잔소리를 해대기 때문이다.

모처럼 아론이 가르쳐주는데 다 망칠 것 같아 그리드는 마인의 검은 도끼와 함께 일광욕을 하게 했다.

제한된 시간이나마 나는 지금 최선을 다해 아론의 지도에 귀를 기울였다.

"겨드랑이가 너무 벌어졌다. 무릎을 조금 더 굽히고 자세를 낮춰."

"이런 느낌인가요?"

"음~. 미묘하게 다른데."

아론은 내 앞에서 실제로 중단 자세를 보여주었다. 똑같은 것 같은데……. 조금이라도 어긋나는 것을 용납하지 못하고 타협이 없는 남자인 아론은 자세의 동작 하나하나를 정성껏 가르쳐주었다.

그런 보람이 있었는지 내 기초 검술은 꽤 향상된 모양이었다. 아론의 말에 따르면 고블린에서 겨우 인간이 되었다고 한다. 뭐, 지금까지 마음이 가는 대로, 자유롭게 흑검을 휘둘렀기에 고블린 취급을 받아도 어쩔 수 없지만.

검술을 익혔기에 전보다는 이성적으로 검을 휘두를 수 있을 것 같다.

나는 아론을 따라하며 중단 자세를 다시 조정했다.

"어떤가요?"

"흐음, 꽤 좋아졌어. 검을 조금 내려봐라."

조금이라는 게 매우 조절하기 힘들다. 끄트머리가 약간 하늘을 향해 있었고, 살짝 내려보았다.

"거기다. 그 상태를 몸으로 익히도록."

"네."

그 모습을 보고 만족한 아론은 들고 있던 성검을 칼집에 넣었다.

"자세는 그 정도면 될 거다. 마지막으로 내 검을 흘려봐라."

"네에에에? 제가 들고 있는 건 나무 막대기인데요."

아니, 아니, 흘리기 전에 나무 막대기가 싹둑 잘리고, 내 몸도 싹둑 잘려 두 동강 나는 거 아닌가……. 내가 못하겠다고 고개를 젓자니 아론은 말없이 손잡이에 손을 가져다 댔다.

"내가 가르쳐준 대로 하면 된다. 괜찮아. 자네 눈이라면 할 수 있어."

반 기아 상태는 아직도 지속되고 있다. 하긴, 이 눈만 있으면 아론의 움직임을 쉽사리 포착할 수 있다.

이제 몸이 생각대로 따라주기만 하면 되는데……. 그런 건 해보기 전에 생각해봤자 소용이 없다.

그리고 재미있잖아? 이 나무 막대기로 성검을 흘릴 수 있게 되면 말이야. 그렇게 생각하니 답은 정해져 있었다.

"부탁드립니다."

"좋아. 그럼 간다!"

아론은 크게 파고드는 것과 동시에 성검을 칼집에서 뽑아 들었다. 그리고 상단으로 칼을 휘둘렀다.

붉은 눈 덕분에 그 움직임이 느리게 보였다. 나는 그에게 배운 것을 떠올리며 나무 막대기를 쥐었다.

성검의 궤도를 예측하고 그 각도를 간파한다. 나무 막대기로 그 각도와 상반되는 각도가 아니라, 따라가면서도 약간 다른 각도로 강하게 튕겨낸다.

수많은 나무 부스러기가 공중에 떴고, 성검이 내 앞머리를 스쳤다.

아슬아슬했지만 간신히 성공한 모양이었다. 아마 이 허약한 나무 막대기를 썼기에 성공했을 것이다. 이 나무 막대기가 성검에 의해 매우 간단히 잘려나가기 때문에 그렇게 되지 않게끔 필요한 만큼만 힘을 사용할 이미지가 필요했다.

아론은 그 사실을 알고 있었기 때문에 내게 이 나무 막대기로 성검을 받아내라는 말을 했을 것이다.

이 느낌을 잊지 않게끔 하자. 깎여나가서 당장에라도 부러질 것 같은 나무 막대기를 보고 있자니 아론이 씨익 웃었다.

"이제 끝났군. 사흘밖에 안 되는 짧은 기간이었지만 내 지도를 잘 따라왔어. 방금 흘리기는 훌륭했다. 하지만 검술로 따지면 아직 완벽하게 전수했다고 하긴 힘들겠지. 이제 배운 기본동작을 기초로 날마다 반복 연습을 해야 한다. 위로 올라가려면 이 경험을 살려서 노력해봐라."

"감사합니다!"

이제 기본은 어느 정도 배웠다. 사흘 동안 밥을 먹고 자는 시간 말고는 계속 수련만 했기에 나는 꽤 지쳐버렸다. 하지만 가르쳐 준 아론도 꽤 지쳤을 것이다. 보기에는 전혀 그런 느낌이 들지 않지만…… 역시 검성은 대단하다.

아론은 예전에 왕도에서 왕에게 검성 칭호를 받았다고 한다. 검성이란 관 마물을 토벌하며 수많은 무공을 세우고 오랫동안 나라에 공헌한 자에게 주는 매우 명예로운 칭호다.

하지만 아론은 자신이 검성 실력이라고 고집한다. 분명 칭호와 맞바꾸어 그 누구도 대신할 수 없는 가족을 잃었기 때문일 것이다. 정말 지키고 싶었던 존재조차 지키지 못한 자신을 지금도 자책하는 것 같다. 그리고 검성이 되기 위해 싸웠던 과거의 자신을 증오하는 것 같은 느낌조차 들었다.

아론은 이마에 난 땀을 닦으며 내게 미소를 지었다.

"이제 내일이면 이곳을 떠나겠군. 쓸쓸해지겠어."

"네, 저는 하고 싶은 일이 있어서요."

"가리아라…… 그곳은 지금 심각한 상황이다. 가지 말라고 해도 소용은 없겠지만."

나는 아론에게 가리아로 간다는 이야기를 했다. 깜짝 놀랄 거라 생각했는데 그는 납득이 된다는 표정을 지었다. 실력에 자신이 있는 무인은 최종적으로 가리아를 목표로 삼기 때문이다.

마물이 넘쳐나는 가리아의 국경선은 무인들에게 고액의 상금을 벌 수 있는 최고의 사냥터다. 그 대신 목숨을 잃을 수도 있을 정도로 위험하다. 하이 리스크, 하이 리턴.

무인이라면 한 번 정도는 가서 평생 써도 남을 만한 거금을 버는 것을 꿈꾼다고 한다.

"페이트, 한 가지만 말해두마. 만약 누군가를 위해 가리아로 가는 거라면 그만두거라. 천룡이 날아다니는 그곳에서는 목숨 따윈 덧없는 것에 불과하다. 자신의 목숨만 겨우 지켜내며 싸우기도 벅차지. 누군가를 위해서 싸우는 것만은 해선 안 돼."

"그래도 저는……."

"그리고 자네는 무언가를 지키면서 싸우는 것이 서투른 것 같아. ……내가 할 말은 여기까지다."

아론은 우물 쪽으로 걸어가 버렸다. 나를 가르치면서 흘린 땀을 씻어내기 위해서다.

그렇게 말없이 내게서 멀어지는 뒷모습이 왠지 쓸쓸하게 보였다. 혹시 내가 가리아로 가서 죽어버릴 거라 걱정하고 있는지도 모르겠다.

겨우 사흘이긴 하지만 아론은 나를 제자로 삼아주었다. 그걸 알게 되자 운 좋게 검성에게 지도를 받게 되었다고 기뻐하기만 한 나 자신이 창피해졌다.

그렇다면 오늘 마지막으로 스승님의 등을 씻어주는 것도 제자의 역할이겠지.

아론을 따라가던 내게 그리드가 《독심》 스킬을 통해 말을 걸었다.

『저렇게 희귀한 무인은 오랜만에 봤군……. 강해지게 해줬으니 인사를 제대로 해둬라.』

"굳이 말하지 않아도 할 거야."

*

이별을 앞두고 나와 아론, 마인, 이렇게 셋이서 저녁 식사를 했다. 마인은 여전히 흥미가 없다는 표정으로 음식을 먹고 있었다. 맛이 없나? 나는 채소가 잔뜩 들어간 음식이라 정말 맛있는데!

"마인은 어떤 식사라도 맛이 없는 것처럼 먹네."

"그래, 나는 미각이 없으니까…… 뭘 먹어도 마찬가지야."

"그랬구나."

몰랐다. 그렇다면 좀 껄끄럽네. 나는 옆에서 맛있다고 하면서 지금까지 잔뜩 먹어댔으니까.

"페이트가 신경 쓸 필요는 없어. 이건 내가 선택한 결과니까."

왠지 분노 스킬과 상관이 있을 것 같은 느낌이 들었다. 하지만 지금 물어볼 생각은 없다. 지금은 아론과 이별을 아쉬워하는 자리니까. 마인 이야기로 빠져버리면 다 망치게 된다.

그런 우리를 보고 아론이 감탄하며 말했다.

"마인은 무인으로서 완성된 것 같군. 행동거지, 기백…… 그런 것들이 전부 세련된 모습이야. 나 같은 건 발치에도 미치지 못하겠지."

마인은 칭찬받은 것이 싫지만은 않은지 처음으로 아론과 마주 보고 이야기했다.

"아론은 보는 눈이 있어. 이름을 기억해둘게. 천년 정도 수행하면 아론도 내게 조금 다가설 수 있을 거야."

"하하하하, 천년이라…… 아득해지는군. 살날이 얼마 남지 않은 내게는 힘들겠어."

"그건 어쩔 수 없지. 그게 인간으로서의 한계니까."

응?! 그렇게 말하면 마치 마인이 인간이 아닌 것 같잖아. 겉으로 보기에는 아무리 봐도 인간 소녀인데?

아론은 그런 내 의문 같은 건 전혀 신경 쓰지 않는 모양이었다.

혹시 마인에게서 이질적인 무언가를 느끼고 있을지도 모르겠다. 하지만 악이 아니라면 그것도 하나의 개성으로 받아들이고 있는 건지도 모르겠고.

"마인에게 한 가지만 물어봐도 될까?"

"그래."

그릇을 테이블에 올려놓고 아론이 마인에게 물었다.

"50년 전, 이곳 동쪽에서 마물 무리가 나타났을 때, 지금과 똑같은 자네를 봤어. 그 모습은 그야말로 전귀(戰鬼)라고 할 수 있을 정도였지. 자네는 대체 뭐야?"

"나는…… 죽는 것이 용납되지 않는 망령. 아론이 본 건 분명 나겠지. 하지만 별로 대단하지 않은 싸움은 기억이 안 나."

"그런가, 그걸 대단하지 않다고 하는 건가? ……이거 차원이 다르군."

아론은 그렇게 말하고 하늘을 올려다보았다. 분명 50년 전에 벌어진 싸움을 떠올리고 있을 것이다.

그리고 웃음소리가 새어 나왔다.

"이 나이가 되어서 이렇게 신기한 일을 겪게 될 줄이야…… 오래 살고 볼 일이군. 식사를 멈추게 해서 미안하네. 자, 들게나. 마음껏 더 먹어도 돼, 하하하하."

이야기를 대충 마무리했는지 말없이 식사하기 시작한 아론과 마인. 나는 이야기를 따라갈 수가 없는데……

신경 쓰이는 것은 마인이 말했던 '죽는 것이 용납되지 않는다'는 말이다. 죽지 않는다는 건가? 아니면 늙지 않는다는 건가? 그러고 보니 그리드하고도 아는 사이였던 것 같고, 꽤 오래 살았는지도 모르겠다.

내가 그렇게 생각하고 있자니 타이밍이 안 좋게도 폭식 스킬이 날뛰기 시작했다. 반 기아 상태를 억지로 사흘 동안이나 유지했기 때문이다. 이 느낌을 보니 본격적으로 완전 기아 상태로 넘어갈 것 같다.

한계가 얼마 남지 않았다. 나는 먹던 것을 멈추고 아론에게 말했다.

"모처럼 식사를 하고 있는데……, 저는 잠깐…… 마물을 사냥하고 올게요. 서쪽에 보이는 고성에 마물이 둥지를 틀고 있죠?"

"갑자기 왜 그러지? 안색이 안 좋은데."

"그건……."

나는 망설이다가 폭식 스킬에 대한 것은 비밀로 하고 마물을 쓰러뜨려야만 하는 체질이라는 것을 아론에게 이야기했다. 그러자 그는 나를 의심하지도 않고 믿어주었다.

보아하니 내 오른쪽 눈이 붉게 물든 뒤로 힘들어하던 모습을 보고 어떤 저주에 걸린 것 아닐까 하고 추측한 모양이었다.

"호오, 그러지 않으면 마음에 부하가 걸리는 건가? 골치 아프겠군."

"꽤 익숙해지긴 했는데요. 아직 잘 다루질 못해서."

"그걸 해소하기 위해서 저 고성에 가고 싶다……."

"네."

반 기아 상태가 된 이후로 저 고성에서 맛있는 냄새가 바람을 타고 풍긴다는 것을 알고 있었다. 아마 강한 마물이 있을 것이다.

어제 아론에게 물어보니 말꼬리를 흐리면서도 그렇다는 것을 알려주었다.

"저곳에는 강력한 관 마물이 있다. 마을로 오는 마물도 대부분 저기서 오는 마물이지."

"어제도 그렇게 들었는데요…… 왜 마물을 모조리 해치우지 않는 거죠?"

어제와 마찬가지로 가르쳐주지 않을 거라 생각하고 있었는데, 오늘은 그렇지 않았다.

침대 옆 선반에 놓여 있는 그림을 바라본 다음, 잠시 눈을 감았다. 그리고 천천히 입을 열었다.

"원래 내 성이었던 곳이다. ……저곳에는 지금도 내 가족들이 있지."

그렇구나…… 저 고성은 아론의 성이었구나. 침대 옆 선반에 있는 가족 그림, 그 배경으로 그려진 매우 커다란 성하고 비슷하게 생겼기에 어렴풋이 그렇지 않을까 하는 생각은 들었다.

저곳에 죽은 아론의 가족들이 있구나. 그런데 지금도 있다는 건 무슨 뜻이지?

내 의문에 대답하는 듯이 아론이 계속 말했다.

"고성에 둥지를 튼 관 마물은 죽음의 선구자라는 이름을 지닌 리치 로드다. 그 마물은 죽은 자를 다루지. 다시 말해, 나는 죽은 부인과 아들…… 그리고 영지의 주민들을 방패 삼고 있는 탓에 아무것도 할 수 없는 거다."

슬픈 표정을 지으며 가족 그림을 보는 아론. 하지만 바로 나를 똑바로 바라보았다.

"페이트가 온 것도 무슨 인연이겠지. 과거를 잘라낼 마지막 기회인지도 몰라."

"그렇다면……."

"내가 고성으로 안내하마. 내 성이니 누구보다 잘 알지. 자네와 함께 가도 되겠나?"

"물론이죠. 아론이 함께 가주면 든든해요."

"그렇게 말해주니 고맙군. 그럼 바로 갈까."

준비하기 시작한 나와 아론.

그런 와중에 마인은 혼자서 아직 식사를 하고 있었다. 아마 따라올 생각이 없는 것 같다.

장비를 갖춘 아론이 마인에게 어떤 부탁을 했다.

"미안하지만 내가 이 마을을 떠나 있는 동안에 마물이 오면 지켜줬으면 하네. 부탁할 수 있을까?"

"그래. 그 대신 금화 5개."

이런 상황에 돈을 요구하다니……. 내가 마인에게 따지려 했지만, 아론이 손을 들어 말렸다.

"자네 같은 무인을 금화 5개로 고용할 수 있다면 싼 거지. 저 고성에는 돈이 잔뜩 있어. 무사히 성공하면 금화 5개가 아니라 50개를 주겠네."

"오오, 알았어. 열심히 할게."

무표정하던 마인의 얼굴에 살짝 미소가 번졌다. 그녀는 자신의 마을을 위해 돈을 모으고 있기에 아론이 한 제안이 매우 매력적이었을 것이다. 신이 나서 집안인데도 불구하고 검은 도끼를 휘두르기 시작했다. 위험하잖아…… 밖에서 휘두르라고.

집을 나서는 내게 마인이 말을 걸었다.

"이런 곳에서 죽지 마. 내 목적에는 페이트가 필요해."

"괜찮아, 가리아에 도착하기 전에 죽을 생각은 없어."

"그래, 그럼 됐어."

왠지 안심한 것 같은 마인의 배웅을 받으며 나와 아론은 서쪽에 보이는 고성을 향해 출발했다.

제18화 죽음을 다스리는 도시

해가 저물어가는 하늘 아래, 아론과 함께 손질이 되지 않은 논두렁길을 걸어간다.

주위가 어두워져가고 있었기에 나는 《암시》 스킬을 발동시켰다.

"호오, 암시 스킬까지 가지고 있는 모양이군."

"아시겠어요?"

"나도 가지고 있으니까, 자네 움직임을 보면 안다네."

그렇구나, 이야기를 듣고 보니 아론은 어둠 속에서도 바위나 쓰러진 나무를 잘 피해가고 있었다. 그건 그렇고 나도 그렇긴 하지만 아론은 다른 무인에 비해서 스킬을 많이 가지고 있는 것 같다. 내가 알고 있는 것만 해도 감정 스킬, 은폐 스킬, 암시 스킬. 그리고 성검을 장비하고 있으니 아마 성검기 스킬도 가지고 있을 것이다.

은폐 스킬 때문에 스킬을 전부 다 알 수는 없다. 정말 만만하지 않은 노인이다.

그렇게 생각한 내 시선을 눈치채고 아론이 말했다.

"내가 보기에는 자네가 스킬을 얼마나 가지고 있는지 신경 쓰이는데. 은폐 스킬을 해제해서 보여줬으면 좋겠군."

"아무리 아론이라도 이건 보여드릴 수 없어요."

"뭐, 그렇겠지. 모처럼 은폐 스킬을 가지고 있는데 사용하지 않는 건 어리석은 짓이지."

아론도 내게 스킬을 보여줄 생각이 없다. 그런 거다.

서쪽으로 계속 나아가다 보니 길이 흙에서 돌바닥으로 바뀌었다. 그 앞을 내다보니 하얀 안개 속에서 커다란 성과 그것을 둘러싸는 듯이 자리 잡은 도시가 모습을 드러냈다.

예전에는 활기가 넘쳤을 것이다. 그런 생각이 들게 만드는 건물에서 여운이 느껴졌다.

"다시 하우젠으로 돌아와 버렸군."

아론이 정겹다는 듯이 도시의 이름을 말했다.

"하우젠……."

"그래, 이 도시는 내가 예전에 다스렸던 곳이다. 지금은 리치로드에게 빼앗겨 버렸지만."

반 기아 상태가 된 나도 알 수 있었다…… 저 성에서 참기 힘들 정도로 맛있을 것 같은 자가 있다는 것이 느껴졌다. 폭식 스킬이 빨리 저기로 가서 강적의 혼을 먹고 싶다며 내 안에서 꿈틀대고 있었다.

정말이지, 굶주리기 시작한 폭식 스킬은 내가 얼마나 고생하는지는 상관없는 것 같다.

오른쪽 눈을 누르고 있자니 아론이 걱정스러운 표정으로 말을 걸었다.

"욱신거리나?"

"네, 그래도 아직은 괜찮아요."

"도시로 들어가면 싫어도 싸우게 될 거야. 성 가장자리에는 스켈레톤 나이트와 스켈레톤 아처가 있다. 스켈레톤 나이트는 내게 배운 검술로 상대하면 쉽게 이길 수 있겠지. 조심해야 할 상대는 스켈레톤 아처다. 우리 공격범위 바깥에서 공격하니까. 나는 날아오는 화살을 검으로 막아낼 수 있지만, 페이트는 아직 힘들 테지."

하긴, 사방팔방에서 화살이 날아들면 막아내거나 피하기가 힘들 것 같다. 하지만 그렇게 되기 전에 날리는 쪽을 해치우면 된다.

"제가 스켈레톤 아처를 상대할게요."

"그게 무슨 소리지?"

내 장비—— 흑검 그리드를 보면서 아론이 눈을 가늘게 떴다. 그 무기로는 원거리 공격을 할 수 없다는 말을 하고 싶은 모양이었다.

말로 설명하는 것보다 실제로 보여주는 게 더 낫다. 나는 흑검을 흑궁으로 변형시켰다.

"이런 뜻이죠."

"호오, 재미있는 무기로군. 형태를 바꿀 수 있는 건가…… 다른 형태도 있나?"

"대낫으로도 변형시킬 수 있어요."

"이거 한 방 먹었군. 이런 무기를 본 건 처음이야. 하하하하, 오래 살고 볼 일이군. 그럼 스켈레톤 아처는 페이트에게 맡기마. 길을 가로막는 스켈레톤 나이트는 내게 맡기고."

역할 분담이 끝나자 도시로 들어갈 수 있는 대문이 보였다. 대문은 부서져 있어서 쉽게 들어갈 수 있을 것 같았다.

그럴 줄 알았는데 곧바로 마물이 행차하셨다.

스켈레톤 나이트들이 녹슨 양손 검을 들어 올리면서 대문으로 우르르 몰려나왔다.

그리고 도시를 둘러싸고 있는 높은 벽 위에서는 스켈레톤 아처들이 고개를 내밀고 우리를 화살로 겨누고 있었다.

마물의 힘을 알아보기 위해《감정》스킬을 발동.

스켈레톤 나이트 Lv35
  체력 : 2290
  근력 : 2540
  마력 : 1230
  정신 : 1120
  민첩 : 1740
  스킬 : 양손 검기, 민첩 강화 (소)

스켈레톤 아처 Lv35
  체력 : 1290
  근력 : 1440
  마력 : 1110
  정신 : 1230
  민첩 : 770
  스킬 : 궁기, 저격

그냥 졸개들이다. 스켈레톤 나이트가 가지고 있는 양손 검기는 이미 가지고 있다. 민첩 강화 (소)는 없으니 챙겨두자.

스켈레톤 아처는 궁기와 저격을 가지고 있네. 일단《감정》으로 확인해 두자.

궁기 : 활의 공격력이 올라간다. 아츠 《차지 샷》을 사용할 수 있다.
저격 : 활의 사정거리가 2배로 늘어난다.

저격 스킬은 골치 아프지만 내가 지닌 흑궁의 성능보다는 한참
못 미친다. 이쪽은 시야에 들어오기만 하면 거리와는 상관없이
반드시 맞는다.

궁기의 아츠── 차지 샷도 《감정》해두었다. 이쪽은 활시위를 당
긴 상태를 유지한 시간에 따라 활의 관통력이 올라가는 효과였다.

벽 위에 50마리 넘게 있는 스켈레톤 아처가 일제히 저격 스킬
과 아츠 《차지 샷》을 조합해서 공격하면 전부 다 막아낼 수 없을
것이다.

그러기 전에 선제공격이다.

"아론, 스켈레톤 아처를 해치울게요. 아래쪽은 미리 정한 대로
부탁합니다."

"그래, 그런데 아직 거리가 너무 멀지 않나?"

"문제없어요. 전부 다 반드시 맞출 테니까요."

시야에 들어오기만 하면…… 나는 건너편에 있는 스켈레톤 아
처를 향해 흑궁을 겨누고 마력 화살을 날렸다. 날아간 마력 화살
이 빨려 들어가는 듯 스켈레톤 아처의 미간에 명중했다.

"좋았어! ……어라?"

분명히 맞았을 텐데 스켈레톤 아처가 아무렇지도 않게 일어
섰다.

"하하하, 반드시 맞는 마궁이 무시무시하긴 하지만, 그것만으
로는 불사속성 마물을 쓰러뜨릴 수 없어. 쓰러뜨리기 위해서는

이렇게 해야만 하지."

아론이 시범을 보여주겠다는 듯이 이쪽으로 다가오던 스켈레톤 나이트를 향해 성검을 들어 올리고 성검에 마력을 담기 시작했다. 그러자 스켈레톤 나이트들의 발치가 하얗게 빛나기 시작했다.

성검기의 아츠, 《그랜드 크로스》다.

게다가 하드와 싸웠을 때와는 비교도 되지 않을 정도로 공격 범위가 넓다. 100마리가 넘게 있었던 스켈레톤 나이트 무리가 아츠한 번에 모두 쓰러져 버렸다.

아, 스킬을 위해서 한 마리만 남겨뒀으면 했는데. 그런 생각을할 여유가 있을 정도로 쉽사리 전투가 끝났다.

"어때. 이런 느낌으로 불사속성과 싸우는 거야. 할 수 있겠나?"

"해볼게요!"

질 수는 없다. 내가 맡은 스켈레톤 아처를 쓰러뜨리지 않으면도시 안으로 들어갈 수가 없다.

아론이 보여준 시범을 참고했다. 그는 성속성 공격…… 다시말해 불사속성의 약점인 속성으로 공격했다. 그렇다면 화염탄 마법 스킬을 사용해서 공격할까. 그렇게 생각하다가 다른 생각이떠올랐다.

그 생각을 읽고 흑궁 형태로 변한 그리드가 재미있겠다는 듯이《독심》스킬을 통해 말했다.

『그렇게 나왔단 말이지……, 해봐라.』

"화속성은 화려하니까. 다 타기까지 시간도 오래 걸리고. 이쪽이 더 효과가 빠르게 나오겠지."

나는 흑궁을 겨누고 방금 쓰러뜨리지 못했던 스켈레톤 아처에게 마력 화살을 겨누었다. 부가시킨 것은 샌드 골렘 전투에서 얻은 스킬, 《모래먼지 마법》이다. 토속성이 깃든 갈색 마력 화살이 다시 스켈레톤 아처의 미간에 박혔다.

그러자 그곳부터 석화되기 시작했고, 점점 석상으로 변했다.

《폭식 스킬이 발동됩니다.》

《스테이터스에 체력+1290, 근력+1440, 마력+1110, 정신 +1230, 민첩+770이 가산됩니다.》

《스킬에 궁기, 저격이 추가됩니다.》

머릿속에 울리는 무기질적인 목소리를 들으면서 다음 먹잇감을 노렸다. 아론이 그런 나를 보며 감탄하고 있었다.

"대단하군. 마궁에 마법을 실은 건가……. 예전에 왕도에서 그 방법을 실험한 적이 있었지. 하지만 제어가 매우 어려워서 대폭발이 일어났고 피험자들이 사망하는 무시무시한 사고가 일어났다. 그 이후로 마궁과 마법을 조합하는 시도는 하지 않았지. 그런데 이렇게 간단히 해낼 줄이야. 터무니없는 솜씨를 숨기고 있었군!"

"아하하…… 그 정도는 아닌데요."

아론은 입에 침이 마르게 칭찬했지만, 사실 그렇게 어려운 제어 같은 건 전부 그리드에게 떠넘기고 있다. 그리드는 의외로 대단한 녀석이었구나.

그런 생각을 하고 있자니 그리드가 잘난 척하며 말했다.

『이 몸이 얼마나 대단한지 알았겠지? 존경해라! 이 몸을 존경해라, 떠받들어라! 지금부터 그리드 님이라고 불러도 된다. 응?

페이트.』

"절대로 안 불러."

오랜만에 어필할 기회가 생겨서 신이 난 그리드를 무시했다.
얼른 벽 위에 진을 치고 있는 스켈레톤 아처를 남김없이 쓰러뜨
려야 한다고.

제19화 사제의 힘

휴우~. 벽 위에 있던 스켈레톤 아처를 전부 석상으로 만들었다.

이쪽으로 활시위를 당긴 채 굳은 스켈레톤 아처 무리. 왠지 이상한 광경이다.

"잘했다, 페이트. 자, 안으로 들어가자."

나는 아론을 따라 파괴된 대문을 지났다. 도시 안은 매우 조용했다.

스켈레톤 나이트가 또 몰려들줄 알았는데, 아닌 모양이다.

주위를 경계하는 내게 아론이 말을 걸었다.

"문을 지키던 스켈레톤들을 쓰러뜨렸으니 우리가 왔다는 걸 알아차렸을 터. 숫자가 많아서 골치 아픈 스켈레톤 나이트들이 오기 전에 단숨에 나아가자. 페이트가 있으면 스켈레톤 아처를 신경 쓰지 않고 큰길을 통해 성으로 곧바로 갈 수 있겠지. 다시 부탁해도 되겠나?"

"네, 물론이죠."

"그럼 가볼까."

"네."

하우젠은 왕도 절반 정도 크기였다. 이렇게 광대한 공간에 대체 스켈레톤 나이트와 스켈레톤 아처가 얼마나 있을까. 생각하기만 해도 소름이 끼친다. 전부 다 상대하다가는 쓰러뜨리는데 1주일 넘게 걸릴지도 모르겠다.

아론이 말한 대로 침입했다는 것을 알아챈 스켈레톤들이 설탕에 몰려드는 개미 떼처럼 모여들기 전에 빠르게 성으로 가는 게 나을 것이다. 이미 우리는 100마리가 넘는 스켈레톤을 쓰러뜨렸기에 헤이트가 쌓일 대로 쌓인 상태다. 시야에 들어오기만 해도 원수를 보는 듯이 덤벼들 것이다.

"빠르게 뛰어 올라가지. 준비는 됐나?"

"저는 항상 건물 위를 경계할게요."

"나는 길을 막아서는 모든 것을 해치우지. 좋아, 그럼!"

나와 아론은 민첩 스테이터스를 한계까지 발휘하여 큰길을 달려갔다.

곧바로 스켈레톤 나이트가 40마리 정도 나타나 우리의 앞을 가로막으려 했다. 그리고 뒤쪽을 보니 뼈로 따닥따닥 소리를 울리며 스켈레톤 나이트들이 쫓아오고 있었다.

협공하려 나선 것이다. 그리고 큰길에 있는 상점가 위에는 스켈레톤 나이트가 고개를 내밀었다. 그렇구나, 움직이지 못하게 되었을 때 위에서 화살을 비처럼 퍼부어서 우리를 해치울 셈인 거야. 뼈만 남아서 뇌도 없는 주제에 잔머리는 잘 굴리네. 적어도 고블린이나 코볼트보다 더 전술적이다.

뭐, 그런 전술이 효과적인 건 일반적인 무인들뿐이다. 아론은 성기사 중에서도 검성이라는 칭호를 지닌 최상급 클래스 무인. 나도 그의 제자다. 당할 리가 없다.

"페이트, 뒤쪽은 신경 쓰지 마라. 정면돌파를 할 때는 앞만 신경 써라. 멈춰서면 끝이라 생각하고!"

맞는 말 같다. 그렇다면 내가 해야 할 일을 해야지.

흑궁을 겨누고 석화 마력 화살을 날렸다. 표적은 우리에게 활을 겨누고 당장에라도 날리려 하는 스켈레톤 아처다. 전부 다 쓰러뜨릴 필요는 없다. 뛰어갈 때만 시간을 벌면 된다. 첫 화살의 비를 흩뿌리려 하던 스켈레톤 아처를 연사로 해치워 나갔다.

《폭식 스킬이 발동됩니다.》

《스테이터스에 체력+12900, 근력+14400, 마력+11100, 정신+12300, 민첩+7700이 가산됩니다.》

나는 무기질적인 목소리를 들으면서 아론에게 위쪽을 제압했다고 말했다.

"아론, 지금이에요."

"그래, 맡겨두거라."

아론은 달려가면서 성검기의 아츠,《그랜드 크로스》를 발동시킬 준비를 하기 시작했다. 그리고 성검이 푸르스름한 빛을 뿜어내기 시작하자 아츠의 발동을 멈췄다.

"페이트. 좀 전에 마궁에 마법을 싣는 것이 어렵다고 했는데, 무기에 속성 효과를 싣는 다른 방법도 있다. 예를 들면 성속성 아츠인 그랜드 크로스를 발동시키지 않고 이렇게 성검에 담아둠으로써 속성 공격이 가능하지. 이건 비교적 간단한 기술이니 기억해두도록 해라."

역시 검성이다. 내게 가르쳐주는 여유를 보이면서 길을 막아서는 스켈레톤 나이트를 필요한 만큼만 움직여 베어나갔다.

그렇구나, 속성 계열 아츠는 발동시키지 않고 무기에 담아두면 일반 공격에 속성을 부가시킬 수 있는 건가? 이건 꽤 유용한 기술이다. 속성 계열 아츠에 따라서는 마력이 많이 필요한 것도 있기 때문이다.

특히 성검기의 아츠, 《그랜드 크로스》가 그런 경우에 해당된
다. 한 발이 강력한 속성 공격. 하지만 한 번 사용하면 다시 쓸 수
있게 될 때까지 시간이 걸린다. 그렇게 불안정한 요소를 아론은
기술로 확실하게 보완하고 있다.

이제 내가 할 수 있을까가 문제인데. 검성인 아론에게는 비교
적 간단하겠지만, 내게도 간단하리라는 보장은 없다.

사흘 정도 수행을 하면서 느낀 사실이었다. 단적으로 말해 아
론은 천재 같았다. 나 같은 일반인과의 차이를 몸소 느낄 수밖에
없었다.

특히 깜짝 놀란 것은 눈을 감고 공격을 피하는 것. 아론에게는
할 수 있는 것이 당연한 모양이었다. 그가 진지한 표정으로 자네
도 할 수 있을 거라고 했을 때, 나는 진지한 표정으로 대답했
지…… '그런 심안은 없어요'라고.

뭐, 나도 완전 기아 상태가 되면 신체능력 부스트 덕분에 할 수
있을지도 모르겠지만, 리스크가 너무 크다.

쓰러진 스켈레톤 나이트의 틈새를 지나 우리는 곧바로 성을 향
해 뛰어갔다.

아직 먼 곳에 있는 성에 죽음의 선구자라는 관을 지닌 리치 로
드가 있다고 한다. 이렇게 바깥에서 시끌벅적하게 전투를 벌였으
니 당연히 눈치챘을 것이다. 그렇다면 뭔가 손을 쓰리라 생각했
는데, 그렇지는 않았다.

한결같이 스켈레톤 나이트와 스켈레톤 아처가 우리를 이런 방
법, 저런 방법으로 공격하기만 할 뿐. 맥이 빠진 나는 중간에 스

켈레톤 나이트에게서 민첩 강화 (소) 스킬을 빼앗기 위해 한 마리만 쓰러뜨렸다. 이제 성 아랫마을에서 회수하고 싶은 스킬은 없다.

지금까지 본 거리는 어느 때를 경계로 모든 것이 멈춘 것 같은 인상이었다. 그 정도로 전투를 벌인 흔적이 없었다. 이렇게 큰 도시라면 무인도 꽤 많이 있었을 텐데. 그럼에도 불구하고 도시의 보존상태를 보니 별다른 저항을 하지 않은 것 같다.

아마 압도적인 무언가에 의해 어떻게 해볼 수도 없이 주민들까지 모조리 유린당했을 것이다.

그런 결과를 만들어낸 리치 로드는 우리가 올려다보고 있는 성 안에 있다.

성문은 도시의 대문과 마찬가지로 파괴된 상태였다. 필요한 만큼만 파괴하는 리치 로드의 방식을 보니 인간과 비슷한 지성이 느껴졌다.

"아론, 물어봐도 되나요?"

"뭐지?"

"리치 로드는 인간과 비슷할 정도로 머리가 좋나요?"

"그렇다더군. 내가 없는 틈을 타서 도시를 함락시켰으니까…….
페이트, 내가 가르쳐준 대인전 실력을 살릴 수 있을 게다."

아론은 리치 로드를 관 마물이 아니라 인간이라고 생각하며 싸우라고 했다. 힘으로 밀어붙이게 내버려 두지 않으려나. 치고 빠지기, 심리전을 구사할지도 모르는 관 마물—— 리치 로드. 가리아로 가기 전에 전투 경험을 쌓아두고 싶은 내게는 안성맞춤인 적이다.

폭식 스킬도 아직 만족스러운 상태가 아니다. 분명 눈앞으로 다가온 성안에서 풍기는 맛있는 혼의 냄새 때문에 폭식 스킬이 매우 흥분했기 때문일 것이다. 내 안에서 빨리 먹여줘, 빨리 먹여줘, 그렇게 신음하고 있었다.

이렇게까지 끌리는 것은 처음일지도 모르겠다. 자칫 긴장이 풀리면 완전 기아 상태가 되어버릴 것 같다.

나와 아론이 성문을 지나자 뒤에서 쫓아오던 스켈레톤 나이트가 갑자기 멈춰 섰다. 그리고 분하다는 듯이 문 앞에서 어슬렁대며 우리를 살펴보고 있었다.

"보아하니 문 너머로 이쪽은 리치 로드의 영역인 것 같군. 아마다른 마물은 들어오지 못하는 것 같다."

"그렇군요. 문 안쪽에는 스켈레톤이 한 마리도 없네요."

"내가 예전에 왔을 때와 상황이 전혀 다르다. 경계를 늦추지 말거라."

우리는 안뜰을 달려가면서 성안으로 들어갈 수 있을 만한 곳을 찾기 시작했다.

그건 그렇고 무시무시할 정도로 조용하네.

제20화 정화의 빛

안쪽으로 더 나아가자 안뜰의 문이 열려 있었다. 어떻게 할까…… 끌어들이고 있는 것 같은데.

"페이트, 여기로 들어가자."

"그래도……."

과연 이대로 나아가도 될까. 불안함을 떨쳐낼 수 없고 기분 나쁜 예감이 든다.

그렇게 생각하던 내게 아론이 어깨에 손을 얹고 말했다.

"너도 느끼고 있을 거다. 리치 로드는 저 앞에 있어. 돌아가더라도 결국 마찬가지다."

"……알겠습니다."

갈 수밖에 없……겠지. 부디 아무런 일 없이 리치 로드가 있는 곳까지 갔으면 좋겠다.

아론도 알고 있다. 볼에서 흘러내리는 땀은 분명 예전에 이곳에 왔을 때의 기억이 떠올랐기 때문일 것이다.

"그럼 간다."

"네."

이건?!

나와 아론이 성안으로 들어선 순간, 모든 방에 불이 켜졌다.

그리고 우리가 서 있는 곳인 중앙 홀에서는 많은 사람들이 미소를 지으며 손을 흔들고 있었다.

"말도 안 돼…… 이럴 수가…… 있을 수 없는 일이야."

아론은 눈을 크게 뜨고 겨누고 있던 성검을 내렸다. 그는 겨우 쥐어 짜내는 듯한 목소리로 내게 설명해주었다. 저번과는 취향이 달라진 연출 이야기였다.

예전에 이곳에 왔을 때는 리치 로드가 영지의 주민들, 가족의 시체를 꼭두각시 인형처럼 다루며 공격하지 못하게 했다.

하지만 이번에는 마치 살아 있는 것처럼 행동하는 사람들이 있었다.

그중에서 두 사람이 앞으로 나왔다. 잘 차려입은 남자애와 젊은 여자가 기쁜 기색을 보이며 아론에게 말을 걸었다.

"아버지?!"

"여보, 어서 오세요. 계속 기다렸어요."

아론의 표정이 한층 더 굳어졌다. 내가 옆에서 말을 걸어도 아무런 반응이 없었다. 그저 죽은 두 가족을 바라볼 뿐이었다.

어떻게 된 거지…… 그렇게 생각하고 있자니 흑검 그리드가 《독심》 스킬을 통해 말했다.

『큰일이군…… 아마 이건 환각 마법일 거다. 그걸 통해 죽은 자를 살아있는 것처럼 보이게 하는 거지.』

"그렇다면 이 보잘것없는 환상을 흑겸으로 떨쳐내면 되겠지."

나는 흑검을 흑겸으로 변형시키려 했지만.

『잠깐! 페이트! 그걸로 대체 뭘 베려는 거냐. 저 영지의 주민들을 베어봤자 소용없다. 마법을 발동시키고 있는 본체── 리치 로드를 베지 않으면 무효화시킬 수가 없어.』

나는 흑검을 꽉 쥐었다. 흑겸은 스킬의 사상을 벨 수 있다. 하지만 그것은 직접적인 스킬 한정이다. 간접적으로 영향을 받은 사상에는 간섭할 수 없다. 저 사람들을 흑겸으로 공격해봤자 상황이 달라질 게 없다는 뜻이다.

그리고 시체가 되었다고 해도 함부로 베어버릴 수는 없다.

아론이 여기로 온 이유는 리치 로드로부터 가족과 영지의 주민들을 해방시키기 위해서다. 그렇기 때문에 리치 로드를 쓰러뜨리기 위해서라고 해도 원래 목적을 잊어버리면 안 된다.

나는 조종당하는 사람들을 보면서 계속 신경 쓰였던 것을 그리드에게 물어보았다.

"저기, 만약 내가 저 사람들을 쓰러뜨리면 어떻게 돼?"

『그래, 아직 혼은 저 몸에 남아 있는 것 같으니 폭식 스킬에 먹힐 거다. 갑자기 왜?』

"……알고 싶은 건 그다음, 먹힌 혼이 어떻게 되는지야. 성불할 수 있어?"

그리드는 내가 뭘 물어보고 싶은 건지 눈치챈 모양이었다. 평소와는 달리 껄끄러워하며 가르쳐주었다.

『모르는 게 나을 거라 생각했는데…… 역시 신경 쓰이나 보군. 좋아, 마침 잘된 건지도 모르지. 폭식 스킬에 먹힌 혼은 영원히 스킬 안에서 살아간다. 그리고 다른 혼과 함께 갇히고 휩쓸리는 무간지옥에 떨어지지. 거기에 구원 따위는 전혀 없다.』

대충 느끼고 있긴 했다. 하지만 예상했던 것보다 더 심한 대답을 듣게 되었기에 구역질이 날 것 같다. 폭식 스킬…… 대죄 스킬이라는 말이 딱 맞네. 만약 예전에 선량한 사람들까지 한꺼번에 휩쓸리게 했다면 기분이 훨씬 더 안 좋았을 것이다.

그렇다면 나는 저 사람들을 쓰러뜨려선 안 된다. 죽은 자가 되어 리치 로드에게 조종당하고, 내게 먹혀서 구원의 여지가 없는 지옥에 떨어지게 만들어선 안 된다.

본체── 리치 로드는 어디에 있을까…… 맛있을 것 같은 냄새가 이 중앙 홀에 가득 차 있어서 정확한 위치를 알 수가 없다. 아마 내게도 환각 마법이 걸려 있기 때문일 것이다.

쳇…… 마음이 급해져서 나도 모르게 혀를 차버렸다. 어떻게 하지…… 어떻게 해야 하나.

그런 나와는 달리 아론은 다가오는 가족에게 아직도 사로잡힌 상태였다.

그가 이 상황이 거짓된 상황이라는 사실을 가장 잘 알고 있을 것이다. 그럼에도 불구하고 가장 원하던 것이 눈앞에 나타나 버리면 완전히 부정하는 것은 힘들다. 나도 만약 아버지나 어머니가 나타난다면 아론과 똑같은 모습을 보일 것이다.

그 마음은 이해가 된다. 하지만 지금은.

나는 정신을 차리게 해주려고 다가가서 멱살을 잡으려 했지만, 아론은 그전에 고개를 저었다. 환각 마법에 완전히 사로잡히지 않았다.

"괜찮다. 잠시 그리운 나날을 떠올리고 있었을 뿐이야."

아론은 머리를 긁으면서 나이가 드니 추억에 잠기게 되어서 곤란하다고 말했다. 그리고 소중한 가족을 향해 성검을 겨누었다.

"늦게 와서 미안하다. 지금 편하게 만들어주마."

그러자 그렇게까지 환하게 켜져 있던 불이 순식간에 꺼졌다. 성안에 예쁘게 장식되어 있던 것들이 무너지고 너덜너덜하게 썩어가기 시작했다. 이것이 원래 성 모습이었다.

우리에게 미소를 보이고 있던 영지의 주민들은 증오에 가득 찬 표정으로 곡괭이와 도끼 같은 무기를 들고 있었다.

그리고 아론의 부인은 지팡이, 아들은 성검을 쥐고 있었다.

"아버지, 너무해. 왕도의 일, 일, 일을 하느라…… 마물에게 습격당한 우리를 저버린 주제에. 이제 와서 우리를 죽이려 하다니, 너무해."

"여보, 다시 생각해요! 봐요, 우리는 아직 살아 있어요. 그렇게 무서운 짓은 하지 말고 우리 동료가 되세요. 성기사인 당신이 있어주면 안심이에요. 자, 이쪽으로 오세요."

뒤에 있던 영지의 주민들도 마찬가지로 아론을 질책하면서도 전 영주에게 도와달라며 호소하기 시작했다.

그럼에도 불구하고 아론은 성검을 내리지 않았다.

"페이트, 미안하다만…… 내 가족과 영지의 주민들을 맡겨주지 않겠나."

"알겠습니다. 저는 리치 로드를 찾을게요. 이곳에 있다는 건 분명하거든요."

"그럼 시작하지."

"네."

아론은 크게 숨을 들이마신 뒤 가족을 향해 달려가기 시작했다. 나도 흑검을 흑궁으로 변경시키면서 영지의 주민들을 피해 돌아가며 중앙 홀 안쪽으로 향했다. 아론이 막아주는 동안 리치 로드를 찾기 위해서다.

성검과 성검이 부딪히는 소리가 홀 안에 울려 퍼졌다. 그리고 뒤쪽에서 아론의 목소리가 들렸다.

"강해졌구나. 내가 한 말을 지키면서 단련을 게을리하지 않은 게냐."

그의 아들은 아무런 대답도 하지 않아서 칼이 부딪히기만 하는 허무한 대화였다. 이런 건 한시라도 빨리 끝내야만 한다.

나는 몰려드는 영지의 주민들을 밀쳐내면서 안쪽으로 나아갔다.

응? 폭식 스킬이 한층 더 욱신거리기 시작했다. 앞쪽을 잘 살펴보니 공간이 뒤틀린 것 같은 곳이 있었다.

"그리드! 저기야?!"

『그래, 그럴 거다. 폭식 스킬이 원하는 곳을 노리고 뚫어라! 하지만 몸을 맡기진 마라, 삼켜질 거다.』

나도 안다니까, 그리드는 은근히 걱정이 많다고.

나는 걸리적거리지 않게끔 몰려드는 영지의 주민들을 피하면서 뛰어올라 흑궁의 활시위를 당겼다. 마력으로 정제된 마력 화살에 토속성을 부가시켜서—— 석화 마력 화살을 날렸다.

"맞아라아아아!"

날아간 마력 화살은 보이지 않는 공간으로 파고들어 사라졌다.

캬아아아아아아아아아.

뼈가 삐걱대는 것 같은 목소리와 함께 석화된 커다란 팔뼈가 바닥에 떨어졌다.

그와 동시에 검은 독기를 두른 리치 로드가 대낫을 들어 올리며 모습을 드러냈다.

곧바로《감정》스킬을 발동.

[죽음의 선구자]

리치 로드 Lv100

체력 : 3640000

근력 : 2560000

마력 : 4565000

정신 : 4346000

민첩 : 2347000

스킬 : 환각 마법, 마력 강화 (대), 정신 강화 (대)

마력과 정신은 400만 이상이라……. 먹으면 어떻게 될까. 나는 아직 스테이터스가 100만이 넘는 마물을 먹어본 적이 없다. 폭식 스킬을 억누르는 훈련을 계속 해오긴 했지만, 할 수 있을까? 하트 가문의 영지에서 먹었던 [통곡을 부르는 자]가 생각났다. 그때는 먹는 데 익숙하지 않은 질이 좋은 혼 때문에 폭식 스킬이 폭주할 뻔했다.

젠장, 이제 와서 망설일 여유는 없는데.

『이런 상황에 망설이는 녀석이 어디 있어! 이 몸이 보증해주마. 지금 너라면 괜찮다. 그런 건 됐고, 어서 수행의 성과를 이 몸에게 보여달라고!』

"……그래, 보여주지. 깜짝 놀라도 난 모른다."

『하하하하, 그래야지. 그렇지 않으면 재미가 없으니까.』

다시 환각 마법으로 자취를 감추면 곤란하다. 민첩 스테이터스를 완전히 발휘해 벽 쪽으로 물러난 리치 로드에게 달려들었다.

흑궁을 흑검으로 변형시키고 아론에게 배운 검술을 시험해주겠어.

리치 로드는 발을 내디디고 대낫을 겨누고 있었다. 몸의 중심을 보니 끌어들이려 하는 일격일 것이다. 그렇다면 끌려 들어가 주지.

나는 망설임 없이 리치 로드의 품속을 향해 갔다. 체격은 나보다 2.5배 정도 크다. 안으로 파고들면 커다란 대낫으로는 내 흑검을 받아낼 수 없을 것이다.

그건 리치 로드도 알고 있을 것이다. 분명 간격을 벌리며 싸우려 할 테고.

하지만 이렇게 파고들면 아무것도 못 하겠지.

『꽤 하는데, 페이트.』

"나도 언제까지나 초보일 수는 없잖아."

『그렇지, 해치워버려라.』

나는 리치 로드가 가한 어설픈 첫 번째 공격을 흑검으로 흘리면서 쳐냈다. 그 결과, 허를 찔린 리치 로드는 대낫을 든 오른쪽 팔에 휘둘려 자세가 크게 무너졌다.

나는 유유히 품속으로 파고들었다. 자, 오른팔을 가져가겠어.

캬아아아아아아아아아아.

귀에 익은 목소리가 다시 중앙 홀에 울려 퍼졌다. 그리고 대낫이 바닥에 떨어지는 소리.

하지만 두 팔을 잃고도 리치 로드는 포기하지 않았다.

내 뒤쪽에 있던 영지의 주민들을 마치 물건처럼 다루며 나를 덮치게 했다.

쳇, 마물이라 그런지 윤리 같은 게 전혀 없다. 억지로 움직여서 그런지 그 반동으로 영지의 주민 몇 명의 팔다리가 뭉개졌다.

나는 그들을 공격할 수 없다. 만약 폭식 스킬이 발동되면 그들의 혼을 먹어버리기 때문이다. 빌어먹을.

내가 뒤쪽으로 물러나는 것을 본 리치 로드가 뼈를 일그러뜨리면서 웃은 것 같은 느낌이 들었다. 그리고 자기 주위에 영지의 주민들을 벽처럼 겹쳤다.

"내가 주민들을 공격하지 못한다는 걸 들켰어."

『큰일이군. 어떻게 할 거냐? 페이트. 주민들을 신경 쓰지 말고 싸울 수 있나?』

"그럴 수는 없지. 먹은 혼이 무간지옥으로 간다며."

『그래, 하지만 번지르르한 말만 늘어놓으면서 살아갈 수는 없을 텐데.』

그럴지도 모른다. 하지만 지금은 나 혼자 싸우는 것이 아니다.

뒤에서 다가오는 발소리를 듣고 나는 안심이 되었다.

"오래 기다리게 했구나, 페이트."

힘찬 목소리를 듣고 돌아보니 두 손에 각각 성검을 든 아론이 있었다.

"가족이나 다른 주민들은……."

"팔다리의 힘줄을 잘라서 움직이지 못하게 해두었다."

이런 상황에서 그럴 수 있다니…… 정말 대단하네.

그리고 아론은 내가 처한 상황을 보고 얼굴을 찡그렸다. 궁지에 처한 리치 로드가 영지의 주민들을 써서 고기 방패를 만들어냈기 때문이다.

"또 이건가…… 필사적이라는 뜻인가?"

갑자기 눈초리가 매서워진 아론은 아들에게 빼앗은 성검을 바닥에 꽂고 다른 성검에 마력을 담기 시작했다.

성검기 아츠, 《그랜드 크로스》다.

"아론?!"

"괜찮아. 내가 더 빨리 이렇게 했다면 이 정도로 고전하지는 않았을 테니까."

그 모습을 보고 초조해진 리치 로드가 환각 마법을 써서 주민들에게 도와달라고 말하게 했다. 그럼에도 불구하고 아론은 멈추지 않았다.

리치 로드를 중심으로 그랜드 크로스가 발동되었다. 성스러운 흰색 빛으로 인해 성이 크게 삐걱이기 시작했다. 죽은 뒤에도 조종당하던 영지의 주민들이 정화되어 빛 속으로 사라져갔다.

남은 것은 리치 로드 한 마리뿐. 하지만 마력과 정신이 400만 이상인 스테이터스로 아론의 그랜드 크로스를 견뎌내려 하고 있었다.

아론은 그렇게 두지 않겠다는 듯이 마력을 더 담았지만, 안색이 안 좋았다. 옆구리를 보니 피가 배어 나오고 있었다.

역시 저렇게 많은 사람의 팔다리 힘줄만 베어서 무력화시킨 것의 대가를 치른 모양이었다.

나는 바닥에 꽂혀 있던 성검을 바라보았다. 그러자 흑검 그리드가 《독심》 스킬로 말했다.

『이번 한 번뿐이다. 그 성검을 써서 도와줘라.』

내가 다른 무기를 사용한다고 하면 미쳐 날뛰는 그리드가 이번만은 허락해줄 모양이었다.

그렇다면 호의를 받아들이도록 하지. 성검을 바닥에서 뽑아 들고 그랜드 크로스를 발동시키고 있던 아론의 성검에 겹쳤다.

내 행동을 보고 아론이 깜짝 놀라며 말을 걸었다.

"페이트, 무슨 짓을 할 셈이냐?"

"저도 도울게요."

처음 써보는 성검기 아츠, 《그랜드 크로스》. 내가 마력을 성검에 쏟아붓자 검신이 흰색으로 빛나기 시작했다.

"오오, 이건……."

"끝내시죠."

"흐음, 그래."

우리는 모든 힘을 쏟아붓기 위해 동시에 소리쳤다.

""그랜드 크로스!""

성이 성스러운 빛에 둘러싸여, 모든 것이 새하얗게 변해갔다.

제21화 새로운 가능성

빛이 사그라들자 너덜너덜하게 무너져내리는 리치 로드가 보였다.

싸움은 끝났다. 나와 아론이 날린 이중 그랜드 크로스가 훨씬 높은 스테이터스를 지닌 리치 로드의 마력 저항을 돌파하고 치명적인 대미지를 입힌 것이다.

그로 인해 리치 로드에게 속박당하고 있던 죽은 자들이 차례차례 해방되기 시작했다. 몸이 이미 한계에 도달했는지 아론이 움직이지 못하게 해두었던 죽은 자들이 흙더미로 돌아가려 하고 있었다. 그렇다면 서둘러야 한다.

"아론, 어서요. 가족 곁으로."

"……그래."

왠지 긴장한 표정을 짓고 있던 아론에게 재촉하면서 그의 가족이 있는 뒤쪽으로 돌아섰다.

그곳에는 아론의 부인과 아들이 몸을 포갠 채 바닥에 누워 있었다. 붕괴는 이미 시작되었고, 발치부터 흙더미로 돌아가려 하고 있었다.

아론이 곁으로 다가가자 두 사람이 천천히 눈을 떴다.

아직 조종당하는 건가…… 나는 흑검을 쥐고 경계했다. 하지만 아니었다.

우리를 습격했던 인형 같은 눈이 아니었다.

"아버지……."

"여보…… 죄송해요."

그 말을 들은 아론은 성검을 내던지고 바닥에 무릎을 꿇은 다음 당장에라도 무너져 내릴 것 같은 두 사람의 손을 살며시 잡았다.

이게 대체……. 아론의 가족은 예전에 죽었을 텐데, 어떻게? 내 의문에 대해 흑검 그리드가 《독심》 스킬을 통해 가르쳐 주었다.

『시체에는 아직 혼이 남아 있다고 하잖아. 리치 로드에게서 해방된 반동으로 일시적으로나마 자유롭게 된 거다. 뭐, 남은 시간은 얼마 없겠지만.』

"그렇구나……."

이런 시간이 생겨서 정말 잘된 건지는 모르겠다. 아론의 마음에 난 상처를 더욱 헤집을지도 모르기 때문이다. 하지만 분명 아론에게는 계속 원하던 시간일 것이다.

나는 아론과 부인, 그리고 아들을 조용히 지켜보았다.

"죄송합니다…… 아버지. 도시를, 성을 지키지 못했어요. 게다가 살해당한 뒤에도 리치 로드에게 조종당해서…… 아버지께 검을 겨누어버렸어요."

"이제 됐다. 나야말로 미안하다. 더 곁에 있어야 했는데. 정말 미안하다."

그렇게 말한 아론의 손을 부인이 맞잡았다.

"당신 잘못이 아니에요. 어쩔 수 없었던 거죠. 그리고 이렇게 저희를 구해주셨잖아요. 그러니 저희를 위해서라도 앞으로도 검성으로서 당신이 믿는 길을 가주세요."

"아버지, 저희는 이제 괜찮으니까……."

가족은 조금씩, 조금씩 무너져 내리기 시작했다. 잡고 있던 손조차도 맞잡을 수 없을 정도로…… 이제 시간이 없다.

한줄기 눈물을 흘린 아론은 미소를 지으면서 가족에게 대답했다.

"내게 남은 시간을 걸고 모두에게 부끄럽지 않게끔 살아가마. ……나도 이제 괜찮단다."

그 대답을 듣고 부인과 아들은 기쁜 듯이 웃었고, 몸 전체가 흙더미로 변해 바닥에 무너져 내렸다.

남은 것은 푸르스름하고 작은 빛 덩어리 두 개. 둥실둥실 공중에 떠서 아론 주위를 맴돌고 있었다.

"그리드, 저건 뭐야?"

『혼이잖아. 가끔 강한 마음이 담긴 혼은 눈에 보이기도 하지. 그 정도로 저 가족은 아론을 소중하게 생각하는 거다.』

"소중한, 최후의 이별인가……."

『그런 거다. 그런데.』

그리드가 무슨 말을 하고 싶은지는 알고 있다. 어느 정도 시간이 지났는데도 폭식 스킬이 발동되지 않는 걸 보니 리치 로드는 아직 살아 있다. 정말 끈질긴 녀석이다.

뒤쪽을 돌아보니 그 녀석은 조용히 바닥을 기어서 우리 쪽으로 다가오려 하고 있었다.

"아론을 방해하게 할 수는 없지."

나는 흑검을 흑궁으로 변형시키고 남은 마력으로 마력 화살을 생성시키기 시작했다. 그리고 토속성을 부가시켜서 석화 마력 화살로 만들었다. 노리는 곳은 리치 로드의 미간이다.

"너는 거기서 평생 굳어 있어라."

날린 마력의 화살이 한 치의 오차도 없이 노린 곳에 명중했다. 그러자 단숨에 화살촉을 중심으로 석화가 시작되었고, 소리를 지를 틈도 주지 않았다.

《폭식 스킬이 발동됩니다.》

《스테이터스에 체력+3640000, 근력+2560000, 마력+4565000, 정신+4346000, 민첩+2347000이 가산됩니다.》

《스킬에 환각 마법, 마력 강화 (대), 정신 강화 (대)가 추가됩니다.》

추악하게 생긴 리치 로드의 석상이 생겨나 버렸다. 만약 팔려고 내놓아도 저주받을 것 같다며 사려는 사람이 없을 것 같을 정도다. 정말…… 끝까지 추한 적이었다.

그리고 연례행사인 관 마물을 쓰러뜨렸을 때 덮쳐오는 폭식 스킬의 환희. 내 몸을 지배하려고 날뛰기 시작했다. 리치 로드의 혼이 정말 맛있었는지 지금까지 쓰러뜨린 관 마물과는 비교도 되지 않았다.

"끄으……으으으."

흑궁에서 흑검으로 되돌린 그리드를 쥐고 의식을 놓치지 않게끔 필사적으로 정신을 집중했다.

잠시 후 환희의 파도가 사그라들었고, 나는 폭식 스킬에 삼켜지지 않고 버텨냈다. 지금까지 폭식 스킬을 견디는 훈련을 했던 것이 도움이 된 모양이다.

자신이 좀 붙긴 했지만, 완전히 견뎌내는 건 아직 멀었다. 억지로 참아서 그런지 두 눈에서 피눈물이 흘렀다.

흑검을 거울 삼아 얼굴에 묻은 피를 닦고 양쪽 눈의 색을 확인했다. 응, 좀 전까지는 한쪽 눈이 붉은색이었는데, 지금은 양쪽 다 검은색이다. 폭식 스킬의 굶주림은 사그라들었다.

숨을 돌리면서 아론이 있는 쪽을 보니 그의 주위에서 맴돌고 있던 혼이 천천히 사라지고 있었다. 아론은 그 모습을 아쉬운 듯이 바라보고 있었다.

"먼저 가서 기다려다오. 나도 할 일을 마친 다음 그쪽으로 가마."

그 말을 듣고 안심했는지 두 혼이 어둠 속으로 사라져갔다. 이 성에 남은 것은 나와 아론뿐. 좀 전까지 전투를 벌였다는 것이 거짓말인 것처럼 조용해졌다.

아론은 나를 바라보고 곤란하다는 표정을 지으며 입을 열었다.

"미안하지만 조금만 더 도와주겠나?"

"뭘 하실 생각이신데요?"

"대청소다. 이 도시에 둥지를 튼 마물을 모조리 없앨 거다. 약속했으니까, 다시 한 번 시작하겠다고."

아론은 이 도시를 부흥시킬 생각이다. 그리고 우선 처음에는 걸리적거리는 마물을 퇴치하려는 모양이다. 밤샘 작업이 되려나…… 아니, 이 도시의 규모를 생각하면 하루가 더 걸릴지도 모르겠다.

하지만 할 거다. 스승님의 부탁인데 제자가 거절할 수는 없다.

"그러시죠. 아직 덜 싸운 것 같았거든요."

"호오, 말은 잘하는군. 그럼 선봉을 맡기도록 할까."

"좋죠. 아론은 옆구리를 다쳤으니 무리하지 마세요."

"하하하하, 이 정도는 스친 거나 마찬가지야."

터프한 영감님이다. 이 세계에는 내가 아는 한 마법으로 상처를 치유할 방법이 존재하지 않는다. 그러니까 무리하지 말았으면 하는데……. 지금 아론에게 그렇게 말해봤자 소용이 없겠지. 자동 회복 스킬을 지닌 내가 열심히 싸울 수밖에 없다.

"그럼 좀 쉬고 난 뒤에 대청소를 시작하시죠."

"아니, 바로 하지."

"네에에에에에에에?!"

정말 터프하네…… 살날이 얼마 남지 않았다는 말은 분명 거짓말일 거다. 그런 생각을 하고 있자니 갑자기 아론이 소리쳤다.

"왜 그러세요?"

"후후후후하하하하하하…… 이럴 수도 있나? 정말 놀랍군."

웃기 시작한 아론. 이유를 알 수가 없어서 당황한 내게 그가 말했다.

"아무래도 나는 더 강해질 수 있을 거 같군. 한계돌파로 레벨이 올랐어."

"정말인가요……."

"아직 성장하고 있다는 뜻이지."

나이가 들어서 육체가 허약해지면 아무리 마물을 많이 쓰러뜨려도 레벨이 올라가지 않게 된다. 그리고 사람마다 선천적으로 레벨 제한이 있어서 그것을 뛰어넘어 레벨을 올릴 수는 없다.

하지만 그 틀을 뛰어넘어서 레벨이 오르는 것을 한계돌파라고 한다. 아론의 설명에 따르면 한계돌파가 이루어진 경우 현재 레벨의 10배까지 확장되는 모양이었다. 전설에 나오는 무인들도 한계돌파를 한 무인은 손꼽을 정도라고 한다.

실제로 그렇게 된 사례가 별로 없기에 아론도 왜 자신에게 이런 일이 벌어졌는지 모르는 것 같다.

"굳이 말하자면 페이트와 함께 싸운 것이 계기가 된 건지도 모르지. 자네가 가지고 있는 무언가에 유발되었을 가능성이 있어."

"무언가 말인가요……."

그 말을 듣고 생각나는 것은 폭식 스킬밖에 없다. 이것 때문에 함께 싸운 아론이 영향을 받고 한계돌파를 하게 된 걸까. 아론 말고 함께 싸운 적이 없어서 추측에 불과하지만.

그런 내게 그리드가 《독심》 스킬을 통해 말했다.

『신의 섭리를 어기는 스킬을 지닌 자와 함께 싸우면 어떤 영향이 생기는…… 경우가 있지. 누구나 그런 건 아니다. 대죄 스킬 보유자가 마음을 터놓은 자뿐이다. 그로 인해 좋든 나쁘든 상대방에게 영향을 끼치게 되지. 보통은 레벨 제한의 한계돌파라는 형태로 나타난다.』

"그런 건 좀 미리 말해줘."

『딱히 나쁜 건 아니니까. 전설로 남아있다는 한계돌파를 한 자도 대죄 스킬 보유자와 어떤 관계가 있었을 거다.』

나와 그리드가 그렇게 이야기를 나누고 있었지만, 정작 아론은 한계돌파를 했다는 사실을 순수하게 기뻐하고 있었는지.

"페이트, 무슨 혼잣말을 그렇게 하는 게냐? 자, 시작하자. 스켈레톤 놈들을 이 도시에서 쓸어버린다. 하는 김에 레벨도 올리고."

"신이 나셨네요."

"이 나이를 먹고도 기대되는 것이 늘어났으니까. 그럼 간다."

성에서 뛰쳐나가는 아론을 급하게 따라가면서 걱정되던 부분에 대해 이야기했다.

"아론, 문제가 한 가지 있어요!"

"뭐지?"

"스켈레톤을 사냥하느라 마을로 늦게 돌아가게 되면, 마인이 분명 화를 낼 거예요."

"그렇군…… 그럼 이렇게 하마. 마을을 호위해준 보수를 금화 50개에서 금화 100개로 늘리도록 하지. 그 아이는 돈에 사족을 못 쓰는 것 같으니 분명 만족할 게다."

역시 아론은 대단하구나. 잠시 이야기를 했을 뿐인데 마인이 돈에 약하다는 것을 잘 알고 있다. 금화를 100개나 주면 마인도 기뻐하면서 늦게 돌아온 것을 용서해줄 것이다. 신이 나서 돈을 받는 모습이 눈에 선하다.

그렇다면 마음껏 싸울 수 있다. 나는 리치 로드에게서 얻은 새로운 스테이터스를 완전히 발휘해서 먼저 달려가던 아론을 추월했다.

"제가 선봉에 서기로 했잖아요. 가끔은 노인답게 젊은이에게 맡겨주시라고요."

"그러기로 했었지. 하지만 지금은 오랜만에 마구 날뛰고 싶은 기분이거든."

"그렇다면……."

""경쟁이다!""

나와 아론은 서로 빼앗으려는 듯이 마물을 사냥해 나갔다. 보아하니 예상했던 것보다 일찍 끝나버릴지도 모르겠다. 죽음이 지배하던 도시를 되찾고 다시 시작하는 것이다.

제22화 되찾은 존엄

도시 하우젠에서 마물이 사라지려 하고 있었다. 이제 얼마 남지…… 않았다.

남쪽, 동쪽, 북쪽에 있던 스켈레톤들은 제압이 끝났다. 나머지는 도시의 서쪽 구역뿐. 지금도 전투를 벌이고 있다.

나와 아론은 지금까지 스켈레톤을 1000마리가 넘게 해치워서 막대한 헤이트를 쌓게 되었다.

지금까지 마물을 이렇게 연속으로 쉴새 없이 사냥한 적이 없었기에 내게는 미지의 영역이었다.

"아론, 스켈레톤들이 설탕에 꼬이는 개미들처럼 우리에게 차례차례 몰려드네요."

"그럴 만도 하지. 보통은 이렇게 연속으로 쓰러뜨리면 매우 위험하니, 하면 안 되지. 하지만 지금은 자네가 있으니 문제없어."

아론이 성속성을 부여한 성검으로 달려들던 스켈레톤 나이트 5마리를 한꺼번에 베면서 그렇게 말했다. 응, 내가 없어도 될 정도로…… 잘 싸우는데.

정말 기운이 넘치네.

우리는 리치 로드를 쓰러뜨린 뒤 쉬지도 않고 15시간 정도를 계속 싸웠다. 아니, 해가 뜬 높이를 보니 저녁이니까 18시간 정도인가? 시간 감각이 이상해질 정도로 스켈레톤들을 많이 쓰러뜨렸다. 분명 이대로 잠들면 꿈속에도 스켈레톤이 나올 것이다. 그리고 의외로 미식가인 폭식 스킬이 적당히 하라는 듯이 꿈틀대고 있다.

"페이트, 이제 이 앞에 있는 스켈레톤들을 쓰러뜨리면 끝이다. 할 수 있겠지?"

"물론이죠."

나는 흑검을 재빠르게 흑궁으로 변형시키고 쏟아져 내리는 화살비를 피하며 날렸다. 물론 석화 마력 화살이다.

이 전투를 겪으면서 마궁을 다루는 솜씨가 비약적으로 늘어난 것을 스스로 느낄 수 있었다. 아론에게 배운 전투의 기초가 내 힘을 키워주고 있다.

그리고 눈앞에 모범을 보이는 사람이 싸우고 있어서 그런지, 보기만 해도 참고가 되었다. 이런 걸 눈으로 하는 대련이라고 해야 하나. 시험 삼아 아론의 움직임을 흉내내 보았다.

날아오는 화살비를 공중으로 뛰어올라 몸을 비틀어서 피한 다음 마력 화살을 날려보았다. 약간 조준이 약간 어긋나긴 했지만 반드시 맞는 마력 화살이라 멋대로 보정을 받아 스켈레톤 아처의 정수리에 꽂혔다.

《폭식 스킬이 발동됩니다.》

《스테이터스에 체력+1290, 근력+1440, 마력+1110, 정신 +1230, 민첩+770이 가산됩니다.》

오오, 이거 쓸만한데. 무기질적인 목소리를 들으며 손맛을 느꼈다.

회피와 공격을 동시에 하는 전투 방식. 지금까지 나는 회피와 공격을 따로 생각했는데, 이런 것도 할 수 있구나. 정말 아론과 함께 지내다 보면 새로운 발견을 자꾸 하게 된다.

이게 마지막이니까 아론이 싸우는 모습을 눈에 새겨두기로 했다. 어떻게 군더더기 없이 공격을 가하는가. 어느 정도 범위까지 적을 의식하고 싸우는가.

나는 내 싸움을 해나가면서 최대한 아론의 전투 기술을 훔쳐내자고 생각했다.

이제 아론과 헤어지면 나는 다시 자문자답을 거듭하는 전투를 벌이게 된다. 쥐고 있는 그리드는 무기라서 전투 기술을 내게 가르쳐줄 수도 없고. 마인은 성격이 그러니 내게 무인이 무엇인지 가르쳐주지 않을 것이다.

분명 내게는 아론이 처음이자 마지막 스승일 것이다.

"스켈레톤 아처를 전부 쓰러뜨렸어요. 이제 눈앞에 있는 스켈레톤 나이트를 쓰러뜨리면 전부 끝나겠네요."

"그렇군…… 오랫동안 함께 해줘서…… 고맙다."

아론은 나를 곁눈질로 보며 미소를 짓고는 발동시키지 않고 성검에 담고 있던 아츠, 《그랜드 크로스》를 해방시켰다.

"자, 끝이다."

스켈레톤 나이트가 우글대는 지면에 성스러운 빛이 새겨지기 시작했다. 있는 힘껏 담은 마력으로 인해 스켈레톤 나이트들이 정화되어갔다. 주위 일대가 빛났고, 그 빛이 사그라들자 도시가 쥐죽은 듯이 조용해졌다. 남은 빛은 하늘에서 반짝이는 별뿐이었다.

"완전히 밤이 되어버렸군. 나 때문에 출발이 늦어져 버려서 미안하다."

"아뇨, 저야말로 많이 배웠습니다. 감사합니다!"

"하하하, 나는 자네에게 대단한 걸 가르치질 못했어. 그리고 페이트라면 내가 가르쳐줄 필요도 없겠지."

"네에에에? 그러기엔 아직 이른데요!"

깜짝 놀라는 내게 아론이 타이르는 듯이 계속 말했다.

"어차피 검술이야. 아무리 겉으로만 꾸며대도 의미가 없지. 자네가 그것을 받아들이고 어떻게 승화시키는지가 중요한 거다. 그리고 페이트는 내가 상상했던 것보다 가르친 검술을 잘 흡수해서 자신의 것으로 만들었고."

"저는 아직 멀었어요…… 이제 싸우는 방식이라는 게 이해되기 시작한 참이거든요."

설마 검성에게 그런 말을 들을 줄은 상상도 하지 못했다. 왠지 갑자기 매몰차게 쳐내는 것 같은 느낌이다.

아론은 그렇게 생각하던 내 머리에 왼손을 얹고 부드러운 눈초리로 바라보았다.

"아니, 이제 충분해. 그 무기는 검 말고도 다른 형태로 변할 수 있으니까. 만약 내가 검술만 끝까지 가르치게 되면 자네의 원래 형태가 일그러지게 될 거야. 그럼 안 되겠지. 그러니 마음껏 움직이도록 해. 나는 그 너머에 자네다운 전투 형태가 있을 거라 믿네."

그렇구나…… 그렇겠지. 지금 그리드의 형태는 한 손 검, 마궁, 대낫, 이렇게 세 가지. 하지만 앞으로 다른 형태도 해방될 것이다. 그런 상황에서 한 가지 무기만 고집하는 것은 잘못된 생각이다.

내가 목표로 삼아야 하는 형태는.

"이 무기의 모든 형태를 하나로 본다. 그런 뜻인가요?"

"그런 거야. 그건 내가 가르쳐줄 수 없지. 나는 이래 봬도 검성이니까, 검밖에 모르거든."

아론은 그렇게 말하고 내 머리에서 손을 뗐다.

그와 만나서 싸움이라는 것이 무엇인지 왠지 이해가 될 것 같았는데, 갈길이 아득하게 먼 것 같다. 뭐, 그만큼 흑검 그리드가 대단한 무기인 거겠지만, 본인에게는 말하지 말아야지. 툭하면 잘난 척하니까.

『불렀나?』

"……안 불렀어!"

『그런가…… 왠지 부른 것 같았는데.』

갑자기 그리드가 《독심》 스킬로 말을 걸어서 깜짝 놀랐잖아. 그리드는 은근히 감이 좋은 것 같다.

그렇게 이야기를 나누고 있자니 아론이 성검을 칼집에 넣고 성으로 돌아가기 시작했다.

"자, 성에 있는 금화를 가지고 마을로 돌아가지. 이보다 더 늦게 가면 위험하잖나?"

"그렇긴 하죠! 마인이 엄청 화났을 것 같아요."

"그럼 서두르세."

우리는 아무것도 남지 않은 큰길을 뛰어갔다. 언젠가는 이곳이 사람들로 북적이는 장소로 돌아왔으면 좋겠다, 그런 마음뿐이다.

*

성의 보물창고에서 금화를 챙겨서 마을로 돌아오자, 생각대로 마인이 화가 난 상태였다. 꺼림칙해질 정도로 붉은 눈을 더욱 붉게 물들이며 폭발하고 있었다.

"어제 돌아온다고 했을 텐데! 그런데 하루나 늦게 돌아오다니! 대체 어떻게 된 거야?!"

"저기…… 리치 로드를 쓰러뜨린 김에 도시에 있는 마물을 전부 쓰러뜨리게 되어서……."

"내가 그렇게 부탁했다. 미안하네."

"약속도 지키지 못하다니, 너희가 어린애야?!"

외모가 압도적으로 연하인 마인에게 그런 말을 들으니 뭐라고 해야 하나, 씁쓸한 기분이 든다. 아론은 평소에 보여주던 듬직한 표정이 무너지고 매우 곤란한 표정을 짓고 있었다. 뭐, 좀 전에 아론은 내가 봐도 매우 신난 것 같았다. 그리고 마인에게 그런 말을 들으니 지금까지 자신이 했던 행동을 떠올리고 부끄러워진 건지도 모르겠다.

반성하고 있던 아론에게 내가 비장의 수를 쓰라고 말했다.

"아론, 얼른 그거요."

"오, 그랬지. 마인, 이걸 받게. 내가 자리를 비운 동안 마을을 지켜준 보답이야."

"응…… 오오오오오오!!"

금화가 들어 있는 묵직한 주머니를 가볍게 받아들고 기뻐하기 시작한 마인. 원래는 금화 50개였는데 100개로 늘어났기 때문이다. 뜻밖에 깜짝 선물을 받은 마인은 화가 난 것도 잊고 주머니를 열었다 닫았다 하면서 '오오오오오'라고 감탄했다.

"겨우 넘어갔네요."

"으음, 욕심이 많아서 다행이군. 자, 오늘은 식사를 하고 나서 바로 자도록 할까. 사실 꽤 피곤하거든."

"저도 마찬가지예요."

마을 사람들은 이미 식사를 준비해 두었는지 아론의 집 안에서 좋은 냄새가 풍기고 있었다.

나와 아론이 마물 퇴치를 하러 나갔다는 것을 마인이 마을 사람들에게 이야기했더니 마을 사람들도 아론을 위해서 뭔가 해야겠다고 나선 모양이었다. 그래서 마물을 쓰러뜨리고 돌아올 우리를 위해 식사를 마련해준 것 같았다. 어제 돌아올 예정이었는데 계속 기다려도 돌아오지 않았기에 마을 사람들이 많이 걱정했다고 마인이 말해주었다.

지금은 늦은 시간이라 마을 사람들도 집으로 돌아갔다고 한다. 내일 아침이 되면 아론이 마을 사람들에게 돌아왔다는 것을 알려주기로 했다.

"자, 안으로 들어갈까."

나는 옆에서 금화 주머니를 들고 싱글벙글하는 마인의 손을 잡고 집 안으로 들어갔다. 그런 다음 밥을 잔뜩 먹고 축 늘어져 잠들었다. 마인이 내 배를 베고 자려고 하는데도 떨쳐낼 기력조차 없을 정도였다.

이별을 맞이하는 아침, 수리가 끝난 마차 앞에서 우리는 아론과 마을 사람들에게 배웅을 받았다.

이 마을로 오는 마물 중 대부분은 하우젠에서 오는 마물이었기에 아론을 도와준 내 공적이 매우 크다면서 마을 사람들이 몇 번이나 고맙다는 인사를 했다. 마인도 아론이 자리를 비운 동안 마물을 30마리 정도 쓰러뜨린 모양이라 마을 사람들에게 고맙다는 인사를 받고 있었다.

그런 와중에 아론이 진지한 표정을 지으며 내게 말을 걸었다.

"페이트. 만약 가리아에 가서 할 일을 마치면 여기로 돌아오거라. 중요한 이야기를 할 생각이다."

"중요한 이야기요?"

"그래, 매우 중요한 이야기다. 그때가 되면 이야기하지. 그럼 반드시 살아 돌아오거라."

그리고 울퉁불퉁하고 커다란 손을 내게 내밀었다.

"또 만나자, 페이트."

"네, 또 뵙죠."

나는 그 억센 손을 맞잡으면서 아론에게 고개를 끄덕였다.

만약 가리아에서 살아남는다면 그를 만나러 가자. 아론하고는 나흘 정도밖에 지내지 않았으니까. 이야기하고 싶은 게 많이 남아 있다.

마인이 계속 악수하고 있던 우리를 보다못해 말했다.

"페이트, 슬슬 가자."

"그래, 알았어. 그럼 아론, 여러분. 신세 많이 졌습니다."

나는 마차에 타서 창문으로 고개를 내밀었다. 그리고 멀어져가는 그들에게 손을 흔들며 작별을 아쉬워했다.

아론과 마을 사람들은 마물로부터 해방된 하우젠을 부흥시켜 나간다고 한다. 분명 활기가 넘치는 도시가 될 것이다. 가리아로 간 뒤에 대해 전혀 생각하고 있지 않았던 내게 기대할 만한 것이 생겼다.

제23화 마인의 의뢰

우리를 태운 마차는 가리아를 향해 착착 나아갔다. 지금 휴식을 취하고 있는 도시를 지나면 가리아의 국경선을 지키는 방어도시만 남게 된다. 다시 말해 그곳이 우리가 가야 할 곳이다. 아마 방어도시에 록시 님이 이끄는 군대가 주둔하게 될 것이다.

"여기까지 와주셔서 감사합니다."

"저야말로 덕분에 많이 벌었습니다. 죄송하네요…… 여기서부터는 너무 위험해서 마차를 몰고 갈 수가 없으니."

"아뇨, 아뇨. 여기까지 와주신 것만 해도 충분해요."

마차를 몰고 우리를 여기까지 데려다준 중년 남자에게 고맙다는 인사를 했다. 그에게 약속했던 대로 금화 15개를 건네고 헤어지게 되었다.

무인이 아닌 그와 더 이상 함께 행동할 수는 없다. 그가 말하기로는 방어도시까지 무인을 태워다주는 군대의 마차가 정기적으로 다니는 모양이었다. 그걸 타면 호위를 받으면서 방어도시로 갈 수 있다고 한다.

마부는 이제 고향으로 돌아가는 무인을 찾는 대로 이 도시에서 떠난다고 했다. 그 정도로 오래 머무르고 싶은 곳이 아닌 것 같다.

"마인, 가자."

"알았어."

우리가 지금 있는 도시는 후방지원을 위해 만든 곳이고, 많은 물자가 매일 반입된 뒤 전선으로 옮겨지고 있다. 그래서 무인들도 많이 있었고, 왕도 부근에서는 상상도 하지 못할 정도로 넘쳐났다. 마물을 노리고 모여든 모양이었다.

여기에는 마물 토벌 의뢰가 산더미처럼 쌓여 있어서 얼마든지 돈을 벌 수가 있다. 그리고 다른 곳보다 보수가 많다. 실력이 좋은 무인들에게는 그야말로 천국 같은 곳이다. 하지만 마물이 대규모로 무리 지어 습격하는 스탬피드라는 현상이 자주 발생하기 때문에 항상 위험한 곳이기도 하다.

스탬피드에는 두 종류, 소규모와 대규모인 경우가 있다.

왕도에서 파견된 성기사가 이끄는 군대가 맡는 것이 대규모 스탬피드——속된 말로 데스 퍼레이드다. 마물의 숫자가 수십만에 달해서 일반적인 무인 파티는 눈 깜짝할 새에 삼켜져 버린다.

소규모 스탬피드는 비교적 적다고 해도 수백 마리는 된다. 그렇기 때문에 실력이 좋은 무인들이 수백 명 정도 모여서 거대한 파티를 결성한 다음 맞서곤 한다. 그 거대 파티를 지휘하는 사람은 예전에 왕도에서 성기사였던 사람인 모양이다. 전 성기사——왕도의 가혹한 출세 경쟁에서 패배해 이곳으로 흘러들어 온 사람들이다. 공을 세워서 다시 왕도로 돌아가는 걸 꿈꾸고 있는지도 모르겠다.

"페이트, 어디로 갈 거야?"

"우선 배를 채워야지. 누군가가 내 보존식량을 멋대로 먹어버리니까."

"흠~, 그렇구나."

범인인 마인은 전혀 반성하지 않은 것 같다. 그러기는커녕, 네 것은 내 것이다 이론이 발동된 것 같기도 하다.

뭐, 상관없지. 이제 익숙해졌다. 나는 마인이 화를 내지만 않으면 상관없다. 그리드가 한 말대로 최대한 마인이 화내지 않게끔 하고 있다.

그리드가 이렇게까지 조심하라고 한 건 드문 일이기에 나는 순순히 따르기로 했다. 관리받는 도시에서 괘씸한 성기사를 보고 살짝 화가 나서 저 멀리 날려버린 적이 있었지…… . 가볍게 화가 났을 때 그 정도니까 진짜로 화가 나면 어떻게 될까…… 생각하기도 싫다.

"뭐하고 있어? 얼른 가자."

"잠깐만, 멋대로 가게에 들어가지 마."

마인을 따라 가게 안으로 들어갔다. 오옷?! 이 냄새는…… 고기다! 주르륵, 나도 모르게 침이 나올 정도로 냄새가 좋았다.

가게 안에는 구운 고기 냄새로 가득 차 있었고, 이 냄새만으로도 빵을 10개는 먹을 수 있을 것 같다.

돈은 여유가 있고, 요즘에는 보존식량만 먹었으니 가끔은 사치를 부려도 되겠지. 어디 빈 자리 없나, 찾아보았지만 만석이라 앉을 만한 곳이 없었다.

음~, 무인들로 보이는 사람들이 자리를 차지하였고, 식사를 마친 뒤에도 테이블에서 이야기를 나누고 있었다. 나와주면 고맙겠는데.

그런 생각을 하면서 서 있자니 마인이 내 곁을 벗어났다. 그리고 식사를 마치고 이야기를 나누고 있던 무인들 앞에서 멈춰 섰다.

"다 먹었으면 비켜. 기다리는 사람들이 불편하잖아."

담담한 목소리로 그들에게 말했다. 앗, 왠지 앞으로 어떻게 될지 예상이 되는데. 아마 지독한 일이 벌어질 거다.

나는 휘말리고 싶지 않았기에 뒤쪽에서 조용히 지켜보기로 했다.

비키라는 말을 들은 무인들은 척 보기에도 짜증이 난 것 같다. 그중에서 제일 연장자가 마인에게 가라는 듯이 손을 저었다.

"저리 가라, 눈에 거슬려. 꼬맹이에게 볼일은 없다고. 우리들에게 상대해달라고 하고 싶으면 그 납작한 가슴……."

내 머릿속에 있는 마인 취급설명서의 2페이지쯤에 적혀 있는 말을 하다니. 게다가 어린애 취급한 것만으로도 위험한데 납작하다니, 목숨이 아까운 줄 모르는 녀석들이군. 어떻게 되어도 난 몰라.

내가 생각했던 대로 그렇게나 즐겁던 공간이 단숨에 얼어붙었다.

아아아아아…… 으아아아아, 저건 아프겠다. 그것도 엄청 아플 것 같다. 아앗, 그러지 마. 그건 그쪽으로 구부러지지 않으니까. 어? 거짓말…… 그렇게까지? 큰일이다, 큰일이라고, 안 돼애애애애애애. 보고 있던 나까지 불안해져버렸다.

역시 납작하다는 말은 매우 위험한 말이었다. 아무래도 마인 취급설명서에 새로운 페이지가 추가될 것 같다.

내 옆에는 마인에게 대들었던 용감한 무인 여덟 명이 기절한 채 쌓여 있었다. 입에서는 하얀 거품이 뿜어져 나왔고, 잠꼬대를 하는 것처럼 여자애 무서워라는 말을 반복하고 있었다. 그들에게 평생 지워지지 않을 트라우마를 심어버린 모양이다.

마인의 실력을 알아봤다면 이렇게 되지는 않았을 텐데. 어려 보이고 귀여운 외모에 속으니까 그렇지.

이런 참상을 일으킨 그녀는 바로 빈자리에 앉아 점원에게 주문하려고 했다. 점원 누님이 움찔거리면서 마인의 주문을 듣고 있었다. 저렇게 다리를 벌벌 떨다니, 불쌍하게도……

멍해진 내게 마인이 손짓했다. 이런 타이밍에 부르지 말았으면 하는데. 점원분들이 나까지 무서워하잖아.

"페이트, 얼른. 여기 앉아."

"그래, 그래. 어라?! 나는 아직 주문 안 했는데."

내가 앉기도 전에 점원 누님이 테이블을 치우고 도망치는 듯이 카운터 쪽으로 가버렸다.

어? 폭식 스킬 보유자에게 단식을 하게 만들다니, 이건 거의 고문 수준인데요. 화가 나기라도 했나? 그렇게 생각하고 있자니.

"같은 걸로 주문했어. 나 착하지?"

꺼림칙해질 정도로 붉은 눈으로 그렇게 물어보았다. 내가 좋아하는 메뉴를 주문하고 싶었지만, 모처럼 그녀가 배려해준 거니까.

그건 그렇고 배려하는 방식이 좀 억지스럽네…… 일단 고맙다고 해야겠지.

"고마워. 응, 마인은 착하구나."

"으……"

어라? 칭찬하니까 고개를 돌려버리네. 마인은 의외로 남에게 칭찬받는 것에 익숙지 않은 모양이다. 생각해보니 내가 알기로 그녀는 남들 눈초리를 신경 쓰지 않고 행동한다. 무서워하기는 해도 칭찬을 받기는 힘들 것이다.

내게는 같은 대죄 스킬 보유자라서 다른 사람들과 비교해서 약간 잘해주는 것 같다.

부끄러워하는 마인의 모습을 살펴보고 있자니 주문한 메뉴가 나왔다. 커다란 접시에 커다란 고기가 하나.

응? 내 고기는…… 어디 있어? 울먹이는 내게 마인이 말했다.

"이걸 둘이서 나누어 먹을 거야."

"호오. 그런 거구나. 그런데 왜 이렇게 먹어?"

평소였다면 따로 주문했을 것이다. 그런데 이번에는 왜 같이 주문해서 나누어 먹자는 거지?

둘이서 사이좋게 먹고 싶어서 그런가? 마인도 일반적인 생각을 하긴 하는 모양이다. 조금 안심이 된다는 생각을 하고 있자니.

"이건 전투를 벌이기 전에 하는 의식 같은 거야. 동료와 함께 같은 음식을 먹고 싸우러 가는 거지. 예전부터 해왔던 거고."

"흐음~…… 어? 방금 뭐라고 했어?"

"이걸 같이 먹고 강적하고 싸울 거야. 내게 진 빚을 갚아줘야겠어."

젠장, 마인이 착하다고 한 건 취소다. 그러고 보니 만났을 때 그랬었지. 가리아로 가는 김에 도와달라고.

그 약속을 지킬 때가 온 것이다. 방어도시까지 얼마 남지 않은 곳에 와서 마인이 강적이라고 할 정도로 대단한 상대와 싸우게 될 줄이야…….

불안하긴 하지만 대죄 스킬 보유자와 함께 싸운다는 것에는 전부터 흥미가 있었다. 뭐, 어찌 됐든 강제로 그렇게 해야 한다. 도망칠 수는 없다.

나는 마인이 잘라서 준 부드러워 보이는 고기를 먹었다. 먹으면 싸우러 간다는 것에 동의한다는 뜻인 모양이다.

제24화 녹색 아인

　나는 마인에게 진 빚을 갚기 위해 식사를 마친 다음 도시에서 나가기 위해 남쪽 외문을 향해 걸어갔다.

　중간에 노점이 여러 개 있었고, 돈이 많이 풀리는 방어도시라서 그런지 식량부터 장식품까지 다양한 상품이 있었다.

　가리아로 가려면 식량을 잔뜩 사두어야 할 것이다. 그렇게 생각하고 내가 여행길의 단골인 말린 고기와 말린 과일 같은 것을 고르고 있자니 마인도 같은 것을 샀다. 지금까지는 내 식량을 가로채기만 했는데, 내일은 해가 서쪽에서 뜰지도 모르겠네.

　"왜 그래? 마인답지 않게."

　"무슨 소리야. 나도 가리아 안으로 들어갈 때는 제대로 준비 정도는 해. 그곳은 여기와는 전혀 다른 세계니까."

　다른 세계…… 마인 정도 되는 무인이 그렇게 말하니 사실이겠지. 그렇다면 더 많이 사둘까. 하지만 너무 많이 사면 걸리적거려서 마물과 전투를 벌일 때 지장이 생길지도 모르고.

　숙련된 무인인 마인을 참고해서 사보도록 할까.

　"꽤 많이 사는구나."

　"응, 거기는 쓸데없이 넓으니까 보급하기가 힘들어. 그러니까 많이 사는 거야. 여차하면 짐을 내려놓고 싸우면 되고."

　"내려놓아도 괜찮아? 마물에게 뺏기지 않으려나?"

　"뺏기기 전에 쓰러뜨리지."

"마인답네."

"에헴!"

살짝 잘난 척하는 표정을 지으면서 누나인 척하는 마인. 아무래도 칭찬받는 것을 정말 좋아하는 것 같다. 마인을 계속 칭찬해 대면서 표정이 약간 변하는 것을 즐기고 있자니 문득 이웃 노점에 있는 보석이 눈에 들어왔다.

붉은색과 노란색, 녹색과 푸른색…… 그리고 마지막으로 푸른 보석에 눈길이 갔다.

그 보석은 잊을 수가 없었다. 내가 왕도에서 항상 신세를 지는 보답으로 록시 님에게 선물한 보석과 같은 보석이었기 때문이다.

나도 모르게 진열되어 있던 그 보석을 들고 바라보았다.

록시 님은 아직 그 푸른 보석이 박혀 있는 펜던트를 가지고 있을까. 만약 그렇다면 기쁠 것 같은데.

그녀는 지금 어떻게 지내고 있을까. 여기까지 오면서 들른 도시에서 정보수집을 해보니 내가 가리아로 더 먼저 온 것 같아서 록시 님이 이끄는 군대의 상황을 확인할 방법이 없었다.

록시 님은 착실하니까. 나 같은 게 걱정할 필요도 없이 순조롭게 가리아로 오고 있을 것이다. 그러니까 나는 내가 할 수 있는 일에 집중하자. 더욱, 더욱 강해질 거다.

지금 할 수 있는 최선은 그것일 테니까. 나는 들고 있던 푸른 보석을 살며시 노점 선반에 내려놓았다.

노점에서 물건 구매를 마친 나와 마인은 외문을 나선 뒤 걸어서 남쪽으로 향했다.

"저기, 목적지는 어디야?"

황폐해진 대지가 지평선 너머까지 이어져 있었다. 아마도 이대로 나아가면 국경선을 넘어 가리아 안으로 들어가 버릴지도 모르겠다. 기분 나쁜 예감이 든 나는 마인에게 어디로 갈 생각인지 물어보았지만, 무시당해버렸다.

　해가 지기 시작했고, 주위가 어두워졌다. 그럼에도 불구하고 마인은 멈춰서지 않았다.

　문득 동쪽을 보니 멀리서 노르스름한 빛을 내뿜는 곳이 눈에 들어왔다. 아마 저기가 방어도시일 것이다. 가리아에서 쏟아져나오는 마물을 막아내는 최전선의 거점. 록시 님이 3년 동안 주둔하게 될 곳이기도 하다.

　어서 저곳으로 가고 싶다. 그렇게 생각하고 있자니 마인이 팔꿈치로 찔렀다. 옆구리가 은근히 아프다.

　"다른 생각하지 마. 의식을 집중해."

　"그래, 미안해."

　"저곳 너머가 가리아. 마음 단단히 먹어."

　마인이 손가락으로 가리킨 곳에는 뚜렷한 경계선이 없었다. 하지만 전투로 인해 대지에 금이 가 있거나 함몰된 곳도 있었기에 왠지 그곳이 가리아일 것이라는 예상은 되었다.

　나는 마인 뒤를 따라 가리아에 처음으로 발을 내디뎠다.

　응?! 이건…… 분위기가 바뀌었어?!

　싸늘한 느낌이 들었다. 그리고 피비린내, 희미하게 죽음의 냄새가 풍기는데.

　그저 한 발짝 내딛기만 했는데 이 차이는 뭐지?!

　시험 삼아 돌아가 보니 좀 전까지 느껴지던 시원스러운 분위기였다. 숨을 돌리고 다시 안으로 들어갔다. 아, 역시 전혀 다른데.

보이지 않는 막 같은 무언가가 가리아와 왕국을 나누고 있는 것 같았다. 이쪽과 저쪽은 세계 자체가 다르다 해도 과언이 아닐 정도다.

"가자, 페이트."

내가 우물쭈물하고 있자니 마인이 재촉하며 말을 걸었다.

대답을 하고 앞으로 나아가려 했는데.

"크윽, 으으으으윽……."

젠장…… 하필이면 이럴 때 폭식 스킬이 욱신대기 시작했다. 지금까지 억누르는 훈련을 반복했는데 왜 갑자기? 그렇게 생각한 내게 그리드가 《독심》 스킬을 통해 말했다.

『페이트, 원인은 저거다. 남쪽 먼 곳 하늘을 봐!』

"저건…… 혹시."

『그래. 천룡이다.』

저물어가는 햇빛을 머금으며 거대한 구름으로 착각할 정도로 하얀 용이 우아하게 하늘을 날고 있었다.

너무 크잖아…… 뭐 저렇게 크지? 저렇게 멀리 떨어져 있는데도 불구하고 크기가 느껴지는 걸 보니 눈앞에 있으면 나 같은 건 콩알보다 더 작게 느껴질 것이다.

감정 스킬을 사용해서 천룡이 얼마나 강한지 확인하고 싶지만, 저렇게 거리가 떨어져 있으니 불가능하다.

땅바닥에 무릎을 꿇어버린 내게 마인이 손을 내밀었다.

"괜찮아?"

"꽤 많이 나아졌어."

천룡이 지평선 너머로 사라져 가는 것과 동시에 폭식 스킬이 욱신대는 것이 가시기 시작했다.

그건 그렇고 폭식 스킬이 이렇게까지 천룡에게 관심을 보일 줄은 생각하지도 못했다. 이 스킬은 강하면 강할수록 먹고 싶어 하는 습성이 있는 것 같다. 정말 곤란한데.

이마에서 흐른 땀을 닦고 있자니 마인이 내게 충고했다.

"페이트에게 천룡 클래스는 아직 일러. 보기만 해도 이런 꼴이니 답은 이미 나왔지."

"하하하하…… 뭐라고 둘러댈 수도 없겠네."

정말 맞는 말 같다. 천룡은 이야기로 듣던 것보다 훨씬 컸고, 믿기지 않을 정도로 강할 것 같다. 역시 살아 있는 천재지변이라 불릴 만도 하다. 여차하면 저것과 맞서야만 하는데, 과연 얼마나 싸울 수 있을까…… 지금 나는 전혀 상상이 되지 않는다.

나는 《감정》 스킬로 내 스테이터스를 확인했다.

페이트 그래파이트 Lv1

　　체력 : 12256101

　　근력 : 11234601

　　마력 : 12312201

　　정신 : 11284401

　　민첩 : 13378001

　　스킬 : 폭식, 감정, 독심, 은폐, 암시, 격투, 저격, 성검기, 한 손 검기, 양손 검기, 궁기, 화염탄 마법, 모래먼지 마법, 환각 마법, 근력 강화 (소), 근력 강화 (중), 근력 강화 (대), 체력 강화 (소),

체력 강화 (중), 마력 강화 (대), 정신 강화 (중), 정신 강화 (대), 민첩 강화 (소), 민첩 강화 (중), 자동 회복, 화염 내성

이 정도로도 아직 천룡의 발치에도 못 미친다. 대체 얼마나 강해지면 되는 걸까. 전혀 짐작되지 않는다.

천룡이 사라져간 방향을 멍하게 바라보고 있자니 마인이 조용히 말했다.

"E의 영역. 페이트는 우선 그것을 목표로 삼아야 해."

"E의 영역?"

그게 뭔데? 그렇게 말하며 고개를 갸웃거리는 내게 그리드가 혀를 차며 말했다.

『쓸데없는 소리를…… 그거야 말로 아직 이르지.』

"그리드, 무슨 소리야?"

『이 몸은 몰라.』

입을 다물어버리는 그리드. 또 그러는 거냐! 나는 꼭 알고 싶은데, 왜 가르쳐주지 않는 거냐고! 흑검에서 손을 떼고 한숨을 쉬는 내게 마인이 말했다.

"천룡은 그 영역에 있어. 페이트도 폭식 스킬을 사용해서 거기까지 단숨에 뛰어 올라갈 수 있어. 하지만 지금의 페이트라면 분명히 폭식 스킬에 삼켜져서 자아를 유지하지 못하게 될 거야."

"싸우기 전에 폭주해버린다는 뜻이야?"

"응, 맞아."

마인은 가볍게 말하는 것 같은데, 그리드의 반응을 봐도 사실인 것 같다.

지금 나는 그 E의 영역이라는 것에 도달하지 못한다. 다시 말해 천룡과는 싸우지 못한다는 뜻이다.

"지금은 그렇다는 거면, 나중에는 나도 E의 영역에 갈 수 있다는 뜻이야?"

"음~, 페이트라면 10년 정도 걸릴 것 같아."

이봐, 이봐. 참 느긋하시네. 10년이나 걸리면 안 되는데. 천룡이 언제 국경을 넘어서 록시 님을 습격할지 모르잖아.

그때는 물러서지 않을 각오가 필요할 것이다.

마인은 계속 말했다.

"그리고 한 가지 더, 천룡은 쓰러뜨리지 않는 게 나아. 왕국을 위해서라도. 저건 가리아에서 늘어나는 마물을 솎아내는 역할도 맡고 있어. 사라지면 믿기지 않을 정도로 많은 마물들이 왕국으로 몰려들게 될 거야. 그러니까 나도 천룡에게는 손을 대지 않았어."

"그럴 수가……."

만약 각오를 다져 E의 영역에 발을 내디딘다 해도 천룡을 쓰러뜨리면 안 된다니, 어떻게 하라는 거야? 막막해진 나는 나도 모르게 흑검 그리드를 꽉 쥐었다.

『벌써부터 걱정해서 뭐하게? 여기까지 왔으니 할 일은 한 가지밖에 없잖아. 어쩔 수 없지, 이 몸도 여차하면 협력해주마.』

"……그리드."

『우선 마인의 부탁부터. 어서 끝내자고.』

"그래, 그래야지."

생각해봤자 답이 없는데 고민하면서 멈춰서도 소용이 없다. 나는 마인과 함께 가리아 안을 나아갔다.

＊

　황폐해진 대지 안쪽으로 계속 걸어갔다. 하늘은 이미 어둠에 감싸였고, 구름 틈새로 별이 희미하게 반짝이고 있었다.

　대체 어디까지 갈 생각인 걸까. 나는 가방에서 꺼낸 말린 고기를 씹으면서 앞서가는 마인을 바라보았다.

　무거워 보이는 검은 도끼를 어깨에 걸치고 시원스럽게 나아가는 그녀. 저 몸놀림, 아론에게 전투 기초를 배워서 알게 되었다. 군더더기가 없고 언제라도 전투태세를 취할 수 있게끔 걸어가고 있다. 그렇다고 해서 긴장하고 있지도 않은 자연체다. 그야말로 이상적인 형태.

　그런 마인이 갑자기 멈춰서서 검은 도끼를 들었다.

　"페이트, 적이 왔어. 소규모 스탬피드."

　"어? 어디?"

　《암시》 스킬을 가진 나도 파악하지 못할 정도로 멀리 있는 마물을 감지한 그녀는 남동쪽 방향을 손가락으로 가리켰다. 응? 아직 안 보이는데…… 이른바 기척 탐지라는 건가?

　잠시 후 흙먼지를 일으키며 얼굴이 돼지처럼 생긴 마물이 두 발로 걸어오며 모습을 드러냈다. 숫자는 약 200마리 정도다. 고블린과는 다르게 덩치가 크고 근육질이다. 키도 커서 내 1.5배는 된다. 그리고 감정 스킬로 확인할 수 있을 정도로 가깝게 다가오지도 않았다.

　"마인, 저건 피해갈 수 없어?"

　"못 피해. 목적지는 저 너머야. 방해받고 싶지 않으니까 전부 쓰러뜨리고 가자."

"알았어. 슬슬 배가 고파지기도 했고."

흑검 그리드를 뽑아 드는 내게 마인이 말했다.

"저 돼지 녀석은 가리아에서 가장 많이 있는 마물인 오크야. 바위를 깎아낸 네이처 웨폰을 써서 공격하지. 머리가 좋으니까 대인전을 벌이는 식으로 싸우는 게 나아."

"연계해서 공격한다는 뜻이야?"

"맞아, 아론에게 배운 걸 잊지만 않으면 페이트도 문제없이 싸울 수 있어."

저 오크 200마리는 군대로 따지면 1개 중대 같은 건가? 다가오는 오크들은 네이처 웨폰을 들고 있었다. 전부 같은 형태가 아니라 방패와 활, 검, 창, 지팡이까지 다양했다.

오크들은 각각 역할이 나뉘어 있는 것 같았다. 마인이 말한 것처럼 인간을 상대하는 것처럼 싸울 필요가 있다. 아무리 내 스테이터스가 훨씬 높다 해도 어떤 책략에 당해서 집단으로 공격당하면 금방 당해버릴 것이다.

오크 중대는 우리가 있는 걸 눈치챘는지 일정한 거리를 두고 정지했다. 그리고 안쪽에 있던 다른 오크와는 피부색이 다른 푸른색 오크가 마구 소리를 질러댔다.

그것을 신호 삼아 화살과 마법이 일제히 날아들었다.

"잠깐?!"

나는 급하게 흑검을 흑겸으로 변형시켰다. 쏟아져 내리는 화살을 피하면서 대낫으로 불덩이를 베었다. 아마 오크가 날린 것은 화염탄 마법. 화염 내성 스킬을 지니고 있긴 하지만 가능한 한 맞고 싶지 않다.

차례차례 쉴 새 없이 날아드는 화살과 마법을 보고 나는 긴장했다. 다가갈 수가 없는데.

설마 이렇게 공격을 계속 가하면서 내 체력이 바닥나기까지 기다리려는 건가? 지구전을 벌이게 되면 위험할 것 같은데.

처음으로 통솔력이 있는 마물 집단에게 밀리고 있자니 한숨 소리가 들렸다.

"정말…… 이 정도로 움직이지 못하게 되다니. 앞날이 걱정되네."

"그래도 말이지, 어떻게 해야 하는데."

마인도 화살하고 마법을 피하고 있잖아. 마찬가지 아니야? 그렇게 말하려고 했을 때.

"어? 으아아아아."

갑자기 마인이 검은 도끼로 지면을 크게 깎아냈다. 깊게 헤집어진 대지가 대량의 흙먼지로 변해 하늘로 솟구치기 시작했다. 시야가 완전히 가려졌다. 이런~! 무슨 짓을 하는 거야?!

오크가 날린 화살과 마법이 보이지 않게 되었고, 갑자기 흙먼지에서 튀어나와 나를 덮쳤다.

한순간이라도 늦게 피하면 맞겠는데. 그렇게 생각하던 내 손을 마인이 잡고 옆으로 이동했다.

"그런 곳에 서 있으면 모처럼 보이지 않게 만든 의미가 없잖아. 돌아가서 오크들의 옆구리를 찌를 거야. 자, 도와줘."

"그렇구나, 숨을 곳이 없을 때는 만들면 되는구나! 역시 마인은 대단하네!"

"그 정도는 아니……, 아니야."

마인은 약간 쑥스러워하면서 내 손을 놓았다.

그럼 나도 해주지. 흑검으로 형태를 되돌린 뒤 지면을 있는 힘껏 쳐올렸다. 마인이 만든 흙먼지 기둥 옆에 기둥 하나가 더 나타났다.

우리를 완전히 놓친 오크들이 동요하는 목소리가 들렸다. 자, 반격 시작이다.

제25화 검은 도끼의 춤

녹색 군대가 혼란스러워하는 틈에 우리는 흙먼지를 최대한 이용해서 진의 우익부터 무너뜨리기 시작했다.

나도 마인에게 질 수는 없다. 흑검 그리드를 중단으로 겨누고 오크 무리를 향해 돌진했다. 난전이 되면 화살이나 마법은 동료가 맞을 수도 있기 때문에 쓰기 힘들다.

지능이 높은 오크라면 인간과 마찬가지로 화살과 마법을 쓰지 않으려 할 것이다. 예상했던 대로 후위가 후퇴하고 검과 방패, 창을 든 오크들이 우리 앞을 막아섰다.

이런 녀석들은 아론과 비교하면 갓난아이나 마찬가지다. 나는 멈춰서지 않고 흑검을 휘두르며 달려갔다. 32마리는 쓰러뜨렸을 것이다.

《폭식 스킬이 발동됩니다.》

《스테이터스에 체력+156800, 근력+153600, 마력+121600, 정신+128000, 민첩+121600이 가산됩니다.》

《스킬에 창기, 마력 강화 (소), 마력 강화 (중), 정신 강화 (중)이 추가됩니다.》

스킬은 중복이 많아서 예상했던 것보다 적었다. 하지만 스테이터스만 놓고 보면 꽤 짭짤한 마물이다. 한 마리당 대충 4000 정도는 얻을 수 있다.

폭식 스킬도 돼지고기가 맛있게 느껴지는지 기분이 좋은 것 같았다. 고블린을 사냥하던 때와는 천지 차이다. 그때는 이렇게 맛없는 걸 먹이지 말라는 듯이 날뛰곤 했다.

뭐, 오크는 고블린과 비교해서 스테이터스가 100배는 되니까 당연한가?

지금은 순순히 배를 채워야겠다. 마인이 말한 강적과 싸움을 빈틈없이 해야 한다.

나는 정신을 집중하며 흑검을 오른쪽에서 왼쪽으로, 때로는 왼쪽에서 오른쪽으로 빠르게 휘두르며 오크들을 해치워나갔다.

머릿속으로 무기질적인 목소리를 들으며 70마리째 오크를 해치웠다. 오크 1개 중대는 200마리 정도였나? 마인과 절반씩 맡았다면 이제 30마리 정도 남았을 텐데.

마인 쪽은 어떻게 되었을까. 그렇게 생각하고 있자니 밤하늘에서 수많은 오크들이 쏟아져 내렸다. 전부 숨통이 끊어졌다. 오늘 날씨는 오크비…… 일 리가 없지!

내가 마인이 싸우던 곳을 보니 와아, 본 적이 있는 전투 방식이었다. 예전에 거만하게 굴던 성기사가 시비를 걸었을 때, 그 녀석을 검은 도끼로 하늘 높이 날려버렸던 것과 완전히 똑같았다.

마인이 휘두르는 검은 도끼에 맞으면 하늘로 퇴장. 그리고 저세상으로 간다.

참 화려하네. 하지만 호쾌하면서도 움직임에 군더더기가 전혀 없다. 최소한만 이동해서 차례차례 날려보내고 있다. 보고 있으니 기분이 매우 좋았다. 마치 춤이라도 추는 것 같았다.

나도 할 수 있을까. 흉내를 내면서 싸워봤지만.

『푸하하하하하! 춤이 서투르기도 하지.』

"웃지 마, 그리드. 지금부터라고. 이런 느낌인가?"

『지독하군…… 너무 지독해. 네게는 아론에게 배운 방식이 있 잖아. 마인의 방식은 선천적으로 타고난 천부적인 재능이라는 거 다. 아무리 흉내 내려고 해도 힘들 거야.』

그게 뭐야, 천부적인 재능이라니…… 정말 멋진데요. 나도 그 거 있었으면 좋겠다! 뭐, 타고난 거라니 이미 답은 나왔지만.

나는 덤벼드는 오크들을 해치우면서 마인의 움직임을 관찰했다.

음~, 뭐라고 해야 하나, 그녀는 머리로 생각해서 싸우고 있는 것 같지 않았다. 의식하기 전에 몸이 멋대로 움직인다는 느낌이다.

의식하기 전에 몸이 먼저 움직인다라……. 이런 건 단련을 오 래 하면 할 수 있을 것 같기도 하다.

역시 강한 무인의 전투는 참고가 된다. 내 시선을 눈치챈 마인 이 코웃음 쳤다. 그리고 오크 한 마리를 내 쪽으로 날렸다.

하마터면 부딪힐 뻔했다.

아마 한눈팔지 말고 얼른 쓰러뜨리라는 뜻일 것이다.

네, 네, 싸운다고요. 잠깐 정도면 봐도 되잖아. 마인이 제대로 싸우는 모습은 처음 보니까. 그렇게 생각하고 있자니 오크가 세 마리나 날아왔다.

좋아, 열심히 싸우자. 안 그러면 다음에는 오크 열 마리 정도가 날아올 것 같다. 그 정도로 많이 날아오면 피할 수가 없지.

그렇게 마음먹고 남은 오크들을 해치워나갔다. 이 녀석들은 쓰 러뜨리면 꿀꿀대는 소리를 내서 귀에 거슬린다. 열심히 쓰러뜨린 덕분에 이제 중대를 지휘하던 푸른색 오크만 남았다.

어디 보자, 모처럼 남았으니 《감정》해봐야지. 꿀꿀.

하이오크 리더 Lv45
  체력 : 203400
  근력 : 217500
  마력 : 175300
  정신 : 154300
  민첩 : 168400
  스킬 : 강력, 근력 강화 (대), 체력 강화 (대)

스테이터스가 꽤 높다. 관 마물이 아니라 일반적인 마물인데도.
역시 가리아는 다른 지역보다 마물의 랭크가 높다.
신경 쓰이는 스킬인 강력을 《감정》해보았다.

강력 : 일정 시간 근력을 두 배로 만든다. 사용한 뒤 반동으로 근
력이 10분의 1로 약해진다. 회복될 때까지 하루가 걸린다.

스테이터스 강화 계열 스킬인 모양이다. 일시적이긴 하지만 근
력을 두 배로 만들 수 있다는 건 꽤 쓸만할 것 같다. 그 대신 근력
이 10분의 1로 약해지는 상태가 하루 동안 지속된다는 건 아쉽네.
그래도 비장의 수 같은 거니까 여차할 때 도움이 되는 스킬인 것
같다.
  그럼 잘 먹겠습니다. 나는 부하를 다 잃고도 전의를 상실하지
않은 하이오크 리더를 공격하려 했지만.
  "꿀꾸우우울."
  옆에서 다가온 마인이 가로채버렸다. 검은 도끼로 하늘 멀리

날아가 버린 하이오크 리더. 아무리 봐도 임종하셨는데.

"잠깐, 마인. 내가 먹게 해주지. 강력을 가지고 싶었는데……."

"오크 같은 건 가리아에 잔뜩 있어. 그리고 내가 보기엔 강력 스킬 같은 건 쓰레기 스킬이야."

"일시적으로 근력이 두 배가 되잖아."

"겨우 그 정도인데 리스크가 있어. 역시 쓰레기 스킬이야."

이봐, 이봐. 근력이 두 배로 늘어나는데 쓸모없다고 딱 잘라 말하는데.

아직 강력 스킬을 아쉬워하던 내 옆에서 마인이 숨을 돌리기 위해 검은 도끼를 지면에 내려놓았다.

그러자 커다란 소리를 내며 지면이 함몰되었다.

어라?! 저 도끼가 그렇게까지 무거워지는 건가? 검은 도끼의 무게가 변한다는 건 알고 있었지만 저렇게까지 무거워지다니, 내 예상을 훨씬 뛰어넘었는데.

마인은 검은 도끼를 쓰다듬으면서 중얼거렸다.

"괜찮은 느낌이야. 슬로스는 착한 아이. 더 쌓아가자."

쌓는다고…… 무게 말인가? 분명 그럴 거야.

그렇게 생각하고 있자니 마인이 옆에 앉으라며 손짓했다.

"페이트, 휴식하자. 얼른 여기로 와."

"어? 나는 아직 지치지 않았는데."

"싸운 뒤에는 반드시 쉬어. 이건 중요한 거야!"

"잠깐, 으아아아아아."

억지로 손을 잡혀서 지면으로. 끄엑…… 은근히 아프다.

"에휴, 마인은 항상 억지스럽구나."

"그 정도는 아니야."

"아니, 딱히 칭찬한 건 아니거든?"

"어머, 아쉽네."

"정말 그렇게 생각해?"

"전혀."

응, 이렇다니까. 여전히 성격이 종잡을 수가 없다.

둘이서 땅바닥에 앉아 잠시 밤하늘을 바라보았다. 이야기를 나누지도 않고 그저 벌레 울음소리만 들렸다.

마인은 어디까지 갈 생각인 걸까. 휴식시간이 끝나자 일어선 그녀는 검은 도끼를 들고 내게 말했다.

"이제 얼마 안 남았어. 그게 움직이지 않았다면."

"그거라니?"

"그건 그거야."

그게 무슨 소리야?! 알고 있을 것 같은 그리드에게도 물어보았다.

"마인이 말한 그게 뭐야?"

『훗, 그건 그거다.』

너도 그러기냐. 분명 나를 가지고 노는 거지? 진지하게 대답하라고!

뭐, 상관없어. 도착하면 저절로 알게 되겠지. 그럼 바로 그거라는 녀석이 있는 곳으로 가자고.

우리는 가리아 안쪽으로 나아갔다.

제26화 망각의 마을

그 이후로 오크들과 몇 번 전투를 벌이고 도착한 곳은 황폐해진 마을이었다.

거의 원래 형태가 남아 있지 않은 집의 토대만 남아 있었고, 나머지는 잔해만 쌓여 있었다. 그것도 오랫동안 풍화되어서 흙더미처럼 보일 정도로.

여기에 마인이 말한 강적이 있는 건가? 그런 것 같지는 않은데.

앞서가던 그녀가 돌아보며 내게 말했다.

"여기는 내가 태어난 고향이었던 곳이야. 태어나자마자 바로 제도로 끌려가서 이곳의 추억은 없어. 하지만 내게는 소중한 곳."

"호오…… 마인이 태어난 고향이구나."

응?! 이상하지 않나? 이 마을은 버려진 지 수천 년쯤 되어 보인다. 게다가 가리아가 멸망한 것은 4000년 정도 전이었을 텐데.

마인이 한 말이 사실이라면 그녀는 이 마을이 사라지기 전부터 살아온 것이다.

다시 말해 마인의 나이는 4000살이 넘는다는 뜻인데.

거짓말이지…… 겉으로 보기에는 어린 여자애잖아.

그러고 보니 아론과 이야기를 나눌 때 '죽는 것이 용납되지 않는 망령'이라고 했었지. 오래 살았다고 예상하긴 했지만 설마 4000년 넘게 살았을 줄은 상상도 못 했다.

차원이 너무 다른데. 나도 그렇고 아론까지 어린애 취급할 만도 하다.

4000년이나……. 나는 16년 정도 살아왔다. 그래도 돌이켜보면 지금까지 꽤 오랜 시간이 흘렀다는 느낌이 든다. 마인은 나보다 200배 이상의 시간을 지내온 건가?

아득해질 정도로 긴 시간 동안 세계를 살아왔으니 자잘한 부분까지 일일이 기억하지 않는 것도 납득이 된다.

그리고 그리드와 마인은 아는 사이라고 한다. 그렇다면 그리드도 4000년 정도 전부터 존재했다는 뜻이다.

그리드는 마인을 옛날부터 악연이 있었다고 했고, 되찾지 못한다는 것을 지금도 포기하지 못한다고도 했지.

분명 그것이 마인을 4000년에 걸쳐서 움직이게 만드는 원동력일 것이다. 뭐, 마인을 따라가면 그것에 대해 조금이나마 알게 될지도 모르겠다. 만약 그것이 대죄 스킬과 관련이 있는 거라면 나도 남 일이라 할 수 없겠고.

"마인, 이 마을에 쓰러뜨려야 하는 게 있어?"

"응, 그건 나하고 상성이 안 좋아. 그래서 페이트의 힘이 필요해."

"그런데 어떤 녀석이야? 이렇게 느긋하게 걸어가도 괜찮아?"

"문제없어. 어떤 녀석인지는 실제로 보면 알아."

보아하니 먼저 공격하는 타입은 아닌 것 같다.

나는 흑검 그리드에 계속 손을 대고 있었는데, 기우였다.

그건 그렇고 이곳에는 마물이 한 마리도 없다. 겁이 날 정도로 조용했다.

황폐해진 마을 가운데는 공동묘지였다. 풍화로 인해 상한 묘비가 여러 개 늘어서 있었다.

그리고 그 안에 이상할 정도로 커다랗고 하얀 고치가 자리 잡고 있었다.

저게 뭐지? 마물인가?! 다가가도 괜찮은 건가?! 나는 무심코 흑검 그리드를 뽑아 들었다.

그리드가 끙끙대는 목소리가 《독심》 스킬을 통해 들렸다.

『칫, 아직 이런 게 살아있었나…… 빌어먹을.』

"그리드, 저게 대체 뭐야?"

『기천사(키메라)다. 먼 옛날 가리아에서 제도를 방어하기 위해 시험 운용했었지. 전부 기능이 정지되었을 텐데.』

"혹시 고대병기라는 거야?"

『눈치가 빠르군. 저건 가리아의 군용 생물병기다. 대량의 마물을 짜맞춰서 만들었지. 그리고 이 몸이 보기에는 최악의 실패작이다.』

실패작?! 어감이 기분 나쁜데.

살펴보니 고치 안에서 얌전히 있는 것 같으니까 내버려 두는 게 낫지 않을까? 나는 마인을 곁눈질로 보았다.

"이걸 쓰러뜨릴 거야. 페이트, 준비 됐어?"

아아아아아아아아, 역시 이걸 쓰러뜨릴 셈인가?

그건 그렇고 참 크네…… 내 키의 10배 정도는 된다고. 게다가 고치에 둘러싸여서 안이 안 보인다.

이렇게 큰 녀석을 상대하는 건 처음이라 어떻게 싸워야 할지 감이 안 온다.

쓴웃음을 지은 내게 마인이 말했다.

"이건 아직 유체야. 페이트의 스테이터스로도 싸울 수 있어. 문제는 육체를 쓰러뜨려도 혼이 있는 이상 죽지 않는다는 점이고. 이걸 쓰러뜨리기 위해서는 폭식 스킬의 힘이 필요해."

"쓰러뜨린 적의 혼을 먹는 힘?"

"그래, 대죄 스킬 중에서 가장 신을 부정하는 죄 많은 힘."

나는 딱히 신에게 시비를 걸 생각이 없는데.

폭식 스킬은 선천적으로 타고 났을 뿐이야. 뭐, 그 덕분에 세계에게, 신에게 버림받아서 마물을 쓰러뜨려도 경험치(스피어)를 받지 못하니까 레벨도 못 올리고 있지.

그래서 나는 강해지기 위해 폭식 스킬에 의존하고 있다. 하지만 폭식 스킬은 내 말을 전혀 듣지 않는다.

틈만 나면 나까지 집어 삼키려들 정도로 터무니없는 스킬이다.

잠깐만, 대죄 스킬 중에서 가장 죄 많은 힘이라고 했지?

"폭식 스킬이 대죄 스킬 중에서 가장 강해?"

"그래. 유일하게 이론상으로는 신이 정한 레벨이라는 개념을 돌파할 수 있는 스킬. 하지만 그 전에 보유자의 정신이 버티지 못하고 폭식 스킬에 삼켜지게 돼."

"그건 현재진행형이니까 내가 제일 잘 알아. 분노는 대죄 중에서 서열이 몇 위야?"

"분노는 제4위. 위에 색욕하고 탐욕이 있어. 하지만 폭식이 특히 강할 뿐, 나머지는 대충 비슷해."

마인은 탐욕이라고 말할 때 흑검 그리드를 힐끔 보았다.

그러자 그리드가 코웃음을 쳤다.

『대죄 무기는 사용자에게 의존한다. 서열 같은 건 의미가 없어.』

"혹시 나한테 달려 있다는 말을 하고 싶은 거야?"

『당연하지. 이 몸을 얼마나 잘 살리는지는 전부 페이트에게 달려 있다. 얼른 이 몸을 다음 위계로 해방시켜!』

간단히 그럴 수 있다면 좋겠지. 리치 로드를 쓰러뜨렸을 때도 위계를 해방시키지 못했잖아. 그걸로도 부족하다니, 네가 너무 탐욕스러운 거야.

뭐, 스테이터스뿐만이 아니라 사용자의 정신 강도에도 영향을 받는 모양이니까 내 마음이 아직 미숙하다고도 할 수 있겠지. 얼른 아론처럼 되고 싶다.

한숨을 쉬면서 다시 하얀 고치를 확인했다. 싸우기 전에《감정》 해둘까.

기천사 하니엘 Lv1
    체력 : 26000000
    근력 : 29000000
    마력 : 24000000
    정신 : 28000000
    민첩 : 14000000
    스킬 : ERROR

강하잖아아아아아아아아아! 이게 유체라고?
민첩만 빼면 내 스테이터스의 두 배 정도는 되는데.
게다가 스킬이 ERROR라고만 보이고 읽어낼 수가 없다.
정면으로 맞붙으면 오히려 당할 것 같은데.
강적이다. 겁을 먹은 내게 마인이 말했다.

"혼자서 싸우라는 게 아니야. 나도 있어. 페이트가 오크와 전투를 벌이는 모습을 보고 느낀 건데, 아직 함께 싸우는 것에 익숙해지지 않았어. 그러니까 내가 페이트에게 맞춰줄게."

"그럼 고맙지. 그리고 기천사의 스킬이 ERROR라고 되어 있는데, 이게 무슨 뜻이야?"

"기천사는 매체를 핵으로 삼아서 마물을 한데 모은 거야. 인공적으로 가져다 붙인 마물의 불안정한 스킬이라서 감정 스킬로 확실하게 읽어내지 못하는 것뿐이니까 신경 안 써도 돼."

아니, 아니. 신경 쓰이는데. 별거 아닌 것처럼 말하는데, 꽤 중요한 거잖아.

그렇다면 기천사 하니엘은 불완전하나마 수많은 스킬을 보유하고 있다는 뜻이다.

지금까지 마물과 싸웠을 때는 감정 스킬로 상대방의 정보를 알고 싸웠기에 안심이 되었다. 하지만 이번에 기천사 하니엘과 싸울 때는 그럴 수가 없다.

나보다 강한 적과 이판사판으로 싸워야 한다는 건가?

몸속에서 단숨에 긴장이 퍼져나가는 것이 느껴졌다. 그런 내게 그리드가 《독심》 스킬을 통해 말했다.

『지금 네게 딱 맞는 적이다. 여기서 무릎을 꿇는다면 천룡 따윈 꿈도 꿀 수 없겠지. 얼른 이 몸을 겨누어라!』

"굳이 말하지 않아도 알아."

나는 흑검 그리드를 겨누었다.

그 모습을 본 마인은 내가 준비를 마쳤다는 것을 깨닫고 검은 도끼를 들어 올리며 공격을 가했다.

무거운 일격으로 인해 하얀 고치에 금이 갔다. 마치 알껍데기가 깨지는 것 같았다.

두꺼운 고치가 부서져 내리는 와중에 모습을 드러낸 기천사. 역시 크다.

그리고 금속제 파이프로 마구 합친 것 같은 이상한 형태였다. 부분적으로 마물 분위기가 느껴지는 기천사는 한 가지 색으로만 이루어져 있었다.

깔끔하게 전부 표백시킨 것 같은 순백색이었다. 그 중심——가슴 근처를 본 나는 깜짝 놀랐다.

"어째서…… 사람이?!"

"저게 기천사의 핵이야."

핵이라는 하얗고 긴 머리카락을 지닌 소녀가 눈을 떴다. 그 눈의 색은 꺼림칙해질 정도로 붉게 물들어 있었다.

제27화 장벽의 기천사

저것이 기천사 하니엘. 저 눈은 마인과 똑같은 것 같다. 그리고 내가 폭식 스킬로 인해 기아 상태에 빠졌을 때와 똑같기도 하다.

생각하고 싶지는 않지만 저것과 우리가 연결된 것 같은 느낌이 들었다.

"마인, 저 핵인 애는……."

그렇게 말하려 했을 때, 하니엘의 핵이 나를 바라보았다.

갑작스럽게 엄청난 압력이 나를 덮쳤고, 숨조차 쉴 수 없게 되어버렸다.

이건…… 이것도 나와 마찬가지다. 두 눈이 붉게 물들면 스테이터스가 낮은 상대를 뱀이 노려본 개구리처럼 겁을 먹고 움직일 수 없게 만드는 힘이다.

하니엘의 스테이터스가 나보다 두 배 정도 높기 때문인가?

그리드가 《독심》 스킬을 통해 말했다.

『어서 눈을 돌려라. 더 이상 바라보면 녀석에게 겁을 먹고 싸울 수조차 없게 된다.』

젠장, 적을 앞두고 눈을 감아야 한다는 생각은 해보지도 못했다.

어떻게 하지? 핵의 눈을 똑바로 바라보면 제대로 싸울 수 없는 건가?

곤란한데…… 그런 나를 보고 마인은 어이가 없는 눈치였다.

"이 정도 위압 정도로 한심하게. 기합을 넣어."

"그렇게 말해봤자……."

시험 삼아 하니엘의 핵을 힐끔 보았다. 응, 눈이 마주치면 몸이 굳는데…….

정말 어떻게 해야 하지?

적은 느긋하게 기다려주지 않는다. 하니엘이 다리 여섯 개를 사용해서 움직이기 시작했다.

"어쩔 수 없지, 페이트는 익숙해질 때까지 하니엘의 다리 쪽을 공격해. 나는 가장 골치 아픈 핵을 공격할게. 하지만 숨통은 폭식 스킬 보유자인 페이트가 끊어야만 해."

"혹시 그 공격은…… 역시."

"그래, 핵을 공격해야만 해."

그렇겠지. 쓰러뜨리려면 핵을 파괴해야만 한다.

하지만 핵은 어린 여자애라고. 쉽사리 결심하지 못하는 내게.

"저건 이미 사람이 아니야. 사람의 탈을 쓴 괴물. 외모에 속으면 안 돼."

"……하지만."

"어설픈 말을 늘어놓다가는 죽을 거야. 페이트, 공격이 와!"

"뭐어어어?"

손을 움직이기 시작한 하니엘의 핵이 푸른 화염탄을 수없이 만들어냈다. 그것이 하니엘의 주위를 둥글게 둘러싸고 이어지기 시작했다. 엄청난 열기다…… 대기가 일렁이고 있다. 내 화염 내성 스킬이 도움이 될 것 같지 않을 정도다.

완성된 그것을 지면에 내리쳤다. 압도적인 고열로 인해 지면이 용암으로 변해 우리에게 밀려들었다.

간접적인 마법 공격. 큰일이다. 흑검을 흑겸으로 변형시켜봤자 직접 마법 공격이 아니라서 벨 수가 없다.

나는 해일처럼 덮쳐드는 붉은 벽을 보고 마인이 한 충고를 곱씹었다.

핵이 사람 모양이라고 해서 봐줄 상황이 아니었다. 상대방은 나를 죽이려 하고 있다. 그런 상대를 어떻게든 해보려 할 수 있을 정도로 나는 강하지 않다.

이제 싸울 수밖에 없다. 흑검을 흑궁으로 변형시키고 스테이터스를 제물로 바쳐 블러디 터미건을 쓸 수밖에 없다.

그렇게 생각하고 있자니 마인이 앞으로 나서서 검은 도끼를 들어 올렸다.

"내 뒤로 와. 페이트는 마궁으로 원호. 익숙해지면 함께 전위를 맡고. 알겠어?"

"그, 그래. 알았어. 그런데 저건 어떻게 막지?"

"이렇게, 에잇."

기합소리가 귀엽다. 하지만 내리친 검은 도끼는 강렬했다.

밀려드는 용암의 벽을 충격으로 날린 것이다. 그리고 뒤쪽에 있던 하니엘까지 닿아서 무릎을 꿇게 만들 정도였다.

"자, 우리도 시작하자. 페이트는 하니엘을 움직이지 못하게 만들어."

"발목을 잡지 않게끔 열심히 해야지."

"응, 그래야지."

마인은 검은 도끼를 한 손으로 들고 하니엘에게 접근. 그리고 오른팔을 잘라냈다.

비명을 지르는 핵. 붉은 눈에서 새빨간 피가 살짝 배어 나왔다.

"큭…… 젠장."

또 나도 모르게 핵의 눈을 봐버렸다. 나는 눈을 피하면서 내가 할 일을 시작했다.

내가 맡은 것은 하니엘을 묶어두는 것. 마인의 효율 좋게 공격하기 위해 보조하는 것이다.

그렇다면 마궁에 담을 마법은 정해져 있다.

흑궁의 활시위를 당겨 마력 화살을 정제. 거기에 모래먼지 마법을 부가시킨다. 석화 마력 화살이다.

관 마물인 리치 로드도 돌로 만든 적이 있다. 그때보다 스테이터스가 높아졌으니 석화로 묶어두는 정도는 할 수 있을 것이다.

나는 하니엘의 다리 중 하나를 노리고 갈색 마력 화살을 날렸다.

핵이 고통스러운 표정을 지으면서 일어나려 하다가 다시 땅바닥에 쓰러졌다.

"좋았어, 성공이다."

『아직 기뻐하긴 이르다, 페이트.』

그리드가 《독심》 스킬을 통해 주의를 주었다.

이봐, 이봐. 이런 게 어디 있어? 나는 곧바로 다시 석화 마력 화살을 날려야 했다.

방금 석화시킨 하니엘의 다리가 벌써 원래대로 돌아가려 하고 있었기 때문이다. 엄청난 재생능력이다. 내가 가지고 있는 자동 회복 스킬과는 차원이 다르다.

다리뿐만이 아니었다. 마인이 잘라낸 오른팔도 원래대로 돌아가려 하고 있었다.

"대체 뭐야…… 저 재생 능력."

『군용 생물병기니까. 단독으로 영원히 전투를 벌일 수 있게끔 만들어졌지. 저 정도 파손은 저렇게 금방 나아버린다. 너는 마인이 치명적인 일격을 가할 때까지 확실하게 보조해라. 그런 다음에는 페이트 네가 숨통을 끊는 거다.』

책임이 막중하다. 타이밍을 놓치면 하니엘이 눈 깜짝할 새에 재생해서 다시 처음부터 다시 시작해야 한다.

아무리 마인이 강하다 해도 그녀에게만 의존하다가는 당할 수도 있다.

제대로 싸워야지.

그 전에 기회를 확실하게 만들자. 나는 석화 마력 화살을 연달아 날렸다.

이걸로 묶어두는 건 문제가 없겠지.

"마인! 할 수 있어?"

"문제없어."

움직이지 못하니 마인에게는 딱 좋은 표적인 모양이었다. 돋아난 오른손을 다시 날리고 곧바로 왼팔도 잘라냈다. 그건 그렇고 마인이 들고 있는 검은 도끼는 공격이 맞을 때마다 위력이 커지는 것 같다.

나는 석화 마력 화살로 마인을 원호하면서 그리드에게 물어보았다.

"마인의 도끼는 공격할 때마다 위력이 커지는 무기야?"

『뭐, 그런 느낌이지. 휘두르면 휘두를수록 공격력이 올라가지. 그리고 무게도 늘어나고. 다시 말해 공격력이 한없이 향상되지만, 그 대신 점점 다루기 힘들어지는 거다.』

"아, 그래서…… 마인이 검은 도끼를 내려놓았을 때 지면이 크게 함몰되었었지."

오크와 전투를 벌이며 공격력이 올라갔다면 마인이 들고 있는 도끼는 엄청나게 무거울 것이다. 그 증거로 마인이 지면에 발을 내디디면 커다란 크레이터가 생겨나곤 했다.

『저 무기── 슬로스는 압도적인 파괴력을 지니고 있지만, 그 대가로 무게 때문에 사용자의 민첩이 크게 떨어진다.』

"보기에는 마인의 속도가 떨어지지 않은 것 같은데."

『아니, 조금씩 떨어지고 있다. 왜 마인이 네게 하니엘을 묶어두라고 고집하는지를 생각해 봐라.』

음~, 하긴 조금씩이긴 하지만 느려지는 것 같기도 하고.

그런 와중에 마인이 하니엘의 가짜 머리를 검은 도끼로 날렸다.

핵이 지금까지보다 더 거친 소리로 울부짖었다. 얼굴에서 붉은 피를 뚝뚝 흘리고 있다.

겁을 먹기 때문에 똑바로 바라볼 수는 없지만, 그 붉은 눈에서 흘러내리는 것 같았다.

그때, 갑자기 분위기가 변했다. 뭐지?! 이 기분 나쁜 압박감은?!

그리드가 혀를 차면서 내게 말했다.

『칫, 큰일이군. 이길 수 없다고 판단했는지 억지로 성체화할 셈이다. 페이트, 조심해라!』

"성체화라니?! 그게 뭔데?!"

하니엘의 변화를 보고 그렇게까지 일방적으로 싸우던 마인이 뒤로 물러났다.

그리고 내 옆에 착지했다. 무거워진 도끼를 든 마인의 영향으로 지면이 움푹 패어버렸다. 그 여파로 내가 비틀거릴 정도였다.

"페이트, 내 뒤로 와. 좀 전보다 강력한 전체공격이 올 거야."

보아하니 성체화한 하니엘은 그 힘으로 단숨에 우리를 죽이려하는 것 같았다.

마인은 그것을 눈치채고 나를 지키기 위해 일부러 싸움을 멈추고 와준 거구나.

솔직히 그녀가 지켜주기만 하는 것 같아서 나 자신이 한심했다. 이게 정말 함께 싸우는 거라고 할 수 있을까.

그리고 이 위치는 그야말로 왕도에 있던 시절의 나다. 록시 님이 앞에 나서서 지켜주던 때와 마찬가지다. 그렇게 생각하니 마인의 모습이 갑자기 록시 님과 겹쳐 보였다.

왕도를 떠난 그녀를 쫓아왔는데 이래선…… 무엇 때문에 가리아로 온 걸까.

나는 아직 지켜줘야 하는 쪽인가? 그리고 여기로 오면서 만난 사람들이 머릿속에 스쳐갔다. 란체스터 영지에서 만난 무인들이 서로 도우며 벌이던 전투, 검성 아론과 함께 벌인 전투, 마인의 전투에 대한 자세…… 그런 것들을 보고도 나는 아직도 그때처럼 뒤에서 몸을 웅크린 채 아무것도 못 하는 건가?!

지금 발을 내디디지 않으면 록시 님의 힘이 되어주고 싶다고 당당히 말할 수 있을까?!

아니…… 말할 수 있을 리가 없다. 절대로 그럴 리가 없다.

그러니까 지금 내가 할 수 있는 가장 큰 힘을 가지고 오는 거다. 나도 마인과 함께 전위에서 싸울 수 있는 힘—— 폭식 스킬을 여기로.

이곳 가리아에서 예전의 자신을 벗어나 변하고 싶다…… 변해야만 하고!

지금도 여전히 나를 지켜주려 하는 마인의 어깨에 손을 얹고 돌아보는 그녀에게 고개를 저었다.

그리고 흑검 그리드를 꽉 쥐었다.

"그리드, 그걸 스스로 끌어내 볼게."

『그럴 줄 알았다. 하지만 무리하지는 마라. 잊지 마. 그쪽에서 오는 것과 스스로 가는 건 전혀 다르다. 발을 잘못 내딛으면 눈깜짝할 새에 삼켜질 거다. 절대로 잊지 마라.』

"그래, 나도 안다니까. 나도 지금까지 폭식 스킬과 대충 맞서지 않았다는 것을 보여주겠어."

와라! 나는 폭식 스킬을 불렀다.

평소에는 폭식 스킬의 기아를 억누르는 것에만 전념해왔다. 하지만 이번에는 그 반대다.

내가 하니엘과 싸우기 위해서는 굶주린 폭식 스킬의 힘이 필요하다. 신체능력 부스트를 얻기 위해 몸 안에 잠겨 있는 굶주린 괴물을 일부러 불러일으켰다.

몸 안에서 정체를 알 수 없는 것이 꿈틀대는 느낌이 들었다. 그리고 눈 깜짝할 새에 혼을 원하며 굶주리기 시작했다.

……몸의 감각이 점점 날카로워져 간다.

하지만 그 이상으로 발을 내딛으면 안 된다.

아슬아슬하게 안정된 선에서 폭식 스킬을 억누른다. ……좋았어, 성공이다.

그런 나를 본 마인이 깜짝 놀란 표정을 지었다.

"오른쪽 눈이 붉게 물들었어. 스스로 절반을 폭식 스킬에 맡기는 컨트롤…… 이렇게 짧은 시간 안에 거기까지."

"나도 할 때는 한다고. 언제까지나 마인에게 어린애 취급받고 싶지는 않으니까."

"오오, 듬직하네. 그럼 이 싸움에서 이기면 어른이라고 인정할게."

"반드시 이겨야지. 단숨에 가자!"

스스로 폭식 스킬을 끌어내는 행동은 제한시간이 있다. 억누르는 내 마음이 부러지기 전에 하니엘을 쓰러뜨려서 먹지 않으면 내가 폭식 스킬에게 삼켜지게 된다. 반드시 상대방을 쓰러뜨리겠다는 각오가 있어야 사용할 수 있는 거친 방식이다.

리스크가 크긴 하지만 어떻게 해볼 수 없을 정도로 강한 상대와 맞붙기 위해서는 이럴 수밖에 없다. 나는 폭식 스킬 보유자니까, 결국에는 선천적으로 타고난 힘으로 싸울 수밖에 없다.

이 힘은 믿을 수가 없다. 그중에서 잘 공존할 수 있게끔 최선을 계속 찾아나간다. 그 답 중 하나가 스스로 기아 상태를 이끌어내는 것이다.

나는 성체화해가는 하니엘의 붉은 눈을 보았다. 겁이 나지 않았고, 이제 몸에 이변도 일어나지 않았다.

반 기아 상태가 된 지금, 하니엘의 위압을 견뎌낼 힘이 있다. 이제 마인과 함께 전위를 맡을 수 있다.

거대한 몸을 뒤덮는 것처럼 일그러진 천사의 고리를 띄우고 날개가 네 개 돋아난 하니엘을 향해 흑검 그리드를 쥐고 *끄트머리*

를 겨누었다. 핵은 여전히 눈에서 붉은 피를 흘리고 있었다.

제28화 이끌어낸 힘

하니엘은 날개로부터 수많은 깃털을 주위에 흩뿌렸다.

왠지 위험할 것 같은 느낌이 들었다. 마인이 흰 깃털을 보면서 말했다.

"저것에 닿으면 폭발해. 조심해."

"전부 피하려면 고생 좀 할 것 같네."

나와 마인은 그 안으로 돌진했다. 목표는 중심에 있는 하니엘.

폭식 스킬을 절반만 이끌어낸 나는 신체능력 부스트가 걸린 상태다. 지금이라면 공중에 수없이 떠다니는 깃털의 움직임 하나하나를 쉽사리 간파할 수 있다.

그리고 내 스테이터스를 전부, 아니 그 이상의 힘을 다룰 수 있다. 제한시간이 다 되기 전에 하니엘을 먹어주지.

지면에 떨어진 깃털이 대폭발을 일으켰고, 대기가 미쳐 날뛰었다. 불규칙적인 바람으로 인해 내 오른쪽 옆에서 깃털이 잔뜩 날아들었다.

마침 잘됐네, 저걸 이용해주지.

"그리드, 할 수 있겠어?"

『별것 아니지. 이 정도로 이 몸에게 상처가 날 리가 없다. 그건 그렇고 너는 괜찮겠냐?』

"시간이 아까워. 가자!"

무리하다는 건 이미 알고 있다.

나는 흑검 그리드로 하얀 깃털을 베었다. 생각했던 대로 대폭발이 일어났고, 나는 폭풍으로 인해 하늘로 솟구쳤다. 이 정도 화상이라면 자동 회복 스킬로 완치시킬 수 있다.

깃털이 없는 공중에서 나는 흑검을 흑궁으로 변형시켰다.

"여기까지 왔는데 아낄 필요는 없지. 내 스테이터스 10퍼센트를 가져가."

『좋다, 받아가마. 네 10퍼센트를!』

흑궁이 무시무시한 형태로 변하기 시작했다. 커져서 대죄 무기로 변한 흑궁 그리드를 하니엘에게 겨누었다.

마력으로 생성된 마력 화살에 모래먼지 마법을 담았다.

짜증나는 깃털, 그리고 하니엘까지 통째로 돌로 만들어주지. 깃털 무리 안에 마인이 있긴 하지만 문제 없다. 이 공격은 그리드가 완전히 제어해서 반드시 맞추는 마력 화살이다.

만약 내가 눈을 감고 마력 화살을 날린다 해도 마인에게 맞지는 않는다.

"간다! 그리드!"

날린 석화《블러디 터미건》이 번개처럼 날카롭게 지면으로 떨어지기 시작했다. 중간에 잘게 갈라져 수많은 깃털을 전부 맞추었고, 폭발하기 전에 돌로 만들었다.

하니엘에게는 큰 줄기 마력 화살이 날아갔다. 일반적인 석화 마력 화살이 아니라 제1위계 오의《블러디 터미건》으로 날린 공격이다.

위력이 엄청났고, 거대한 하니엘을 집어삼키는 듯이 석화시켜나갔다.

나는 그 모습을 공중에서 보면서 마인에게 말했다.

"지금이야! 마인!"

굳이 말하지 않아도 알고 있다는 표정을 지은 마인이 곧바로 하니엘에게 접근했다.

석화로 인해 일시적으로 활동이 정지된 하니엘은 빈틈투성이였다.

"절호의 기회. 이번에 간다. 슬로스, 해방!"

마인은 검은 도끼를 들어 올렸다. 그녀의 말에 대답하는 듯이 검은 도끼의 형태가 변하기 시작했다.

지금까지 쌓아두었던 힘을 해방시키는 듯이 칼날 부분이 크고 날카로워졌다. 그리고 검은 빛을 두르면서 한층 더 무거워진 느낌이 들었다.

마인은 그렇게 이질적인 힘을 석화된 하니엘에게 때려 넣었다.

너무나도 큰 위력으로 인해 지면까지 헤집으면서 다리 여섯 개를 포함한 하반신을 모조리, 먼지도 남지 않을 정도로 날려버렸다. 여파도 엄청나서 오래된 마을 잔해도 저 멀리 날아갈 정도였다.

"무슨 위력이…… 저래."

『저 정도로 놀라지 마라. 우리도 가자! 페이트!』

"그래."

하니엘은 하반신을 잃었을 뿐이다. 녀석의 재생능력으로 다시 원래대로 돌아와 버릴 수도 있다.

약해졌을 때 단숨에 쳐야 한다.

나는 낙하속도를 이용해 하니엘에게 공격을 가했다.

흑궁을 흑검으로 변형시키려 했는데.

『페이트, 흑검으로 바꿔라!』

내 움직임을 감지한 하니엘이 요격하기 위해 푸른 불덩이를 자신의 주위에 만들어내 공격한 것이다. 그 공격은 나뿐만이 아니라 바로 앞까지 다가가 있던 마인에게도 날아가다.

나는 흑검으로 날아드는 불덩이를 베어내면서 하니엘에게 다가갔다. 스킬로 날린 마법 공격이라면 흑검으로 없앨 수 있다.

효과가 없다는 것을 눈치챈 하니엘은 푸른 장벽을 전개하며 내게서 도망치려 했다.

『저 장벽도 스킬이다. 흑검으로 잘라버려!』

"그래, 해치워주겠어."

큭, 스킬을 베는데 처음으로 손맛이 느껴졌다. 지금까지는 아무런 느낌 없이 흑검의 칼날이 들었는데, 엄청나게 묵직하다. 두꺼운 금속을 벤 것 같은 느낌이 들었다.

아마 이 장벽을 전개하는 스킬은 흑검에게 저항할 수 있을 정도로 강력한 것 같다.

장벽과 흑검의 칼날이 서로 밀어내기 시작했다. 그때, 그리드가 나를 다그치며 말했다.

『왜 그래? 페이트?! 폭식 스킬을 절반 해방시켜놓고도 이 꼴이냐?』

"시끄러워!"

『그 눈을 써서 결계를 파악해라! 전부 일정하게 전개되고 있는 게 아니다.』

이 붉은 눈으로 파악하라고…… 집중해서 결계를 보니 다른 세계가 나타났다.

하니엘이 만들어낸 결계 안에서 혈액 같은 흐름이 맴돌고 있었다. 흐름이 활발한 곳도 있고, 정체된 곳도 있었다.

"이거, 혹시 마력의 흐름인가?"

『그래, 흐름이 안 좋은 곳을 노려라!』

일단 결계에서 흑겸 칼날을 빼내고 그리드가 말했던 마력이 옅은 곳을 파고들었다.

좀 전과는 달리 신기할 정도로 결계가 잘려나갔다.

어느 정도 베자 흑겸의 스킬을 무효화시키는 힘이 작동해서 장벽이 유리가 깨지는 것 같은 소리를 내며 사라졌다.

"좋았어."

『이대로 베어버려라! 페이트!』

흑겸을 그대로 유지하며 기세를 살린 채 상반신만 남은 하니엘을 공격하러 나섰다.

팔을 교차해서 막으려 했지만 상관없다. 그 위에 칼날을 비스듬히 꽂아 넣었다.

그리고 단숨에 찢어발기기 시작했다. 하니엘의 두 팔이 잘려나갔고, 가슴에 박힌 핵까지 닿았다. 핵인 새하얀 소녀는 가슴이 찢기자 괴로워했다.

알고 있긴 하지만, 결심하긴 했지만, 역시 핵에 공격하니 가슴이 따끔거렸다.

추격타를 가하려 했을 때, 하니엘이 날갯짓하기 시작했다. 폭발하는 깃털을 흩뿌리면서 하늘로 도망치려 한 것이다.

날 수 없는 나는 구름 위로 도망쳐버리면 어떻게 할 수가 없다.

지면에 떨어져서 터져나가는 깃털을 피하며 뛰어오르려 했지만, 이미 높이 올라가 버려서 따라잡을 수가 없다. 이대로 가다가는 모처럼 대미지를 입힌 하니엘이 회복한다.

쳇, 땅바닥에 붉은 얼룩이 생기기 시작했다. 오른쪽 눈에서 피가 흐르기 시작한 것이다.

슬슬 한계가 오고 있는 것 같다. 어서 하니엘을 쓰러뜨리고 혼을 먹지 않으면 내가 나로 있을 수 없게 된다.

하니엘이 시간을 벌기 시작하자 짜증을 내고 있자니 마인이 다가왔다.

"내가 페이트를 하늘로 보내줄게."

"어떻게?!"

이럴 수가! 검은 도끼의 옆부분에 타라고 하네. 나보고 타라고? 여기에?!

뭐, 폭식 스킬 보유자인 내가 숨통을 끊어야 하기 때문이겠지만.

"자, 어서. 하니엘이 원래대로 돌아와 버릴 거야."

"알았다니까."

내게는 결정타가 없다. 지금 내가 가지고 있는 가장 강한 공격은 흑궁── 제1위계의 오의뿐이다. 범위 공격이기 때문에 하니엘의 재생능력을 뛰어넘을 정도로 위력이 강하지는 않다.

단독 개체에 맞는 고출력 공격이 필요하다.

어떻게 하지? 흑궁의 오의를 매우 가까운 거리에서 날릴까?

꽤 힘들긴 하겠지만 이것밖에 없나…… 그렇게 생각하던 내게 그리드가 말했다.

『슬슬 제2위계의 오의, 《데들리 인페르노》를 써볼까.』

"뭐야, 갑자기. 지금까지는 못 썼으면서."

『페이트가 그걸 다룰 수 있는 경지에 도달하지 못했기 때문이다. 하지만 지금 네 눈이라면 문제없지.』

무슨 소리냐고 물어보고 싶었지만, 초조해진 마인이 억지로 나를 검은 도끼에 태워버렸다.

"빨리 안 가면 재생할 거야. 이야기는 공중에서 해. 다녀와!"

"잠깐, 으아아아아아아아아아아아아아아아."

마인은 억지로 나를 하니엘 쪽으로 날려버렸다.

이봐, 이봐. 급하게 그리드에게 물었다.

"얼른! 가르쳐줘!"

『제2위계의 오의는 네 스테이터스 중 20퍼센트가 필요하다. 그리고 이 공격은 적의 마력이 집중된 곳을 노려야만 하지. 조금이라도 빗나가면 불발로 그칠 거다.』

"뭐야. 마력이 집중된 곳이라니, 그런 건 안 보⋯⋯."

아니, 지금 나는 볼 수 있다.

폭식 스킬의 힘을 절반 해방시킨 상태에서는 장벽을 간파한 요령으로 해낼 수 있을 것이다.

눈앞으로 다가온 하니엘. 재생에 집중하느라 내가 다가오는 것을 눈치채지 못했다.

이제 할 수밖에 없나.

"그리드, 내 스테이터스에서 20퍼센트를 가져가!"

『그럼 받아가마. 네 20퍼센트.』

이미 흑궁의 오의를 쓰면서 스테이터스 중 10퍼센트를 소비했다. 20퍼센트를 더 잃으면 하니엘과 스테이터스 차이가 너무 많이 나서 마인의 발목을 잡게 될지도 모른다.

지금도 꽤 아슬아슬한 상황이다.

다시 말해 이 제2위계의 오의인 《데들리 인페르노》를 실패할
수는 없다.

그런 마음은 아랑곳하지 않고 그리드가 내게서 스테이터스를
빼앗아갔다. 몸속에서 힘이 빠져나가는 느낌.

흑검은 내 힘을 빨아들이고 변하기 시작했다.

제29화 제3위계

나타난 것은 나란히 선 칼날 세 개. 보기에 따라서는 짐승의 날카로운 발톱을 연상시키는 흑겸이었다.

사이즈도 한층 더 커져서 애초에 다루기 까다로웠던 흑겸의 난이도가 더 올라갔다.

흑궁의 변이와 마찬가지로 무기 자체의 사이즈가 커졌다. 나는 이것을 멋대로 대죄 무기화라 부르고 있다.

손에서 멋대로 느껴지는 압박감을 보니 이 무기가 터무니없는 힘을 지니고 있다는 것을 사용하기 전부터 알 수 있을 정도였다.

내가 올려다보자 바로 앞으로 다가온 하니엘은 아직 재생하는 데 전념하고 있는 모양이었다.

"이대로 간다!"

『간파해라, 마력이 집중된 곳이다.』

그리드가 말한 곳을 붉은 눈으로 응시하며 찾아보았다.

하니엘의 몸속에서 맥박이 뛰는 듯이 흘러가는 마력이 보였다. 나무처럼 가지가 나뉜 흐름을 통해 근본으로 거슬러 올라갔다.

역시 예상했던 대로였다. 마력의 원천은 핵인 하얀 소녀였다. 그것도 심장이 있는 위치.

그곳을 중심으로 하니엘의 몸 전체에 마력이 퍼지고 있다.

핵의 심장을 이 대죄 무기로 변한 흑겸으로 베면 모든 것이 끝난다.

문제는 하니엘의 자기 재생 속도다. 싸우기 시작했을 때는 팔과 머리를 잘라내도 바로 원래대로 돌아왔다.

하지만 지금은 그렇게 경이적인 회복 속도가 느려진 것 같다.

아직 마인이 날려버린 하반신이 전부 재생되지 않았다. 그리고 내가 잘라낸 두 팔도.

"약해진 건가?"

『억지로 성체화했으니까. 대가로 자기 재생 속도가 느려진 거겠지. 하지만 못하는 건 아니다. 시간이 좀 걸릴 뿐이지.』

"그럼 이번에 끝내야겠네."

『당연하지.』

나는 형태가 변한 대낫을 들어 올리고 표적을 조준했다. 스쳐 지나가며 베어주지.

만약 하니엘이 나를 눈치채고 뭔가 하려고 해도.

하니엘은 나와 자신을 가두려는 듯이 장벽을 전개했다.

그리고 핵인 소녀가 뭔가를 하기 시작했다.

이 움직임은…… 설마?!

갇힌 공간에 푸른 화염탄이 수없이 나타났다.

『쳇, 하니엘은 자신까지 통째로 불태울 셈이다.』

도망칠 곳은 없다. 쓰러뜨리려다 오히려 함정에 빠져버린 건가?

하니엘에게는 경이로운 자기 재생 능력이 있다. 속도가 느려지긴 했지만, 회복은 할 수 있다.

그에 비해 내가 가지고 있는 자동 회복 스킬은 치명적인 상처를 치료할 수 없다. 이 밀폐된 공간에서 저 푸른 불꽃에 타게 되면 스킬이 발동되지 않을 것이고, 죽게 된다.

어떻게 할까…… 모처럼 스테이터스 20퍼센트를 제물로 삼아서 불러낸 《데들리 인페르노》를 버리고 원래 흑겸의 힘으로 푸른 화염탄을 베어서 무효화시켜야 하나.

하지만 그렇게 하면 우리에게 다음 기회는 없을 테니까.

"그렇다면 타오르기 전에 먹어주지."

『말 잘했다! 페이트!』

하니엘과 내가 있는 공간에 떠오른 푸른 화염탄들이 부풀어 올랐고, 타오르기 시작했다.

뜨겁다…… 옷이 그을리고 피부가 열기를 띠기 시작했다.

시야가 푸르게 물들었다. 하지만 표적을 놓치지는 않았다.

『페이트, 조심해라!』

"괜찮아, 보이니까."

미리 하니엘의 움직임을 통해 예측하고 있었다. 오른팔을 재생시키는데 집중하는 모습을 확실하게 보고 있었다.

푸른 불꽃 소용돌이로부터 하니엘의 팔이 튀어나와 나를 움켜쥐려 했다.

나는 그것을 오히려 발판 삼아 핵 쪽으로 뛰어들었다.

『끝내라, 페이트!』

"우오오오오오오오오오오오오오옷!"

완전히 드러난 핵을 향해 돌진했다.

핵인 하얀 소녀의 붉은 눈이 나를 보았다. 여전히 눈에서 피를 흘리며 한결같이 나를 바라보고 있었다.

그녀가 자유로운 두 손으로 뭔가 할 거라고 생각했지만, 움직이지는 않았다.

그 모습은 마치 내가 죽여주기를 바라는 것처럼 보였다.

《데들리 인페르노》가 그녀의 가슴을 가르기 시작했다. 칼날이 확실하게 마력의 중추를 뚫고 지나갔다.

그때, 핵인 소녀의 손이 내 볼에 살짝 닿았다. 그 순간, 《독심》 스킬이 발동되어 그녀의 마음이 흘러들어왔다.

단편적인 기억이다. 아마 소녀가 이런 모습이 되기 전의 기억일 것이다.

새하얀 시설에서 비슷한 처지인 아이들과 함께 생활하고 있다. 처음에는 아이들끼리 활기차게 지냈지만, 한 명, 또 한 명, 그렇게 어디론가 끌려가서 사라져 버렸다.

기어코 그녀 차례가 되었고, 어딘가 어두운 곳으로 끌려가게 되었다.

겁이 나서 울음을 터뜨려버린 그녀를 안아주는 아이가 있었다. ……그 아이는 마인과 많이 닮았다.

하지만 그 아이는 마인과는 다르게 감정이 풍부했다.

뭐야…… 이 기억은?! 그렇게 생각하고 있자니 핵인 소녀의 손이 멀어져서 전해지던 기억이 끊어져버렸다.

정신을 차리고 하니엘을 보자 그렇게까지 하얗던 몸이 새까맣게 변색되기 시작하고 있었다.

"그리드, 이건?!"

『이게 이 몸의 제2위계 오의, 《데들리 인페르노》── 필멸의 일격이다. 마력이 집중된 곳을 베면 어떤 적이든 반드시 죽는다. 대낮에 담긴 방대한 저주가 온몸에 돌며 모든 것을 썩게 만든다. 아무리 강력한 생명력을 지니고 있다 해도 결코 저항할 수 없지.』

그렇게까지 자기 재생 능력이 강하던 하니엘이 허무하게 붕괴되기 시작했다.

검게 물들고 흙더미처럼 금이 가다가…… 바람에 의해 먼지가 되어 날아갔다. 핵인 하얀 소녀도 마찬가지였다. 검은 석상처럼 변해 움직이지 않게 되어버렸다.

지면에 착지하자 그와 동시에 하니엘이었던 것도 떨어졌다.

충돌로 인해 원래 형태를 유지하지 못할 정도로 완전히 파괴되었다. 무너진 마을에 무너진 기천사의 잔해가 요란하게 흩어지기 시작했다.

이곳에 있던 수많은 묘비가 마치 하니엘을 위해 미리 마련되어 있었던 것 같다는 느낌이 들었다.

《폭식 스킬이 발동됩니다.》

《스테이터스에 체력＋26000000, 근력＋29000000, 마력＋24000000, 정신＋28000000, 민첩＋14000000이 가산됩니다.》

무기질적인 목소리와 함께 지금까지보다 훨씬 높은 스테이터스가 가산되기 시작했다. 스킬은 ERROR라서 그런지 추가되지 않는 모양이었다.

응? 평소와는 다르다. 평소였다면 이렇게 높은 스테이터스를 먹었으니 폭식 스킬이 기뻐하면서 나를 괴롭혔을 텐데.

그럼에도 불구하고 폭식 스킬이 조용하다. 굶주림은 사그라들었는데 만족스러운 느낌이 들지 않았다.

그것과는 별개로 가슴이 조이는 것 같은 쓸쓸함만 느껴졌다.

"이 느낌은…… 뭘까. 상대가 마물이 아니라 기천사라서 그런가?"

『그렇겠지. 열화된 버전이라 해도 동족을 먹은 거나 마찬가지니까. 기쁘지도 않고 즐겁지도 않은 거겠지. 그저…….』

그리드는 더 이상 말하지 않았다.

별생각 없이 하니엘의 잔해를 바라보고 있자니 마인이 다가왔다.

"잘했어. 이제 페이트도 어른이라고 인정해줄게."

"영광이긴 한데…… 저기, 좀 물어봐도 돼?"

"뭔데?"

그때, 하니엘의 핵으로부터 독심 스킬을 통해 흘러들어온 기억에 대해서.

시설 같은 곳에서 마인과 닮은 아이가 핵이 된 소녀와 함께 있었다.

"하니엘의 핵이 된 아이하고 마인이 혹시 아는 사이였어?"

"……………글쎄, 옛날 일이라 잊어버렸어."

마인은 그렇게 말하면서도 무릎을 꿇고 하니엘의 잔해를 부드럽게 쓰다듬고 있었다. 역시 아는 사이였던 것 같다.

정말 이제야 하는 이야기지만, 그렇게 소중한 사람을 폭식 스킬로 먹어도 되는 거였을까. 먹은 혼은 폭식 스킬 안에서 영원히 괴로워하게 되는데.

마인은 그런 내 마음을 들여다본 듯이 말했다.

"이러면 된 거라고 생각할 수밖에 없어. 기천사가 되면 쓰러뜨릴 수밖에 없어. 안 그러면 더 많이 죽어."

먼 옛날에 멸망한 가리아.

엄청나게 오랜 시간이 지났는데도 불구하고 여전히 기천사 같은 유산이 잠들어 있다. 혹시 더 있는지도 모르겠다.

그리고 더 위협적인 존재가 어딘가에 숨어 있을지도 모른다.

그렇게 생각하니 소름이 돋았다.

눈에 보이는 천재지변—— 천룡과는 다르게 정체를 알 수 없는 공포가 느껴졌다. 나는 이 기천사 하니엘을 통해 그중 일부를 조금 엿보게 되었다.

마인은 내가 알지 못하는 세계와 싸우고 있다. 지금까지도, 앞으로도 계속. 나도 마찬가지로 대죄 스킬 보유자로서 싸워야만 할 때가 올 것 같다.

하지만 지금은 그때가 아니다. 내게는 더 중요한 일이 있다.

원래 목적은 기천사 하니엘을 쓰러뜨리기 위해 가리아로 온 것이 아니다.

"그리드, 이제 할 수 있겠지?"

『그래. 어떻게 할 거냐…… 라고 물어볼 필요도 없다.』

"내게는 힘이 더 필요해. 지금까지 쌓은 스테이터스를 제물로 삼아서 네 제3위계를 해방시켜줘."

『알겠다, 그럼 받아가마!』

수천만에 달하는 스테이터스를 그리드가 빼앗아갔다. 이 여행에서 얻은 힘이다.

고향 마을에서 얻은 힘…… 검성 아론과 함께 싸우며 얻은 힘…… 그리고 기천사 하니엘과 싸워서 얻은 힘…… 그 모든 스테이터스가 사라져갔다.

스킬은 남았지만, 스테이터스는 처음 시점으로 돌아가 버렸다. 다시 처음부터 시작해야 한다.

흑검 그리드가 빛을 내뿜으며 모습이 변하기 시작했다.

내 힘이 빠져나가자 빛도 사그라들기 시작했다. 그리고 나는 그리드의 새로운 모습을 보고 깜짝 놀랐다.

"설마…… 그리드…… 이건."

『그래, 네가 가장 원하던 힘이다. 그러니 이 제3위계의 모습, 타입 : 마순. 마음껏 써봐라!』

"그래, 마음껏 써주겠어."

내 키보다 커다랗고 검은 방패를 들고 미소를 지었다.

나는 계속 원했었다…… 누군가를 지킬 수 있는 이 힘을!

제30화 가리아의 땅에서

그리드를 강화시키기 위해 바친 스테이터스가 어떻게 되었는지, 만에 하나의 경우를 대비해 《감정》 스킬로 확인했다.

생각했던 대로 스킬 말고는 그리드와 만났을 때 스테이터스로 돌아가 있었다.

페이트 그래파이트 Lv1
    체력 : 121
    근력 : 151
    마력 : 101
    정신 : 101
    민첩 : 131
    스킬 : 폭식, 감정, 독심, 은폐, 암시, 격투, 저격, 성검기, 한 손 검기, 양손 검기, 궁기, 창기, 화염탄 마법, 모래먼지 마법, 환각 마법, 근력 강화 (소), 근력 강화 (중), 근력 강화 (대), 체력 강화 (소), 체력 강화 (중), 마력 강화 (소), 마력 강화 (중), 마력 강화 (대), 정신 강화 (소), 정신 강화 (중), 정신 강화 (대), 민첩 강화 (소), 민첩 강화 (중), 자동 회복, 화염 내성

스킬이 꽤 많이 늘었다는 생각을 하면서 흑순 그리드를 시험 삼아 들어보았다. 약간 묵직한 느낌이다.

다른 위계 무기와 비교하면 가장 무게가 많이 나간다.

한 손만으로도 다룰 수 있긴 하지만, 두 손으로 확실하게 드는 게 안정적일 것 같다.

『이 몸의 제3위계는 어떠냐?』

"좋은데. 지금까지 적의 공격…… 범위 공격을 당했을 때는 대부분 피하지 못했으니까. 그런데 이 마순은 어느 정도나 막아낼 수 있어?"

『공격은 대부분 막을 수 있다. 담은 마력량에 따라 방어 범위를 확장할 수 있지.』

"그럼 광범위 공격도 막을 수 있는 거야?"

『가능하지. 네가 얼마나 잘 다루는지에 달렸지만.』

내 마력 스테이터스로 방어 범위를 넓힐 수 있는 건가?

이 검은 방패가 있으면 내가 잘 해내지 못하던 지키면서 싸우는 것을…… 할 수 있게 될지도 모른다. 그리드가 말한 것처럼 내가 잘 다룰 수 있게 되는지가 중요하다.

마침 이곳은 가리아다. 연습할 상대는 부족하지 않다.

다시 흑순을 들어 올리고 있자니 마인이 흥미로워하며 다가왔다.

"이렇게 가리아 한복판에서 위계의 해방을 하다니…… 어이가 없네."

"어쩔 수 없잖아. 그리드는 때와 장소를 가리게 해주지 않으니까. 정말 탐욕스럽다고 해야 하나, 제멋대로 구는 녀석이거든."

"그래, 예전부터 그런 녀석이긴 했지. 깜빡했네."

악연이 있는 마인과 그리드는 예전부터 알고 지내던 사이다. 하지만 서로 이야기를 하려 하지 않는다.

사이가 좋다는 느낌은 아니고, 굳이 말하자면 전우 같다고 해야 하나.

서로 어느 정도는 알고 있지만 깊은 곳까지 알지는 못한다. 그리고 서로 간섭하지도 않는다. 싸우게 되면 협력한다.

나는 어떨까. 같은 대죄 스킬 보유자로서 마인과 어떤 관계를 맺어야 할까.

뭐, 그런 건 이제 와서 고민해봤자 소용이 없다. 우선 나는 마인에게 해두고 싶은 말이 있었다.

"마인…… 부탁이 있는데, 들어줄래?"

"음~, 어떤 건지, 그리고 상황에 따라 생각해볼게."

"저기, 그리드의 위계를 해방시켜서 내 스테이터스가 약해졌으니까. 어느 정도 싸울 수 있게 될 때까지 스테이터스를 올리는 걸 도와줬으면 하거든. 부탁할게!"

어떻게 할까, 그렇게 말하며 생각에 잠기는 마인. 부탁이야, 승낙해줘.

강한 마물이 잔뜩 돌아다니는 가리아에서 지금 스테이터스로 다니다가는 죽어버릴 것이다. 게다가 이곳에서는 마물이 무리 지어서 돌아다니기 때문에 더 힘들다.

마인이 내 얼굴을 보면서 살며시 웃었다. 뭐지…… 그 웃음은 너무 무서운데.

"알았어. 도와줄게. 하니엘을 쓰러뜨리기 위해서 열심히 싸우기도 했으니까. 그리고 페이트가 간단히 죽어버리면 곤란해."

"고마워."

"그래도 그 전에 이 아이를 흙 안에 잠들게 해주고 싶어."

마인이 손가락으로 가리킨 것은 하니엘의 잔해였다. 대부분 부서져서 먼지가 되어 바람에 날아가버렸지만, 아직 조금 남아 있다.

혼은 내가 먹어버렸다. 적어도 육체만은 흙 안에 묻어주고 싶다는 뜻이다.

"기꺼이 그렇게 할게."

"그래…… 고마워."

마지막에 한 고맙다는 인사는 매우 작은 목소리였다.

의외로 그녀도 나름대로 쑥스럽다는 걸 숨기려는 건가? 여기까지 여행을 함께 하면서 왠지 알 수 있게 되었다. 자, 도와주자.

넓은 공간에 묘비가 늘어서 있는 곳. 그 가운데에 하니엘의 무덤을 만들었다.

구멍은 마인이 도끼를 써서 한방에 뚫어버렸기 때문에 나는 옆에서 보기만 했다.

그 안에 하니엘의 잔해를 살며시 넣기 시작했다. 천천히, 신중하게 다루지 않으면 당장에라도 부서져버릴 것 같았기 때문이다.

파편이 얼마 남지 않아서 전부 다 넣는 데 그리 오랜 시간이 걸리지는 않았다. 그렇게 커다란 몸 중에 남은 게 이것뿐인가…….

내가 제2위계의 오의로 쓰러뜨려 놓고 할 말은 아니지.

둘이서 흙을 덮었다. 그리고 마인이 마을의 잔해를 묘비 삼아 꽂았다.

간소한 무덤이 생겨났다.

"끝났구나."

"응, 끝났어."

마인은 잠시 하니엘의 무덤을 바라보고 있었다. 그리고 무언가를 떨쳐내려는 듯이 고개를 저은 다음.

"다음은 페이트 차례야."

"그래, 도와줘서 고마워."

"마침 오크 무리가 다가오고 있어. 아마 좀 전에 벌인 전투에 자극받은 모양이야."

"그렇구나…… 숫자는 어느 정도나 돼?"

오크 무리는 2개 중대 정도라고 한다.

역시 탐색 능력이 대단하다. 아마 주위의 마력을 탐지해서 파악했을 것이다.

나도 어서 폭식 스킬의 힘을 빌리지 않고도 이렇게 할 수 있게 되었으면 좋겠다.

"준비됐어?"

"언제든지 싸울 수 있어."

"그럼 빨리 끝내자. 마지막 타격은 페이트에게 맡길게. 실수는 용납 못해."

"그, 그래."

마인은 여전히 엄하다.

그래도 마물을 그녀가 약하게 만들고 마무리를 내게 주다니, 더 바랄 게 없을 정도인데. 마인은 무뚝뚝하긴 하지만 착한 녀석이다.

나는 그리드를 흑궁으로 변형시키고 뒤에서 공격해야겠다.

스테이터스가 올라가면 전위로 나서서 싸울 예정이다. 상황을 보면서 새로운 힘인 흑순을 시험해보는 것도 괜찮을지도 모르겠

다. 아니, 너무 욕심을 부리는 건가?

하니엘과 전투를 벌이고 난 뒤라 피곤할 텐데, 지금은 싸우고 싶어서 견딜 수 없다는 기분이 솟구쳤다.

폭식 스킬 때문이다. 하니엘을 먹고 나서 입가심을 하고 싶은 모양이었다.

그럼 그렇게 해주지. 제대로 먹고 내 스테이터스를 올려줘. 안 그러면 가리아에서 살아남을 수가 없으니까.

폐허가 된 마을을 나서자 녹색 지면이 이쪽을 향해 진군하는 것이 보였다.

2개 중대라…… 실제로 보니 숫자가 꽤 많다. 맛있게 먹어야지.

"가자!"

"약한 주제에 의욕이 넘치네."

"금방 다시 강해질 거야. 눈 깜짝할 새에…… 그게 내 장점이 니까."

쓰러뜨리면 그 대상의 혼을 먹고 힘을 빼앗아버리는 폭식 스킬.

나는 이 스킬로 모든 스테이터스가 1인 상태부터 시작해서 기 천사 하니엘—— 2000만에 달하는 스테이터스를 지닌 적을 쓰러 뜨릴 수 있게 되었다. 지금은 약해져버렸지만 다시 금방 그 영역 으로 돌아가 주지.

마인은 폭식 스킬에 대해 한없이 강해질 수 있다고 했다. 그리 고 신이 정한 영역조차도 돌파할 수 있다고도 했다.

하지만 그런 이야기에는 역시 대가가 따르는 법이다. 분명 그 전에 내 정신이 버티지 못할 것 같다. 폭식 스킬과 마주 본 지금 은 알 수 있었다.

아마 나는 천룡을 먹으면……, 그러니까 그러기 위해서는…….

"페이트, 왜 그래?"

마인이 오크의 시체 위에서 고개를 갸웃거렸다.

대충 정리된 모양인데. 머릿속에 무기질적인 목소리가 울리며 스테이터스가 올랐다는 것을 알려주었다. 언제나 그랬듯이 냉정한 목소리였다.

스테이터스는 어느 정도 되찾았다. 마지막으로 남은 하이오크 리더라면 나 혼자서도 문제없이 쓰러뜨릴 수 있을 정도다.

나는 흑검 그리드를 겨누고 하이오크 리더에게 접근했다.

뭔가 하려는 모양이었지만 이미 늦었다. 스쳐 지나가며 목을 베었다.

《폭식 스킬이 발동됩니다.》

《스테이터스에 체력+203400, 근력+217500, 마력+175300, 정신+154300, 민첩+168400이 가산됩니다.》

《스킬에 강력, 체력 강화 (대)가 추가됩니다.》

좋아, 이제 마인의 힘을 빌리지 않아도 싸울 수 있다. 나는 모두 해치운 오크들을 둘러보며 말했다.

"마인은 이제 어떻게 할 거야?"

"나는 이대로 가리아를 산책할 거야. 페이트도 따라올래?"

그렇구나, 그래서 그녀답지 않게 식량을 많이 산 거구나. 지금까지 내 식량을 빼어 먹었기에 왜 그러나 싶었다.

마음이 바뀐 게 아니었던 모양이었다.

"아니, 나는 방어도시로 돌아갈래. ……지키고 싶은 사람이 있거든."

마인은 이별을 아쉬워하지도 않고 가리아 안쪽으로 걸어가기 시작했다.

나는 잠시 망설인 뒤 그녀를 불러세웠다.

"부탁할 게 있어."

"뭔데?"

"만약 나중에…… 내가 나로 있게 되지 못했을 때는…… 나를 죽여줬으면 좋겠어. 이런 부탁을 할 수 있는 건 마인밖에 없거든."

같은 대죄 스킬 보유자로서 부탁했다.

분명 폭식 스킬에 삼켜져 폭주한 나를 쓰러뜨릴 수 있는 것은 마인밖에 없을 것이다. 만약을 위해 보험을 들어두고 싶다.

마인은 그녀답지 않게 눈을 크게 뜬 뒤 한숨을 쉬었다. 그리고 검은 도끼를 지면에 꽂은 뒤 나를 끌어안았다.

항상 무뚝뚝한 그녀답지 않게 괴로워질 정도로 꽉 끌어안았다.

"마인……"

"알았어. 그때는 내가 널 죽여줄게."

"……미안해. …………고마워."

그녀는 더 이상 아무런 말도 하지 않았다. 다시 마음속으로 마인에게 사과했다.

하지만 이제 여차할 때도 마음껏 싸울 수 있다.

그리드가 《독심》 스킬을 통해 욕을 해댔지만 신경 쓰지 않았다.

이런 내게 중요한 일이다. 자, 돌아가자. 록시 님이 계실 방어도시로. 이제 남이 지켜주어야 하는 존재가 아니라는 것을 보여주는 거야.

나는 마인과 헤어져서 원래 가던 길로 돌아왔다. 그러기 위해 여기까지 온 것이다.

그리고 품속에서 해골 마스크를 꺼냈다.

Berserk of Gluttony

II

Story by Ichika Isshiki
Illustration by fame

번외편 록시의 원정

그것은 생각지도 못한 부하의 보고로부터 시작되었다.

가리아를 향해 군을 이끌고 가던 나는 말을 옆으로 돌리며 그 보고를 들었다.

부하가 한 말에 따르면 바르바토스 영지의 도시 하우젠 쪽에서 연기가 피어오르고 있다고 했다.

그럴 리가 없다. 나는 연기를 보았다는 곳으로 말을 타고 달렸다.

"거짓말……."

나도 모르게 나와버린 목소리를 헛기침으로 얼버무리면서 하우젠이 있는 방향을 다시 확인했다.

역시 연기가 피어오르고 있다. 그렇다면 언데드 계열 마물들로 인해 마굴로 변해버린 저 도시에 무슨 일이 생겼다는 건가?

언데드 계열 마물은 불을 다루지 않으니까……. 그렇다면 불을 다루는 다른 마물과 영역 다툼이라도 하는 건가?

하지만 저 여러 개의 연기를 나는 잘 알고 있었다.

저렇게 부드럽게 피어오르는 연기들은 내 고향에서 항상 보던 연기다. 그렇다, 집에서 요리를 할 때 굴뚝에서 뭉게뭉게 피어오르는 연기와 똑같다.

마굴로 변한 하우젠에 사람이 살고 있다. 그것도 많이.

"상황은 알겠습니다. 하우젠을 조사할 필요가 있을 것 같네요. 당신은 돌아가서 부대장에게 대기하라고 전하세요."

"네."

나는 그렇게 지시하는 것과 동시에 실력에 자신이 있는 부하를 열 명 정도 데리고 오라고 말했다.

그는 내가 직접 하우젠으로 간다는 말을 듣고 당황했다. 성기사가 이런 조사를 직접하는 경우는 거의 없다. 기본적으로 성기사만이 쓰러뜨릴 수 있는 마물이 나왔을 경우에만 움직이는 게 보통이다.

하지만 나는 반드시 내 눈으로 확인하고 싶다.

부대로 돌아가는 부하를 바라보면서 나는 알고 있는 하우젠의 상황을 정리했다.

저곳은 하트 가문과 마찬가지로 5대 명가 중 한 곳이었던 바르바토스 가문이 다스리고 있었다. 하지만 당주인 검성 아론 바르바토스 님께서 갑작스럽게 은거하시게 되어 하우젠은 여전히 마물들에게 점거된 채로 방치되고 있었다.

내가 듣기로 은거한 원인은 친족을 전부 잃었기 때문이라고 했다. 왕의 명령으로 가리아에서 넘어온 소규모 스탬피드를 토벌하러 가기 위해 하우젠을 떠나 있던 틈을 타서 그렇게 된 모양이었다.

검성 정도 되는 지위를 가진 자는 가지고 있는 능력으로 인해 왕이 내린 명령에 따라 수많은 마물들과 전투를 벌이게 되곤 한다.

끝없는 싸움으로 인해 헤이트 현상이 누적되어서 좋지 않은 마물을 만들어내버린 것이다. 그것은 아론 님에게 뚜렷한 적개심을 품은 [죽음의 선구자]라는 리치 로드였다.

리치 로드는 사령술사라는 특수한 힘을 지니고 있고, 다른 마물에 비해 지능이 높은 데다 정신적인 공격이 특기인 모양이었다. 아마 그런 것들을 구사해서 아론 님에게 치명적이라고 할 수 있는 무언가를 저질렀을 것이다.

그 결과, 아론 님은 검을 내려놓고 은거하시게 되어버렸다. 이것이 내가 전해 들은 이야기 전부다.

"록시 하트 님. 준비가 끝났습니다."

"알겠습니다. 그럼 가죠."

급하게 조사대를 편제하긴 했지만 살펴보니 부대 중에서도 손꼽히는 강자들이 나와 함께 가게 된 것 같다. 인원편성은 그들에게 맡겼기에 다들 지원해준 것 모양이다. 기쁘다. 하지만 입장상 그런 마음을 드러낼 수는 없다.

하우젠까지는 말을 타고 달려가면 몇 시간만에 도착할 수 있는 거리다. 내 호령과 함께 조사대가 나아가기 시작했다. 가던 도중에 구호반 소속인 밀리아가 말을 걸었다. 머리카락이 옅은 갈색인 그녀는 친근한 표정을 지으면서.

"록시 님. 정말 저 하우젠에 사람이 있는 걸까요?"

"그럴 가능성이 크겠죠. 하지만 저곳에는 지능이 높은 [죽음의 선구자]라는 리치 로드가 있다고 들었습니다. 함정일 가능성도 고려해야겠죠."

"으아아아, 관 마물인가요? 저는 아직 본 적이 없어요. 긴장되네요."

말과 행동을 봐도 알 수 있듯이 신참 무인인 밀리아. 하지만 나는 알고 있다. 지금은 경험이 부족해서 구호반이라는 입장이지만 검의 실력은 부대 안에서도 뛰어난 편이다. 몇 년 정도 지나면 그녀는 틀림없이 부대장이 될 수 있을 것이다.

"밀리아, 긴장되는 건 이해가 되지만 그걸 입 밖으로 내선 안 됩니다. 그런 동요하는 마음이 다른 사람들에게 전염되니까요."

"네……, 죄송합니다."

풀이 죽은 밀리아. 음~, 보아하니 부대장이 되는 건 아직 멀었을지도……, 그렇게 생각하고 있자니 왼쪽에서 호쾌한 웃음소리가 들렸다. 무간이라는 중년 부대장 중 한 명이었다.

"밀리아는 아직 멀었군. 그렇게 겁이 나면 지금이라도 돌아가지 그래."

"정말, 무간 씨는 항상 그런 말만 하니까 싫어요."

밀리아는 무간을 껄끄러워한다. 이러쿵저러쿵해도 자기를 놀려대는 부분이 싫은 모양이었다. 하지만 무간은 비슷한 나이인 딸이 있는 입장에서 밀리아가 신경 쓰인다고 했다.

그런 두 사람이 나를 사이에 두고 말다툼을 벌이니 견딜 수가 없었다.

"둘 다 조용히 하세요. 그리고 무간. 당신은 부대장이잖아요. 부하를 두고 와도 되는 건가요?"

"문제없습니다. 제 부하들은 우수하니까요. 그러니 이렇게 오는 것도 가능한 거죠!"

잘난 척하는 표정을 지은 무간. 그 모습을 보고 밀리아가 내게 작은 목소리로 말했다.

"저기 말이죠. 이번 조사대를 편제할 때 부대장들이 거의 다 손을 들었어요. 모두 다 가면 부대에 문제가 생기잖아요. 그래서 한 명만 가게 되었는데, 무간 씨가 힘으로 밀어붙여서 이겼어요. 저 사람은 정말 어린애 같은 사람이에요."

"어머⋯⋯."

부대장들이 거의 다 나서주었다는 것이 기쁘긴 했다. 하지만 무간이 그때 밀어붙이는 모습―― 물리적인 행동에 나선 모습을 떠올리니 조금 씁쓸했다.

"그래서 편제하는 데 시간이 오래 걸렸구나."

"그렇다니까요!"

실실 웃는 밀리아에게 무간이 굵은 목소리로.

"다 들린다, 밀리아."

"하윽, 귀도 밝으시네."

그리고 이건 밀리아의 부대장에게 보고해야겠어, 그가 그렇게 말하자 밀리아가 울상을 지으며 내게 도움을 요청했다.

평소처럼 내가 곤란해하고 있자니 뒤에서 그 모습을 보고 있던 사람들이 웃음소리를 냈다. 훈훈해서 좋긴 하지만 조금 규율이 흐트러진 것 같다는 생각도 든다.

"록시 님, 이제 곧 하우젠입니다!"

"⋯⋯마물의 기척은 느껴지지 않네요."

내가 한 말을 듣고 무간을 비롯한 부하들이 고개를 끄덕였다. 그리고 그대로 하우젠 거리가 보이는 곳까지 가자 놀랍게도 사람들이 오가는 모습을 볼 수 있었다.

"이건⋯⋯ 무슨 일이 일어난 걸까요, 무간 씨."

"밀리아, 이 녀석, 이럴 때만 기대기는. 하긴, 누군가가 마물로부터 하우젠을 해방시켰다는 걸 알아냈군요. 왕도에는 그런 정보가 들어오지 않았으니 적어도 우리가 왕도를 떠난 뒤에 이렇게 되었겠죠. 어떻게 하시겠습니까, 록시 님."

"하우젠 안으로 들어가죠."

고삐를 당겨 말머리를 돌린 뒤 하우젠 외문으로 향했다. 외벽
은 전혀 손질이 되어 있지 않았고, 세월로 인해 군데군데 무너진
상태였다. 이래선 외적을 방어하는 기능을 맡지 못할 것이다.

다가가자 주민으로 보이는 사람들이 우리를 보고 무릎을 꿇은
뒤 고개를 숙였다. 성기사인 내게 경의를 표하는 건지, 아니면 겁
을 먹은 건지는 알 수가 없다.

하지만 나는 그런 걸 원하지 않았기에 고개를 들고 일어서라고
했다.

"저는 성기사 록시 하트. 물어보고 싶은 게 있습니다. 이곳을
다스리는 자와 만나고 싶습니다만, 안내해주시겠습니까?"

그러자 가장 가까이 있던 여자가 공손히 대답해주었다.

"하우젠을 다스리고 계신 분은 아론 바르바토스 님이십니다."

"아론 바르바토스 님?!"

그럴 리가…… 그는 하우젠을 버리고 은거했을 텐데. 그런데
이제 와서 돌아왔다고?

부하들도 그 말을 듣고 수상쩍어하는 표정을 지었다.

내게 말한 여자가 우리를 보면서 불안한 표정을 짓고 계속 말
했다.

"제, 아론 님께서는 중앙 광장에 계시니 안내해드리겠습니다.
따라와주세요. 아, 아직 거리가 잔해로 막혀있는 곳도 있으니 말
은 저기에 세워두시면 좋겠네요."

잔해가 아직 산더미처럼 남아 있다…… 보아하니 마물로부터

해방된 뒤 시간이 얼마 지나지 않은 것 같다.

우리는 여자가 한 말대로 말에서 내린 뒤 다가온 남자들에게 맡기기로 했다.

여자의 안내를 받아 외문을 지났다.

"참 심하네요."

"네……."

그녀는 아무런 말도 하지 않았다. 건물은 겨우 원래 형태가 남아 있는 정도였고, 오랫동안 방치된 외벽과 마찬가지로 너덜너덜한 상태였다. 그리고 거친 전투를 벌인 흔적이 건물뿐만이 아니라 발을 내딛은 길에도 새겨져 있었다.

마치 좀 전까지 이곳에 마물이 둥지를 틀고 있었던 것 같은 광경이었다.

"부흥을 시작하고 있는 참인데요, 일손이 부족해서…… 그리고 저는……."

안내해주면서 고개를 숙여버렸다. 그녀가 하려는 말이 무슨 말인지 예상이 되었다. 스킬 절대주의인 이 세계에서는 유용한 스킬을 지니지 못한 사람의 열등감이 엄청나다. 어머니가 그랬기에 어렸을 때부터 주위의 차별 때문에 고생했다는 것을 잘 알고 있다.

그리고 그도…… 페이트도. 어린 시절에 만났을 때, 그는 긍정적이었다. 하지만 왕도에서 나이를 먹어가면서 어찌할 수 없는 현실을 알아버린 그는 다시 만났을 때 어딘가 변해버린 모습이었다. 그럼에도 불구하고 하트 가문의 하인이 된 뒤로는 조금씩 예전의 페이트를 되찾아가고 있는 것 같아서 나는 기뻤다.

아, 안 되지! 안 돼! 생각이 엉뚱한 쪽으로 빠져버렸다…… 반성.

아직 고개를 숙이고 있던 그녀에게 말했다.

"그렇게 비관적으로 생각할 필요는 없어요. 당신도 필요한 사람이니까요. 그렇지 않다면 이 도시의 상황을 설명해주거나 이렇게 안내해주지 못했을 테니까요."

"……감사합니다. 성기사님께서 그런 말씀을 해주시다니……"

겨우 고개를 든 그녀의 표정을 보고 다행이라 생각하고 있자니.

"록시 님, 저도 칭찬해주세요!"

"네?"

밀리아가 손을 번쩍 들고 말했다. 뭘 말이지……, 그렇게 당황하던 내게 무간이 끼어들었다.

"무슨 소리냐! 너는 아무것도 하지 않았잖아. 록시 님께 항상 폐만 끼치는 주제에."

"네~? 그렇지 않다고요! 그렇죠? 록시 님."

"…………."

"아무 말도 없으시네?!"

"거봐라."

울상을 지으며 내게 매달리는 밀리아. 미안해, 대충 맞는 말이야. 나는 거짓말을 못 하니까……

무간은 그 모습을 보고 크게 웃어댔다. 또 시작되었나 하고 생각하고 있자니 의외로 어떤 사람의 웃음소리가 들렸다.

좀 전부터 안내해주고 있던 여자였다.

"후후후후후후, 미안해요. 사이가 좋으시네요."

""어디가!!""

밀리아와 무간이 진지한 표정으로 부정했다. 그 모습이 더 우스웠는지 깔깔대며 웃었다. 그렇게 그녀와의 거리가 가까워졌을 때 안내가 끝났다.

하우젠에서 가장 넓은 것 같은 광장에서 지휘를 맡고 있는 노인. 옷차림이 주위에 있는 사람들과 별다른 차이가 없었지만 그가 내뿜고 있는 오라—— 카리스마로 인해 저절로 눈길이 가게 만들었다.

그녀는 미소를 지으며 그의 곁으로 달려갔다.

"아론 님! 저 성기사님들이 아론 님을 뵙고 싶다네요."

아론 님은 그 말을 듣자마자 나를 돌아보고 고개를 끄덕여 인사했다. 나도 마찬가지로 그렇게 했다.

그는 작업을 다른 사람에게 넘긴 뒤 우리가 있는 곳으로 다가왔다. 가까이에서 본 그는 나이가 들었는데도 현역 성기사 못지않은 위압감을 뿜어내고 있는 것 같았다. 역시 폐하께 검성의 칭호를 받은 강자다.

"초면이군, 록시 하트. 혹시 알지도 모르겠지만 내가 이 하우젠을 다스리는 아론 바르바토스다. 지금은 이렇게 부흥 작업 때문에 바빠서 이런 곳에서 인사하게 되어 미안하군."

"아뇨, 저희야말로 갑작스럽게 방문한 것을 용서해주십시오. 그런데……."

"뭘 궁금해하는 지는 알고 있다. 이쪽으로."

내가 아론 님과 함께 걸어가려 하자 무간이 무언가를 건의했다. 왕도에 보고할 필요도 있기에 하우젠의 상황을 별동대로서 확인하고 싶다고 했다. 그 건의를 아론 님이 흔쾌히 승낙했다.

그런 관계로 무간은 밀리아를 비롯한 모두를 데리고 하우젠을 조사하러 갔다. 밀리아만은 나를 따라오고 싶다는 표정을 지었지만, 무간이 목덜미를 잡은 채 끌고 갔다.

 "록시 님~!!"

 저렇게 멀리 떨어져 있는데 아직 그녀의 목소리가 들린다. 좀 창피하다고 생각하고 있자니 아론 님이 웃어버렸다.

 "좋은 부하를 두었군. 자립했고, 각자가 자네에게 부담을 주지 않게끔 움직이고 있어."

 "그들에게 도움만 받고 있습니다. 그런데 괜찮으신가요? 저희가 멋대로 하우젠을 조사해도……."

 다시 물어보았다. 그 정도로 성기사는 자신의 영지, 도시를 다른 사람이 조사하는 것을 싫어하는 법이다. 예전에 보급과 휴식을 위해 들렀던 란체스터 영지에서는 심한 대우를 받은 것이 아직 눈에 선하다.

 같은 5대 명가인데도 불구하고 당주인 루돌프 란체스터는 우리를 도시에 들여보내주지도 않았고, 얼굴조차 보여주지 않았다. 도시 바깥에서 대기하라고 명령했고, 규칙이라 물자는 보급해주었지만 야외에서 텐트를 치고 지내게 되었다.

 부하들 중에는 란체스터에 있는 거대한 숙박시설을 기대하던 사람들도 많았기에 매우 크게 낙담했다. 특히 밀리아는 내 텐트로 와서 몰래 도시 안으로 들어가서 숙박시설을 이용하자고 했고, 실제로 강행하려고 했을 정도다. 물론 무간이 말렸지만.

 물자를 공급해준 사람들에게 물어보니 이상한 소문을 들었다. 며칠 전에 온 검은 도끼를 지닌 무인에게 영주인 루돌프가 두들

겨 맞았다고 한다. 그 이후로 루돌프는 무인을 받아들이는데 신경질적으로 변했다는데…… 그게 사실이라면 우리는 터무니없는 화풀이를 당한 거라 할 수 있다.

루돌프를 하늘 높이 날려버렸다는 무인은 어린애였다고 하니 아마 소문에 불과한 것일 거다.

아론 님은 그런 루돌프와는 달리 멋대로 조사하는 것에 대해 다시 확인한 내게 마음대로 해도 좋다고 했다. 그리고 싱글거리는 표정으로 말했다.

"우리에게도 이익이 있으니까."

"그게 무슨 말씀이신가요?"

"혹시 아직 마물이 남아 있을지도 모르고, 조사하다가 마주치면 쓰러뜨려 줄지도 모르잖나."

"네에에? 하우젠에 아직 마물이?!"

기척이 느껴지지 않았고, 주민들도 겁먹은 기색이 없었기에 이곳에는 이미 마물이 없을 거라 생각하고 있었다. 깜짝 놀란 내게 아론 님이 수염을 쓰다듬으며 말했다.

"혹시나 그럴 수도 있다는 게지. 그러니 그들에게는 하우젠을 구석구석 조사해달라고 해야겠어."

아론 님은 농담처럼 그렇게 말했지만 왠지 그 말에는 무게가 느껴졌다.

무간 일행을 걱정할 필요는 없지만, 밀리아는 왠지 불안하다.

"보이는군. 내 성이다. 아직 너덜너덜하지만."

"……반쯤 무너졌네요."

"리치 로드와 전투를 벌이도 조금 부숴버렸지. 저곳은 무사하니까. 자, 저 테라스로 가세나."

평소에도 이곳을 이용하는지 테이블과 의자는 멀쩡했다. 그곳에 앉아 보니, 아…….

"이 위치에서는 하우젠이 한눈에 보이네요."

"그렇지. 그리고 자네와 단둘이서 이야기를 하고 싶었어. 많이 컸구나."

"저기…… 저를?"

나는 아론 님과 만난 기억이 없다. 하지만 상대방은 그렇지 않은 모양이었다.

"메이슨과 아이샤는 예전부터 알고 지낸 사이란다. 두 사람 사이에 아이가 생겼을 때 이름을 지어달라는 부탁을 받았지. 그렇게 대단한 일은 할 수 없다고 거절했지만, 막 태어난 자네의 얼굴을 보니 이름이 자연스럽게 떠오르더구나. 결국 이름을 지어주게 되어버렸지."

"부모님께는 그런 이야기를 전혀……."

처음 들었다. 내 이름을 지어준 사람이 아론 님이었다니, 전혀 몰랐다.

그는 미소를 지으며 계속 말했다.

"내가 그렇게 해달라고 부탁했지. 이렇게 만난 것도 인연이야. 좋은 기회인 것 같아 말해두고 싶었단다. 실망했나?"

"그렇지 않아요. 왕도의 영웅께서 이름을 지어주시다니, 영광입니다."

"전 영웅이야. 자네도 들었을 텐데. 내가 은거하게 된 이유를."

"……네."

하우젠을 떠났을 때, 리치 로드가 이끄는 언데드 계열 마물들로 인해 유린당해버렸다. 지켜야 할 것을 잃고 싸울 이유조차 잃어버린 것이다.

검성도 그저 사람에 불과했던 것이다, 다른 성기사들이 이 이야기가 나올 때마다 하는 말이다.

하지만 지금…… 눈앞에 있는 아론 님은 살아갈 목적을 잃은 자처럼 보이지 않았다. 오히려 생기가 넘쳐흐르고 있었다.

아론 님은 그 이유를 그리운 듯이 수염을 쓰다듬으며 대답했다.

"1주일 정도 전에 어떤 남자가 은거하던 내 앞에 나타났다. 한쪽 눈에 강한 힘을 지니고 있다는 걸 알았지. 부끄럽게도 죽은 아들과 닮아서 말이다. 오지랖을 부렸단다."

어떤 오지랖인지 물어보니 검술의 기초를 가르쳤다고 했다. 검성에게 그런 지도를 받을 수 있다니, 운이 좋은 사람 같아 부러워졌다.

"가르쳐보니 역시 그에게는 남다른 면이 있었단다. 재능이나 기량 같은 게 아니고 선천적으로 타고난 스킬도 아니었지. 그가 휘두르는 검에는 무게가 있었어. 누군가를 위해서 휘두른다는 마음의 무게가. 아마 그에게는 정말 소중한 사람일 게야. 이야기를 많이 하지는 않았지만, 그 모습을 보면서 나는 잊고 있었던 옛날을 떠올렸다."

"그래서 다시 한 번 검을 들기로 하신 건가요?"

"그래, 설마 이 나이를 먹고 감화될 줄은 몰랐지. 하지만 그와 함께 이 하우젠을 해방하기 위해 싸웠을 때는 예전으로 돌아간 듯이 마음이 들떴단다. 그리고 그는 내게 가능성을 보여주었어.

그렇기 때문에 보답하기 위해, 우선은 갈 곳이 없는 그가 돌아올 곳으로 하우젠을 부흥시키고 있지."

"그럼 그 사람은 이미 이곳을 떠난 건가요?"

"떠나버렸어. 원래 우연히 들른 것뿐이었으니까."

하우젠을 해방하는 데 일조한 인물. 그 정도로 대단한 사람의 이름을 물어보고 싶어졌다.

"이름이 어떻게 되나요? 혹시 가르쳐주실 수 있을까요?"

"미안하지만 그럴 수는 없네. 그 남자는 다른 사람들에게 알려지는 걸 매우 싫어했으니까. 미안하다."

"아뇨, 아론 님께서 사과하실 필요는 없습니다. 이건 그냥 제가 흥미로 여쭤본 거니까요."

약간 아쉽지만 어쩔 수 없다.

그리고 아론 님은 하우젠의 거리를 바라본 뒤 진지한 표정으로 이야기를 꺼냈다.

"자네는 가리아로 가려는 게지?"

"네, 그런데 어떻게 그걸."

나는 그런 이야기를 한 마디도 하지 않았고, 이끄는 부대는 이곳에서 멀리 떨어져 있고 보이지 않는 위치에서 대기하고 있다.

"간단하지. 이런 곳까지 자네 같은 젊은 성기사가 올 이유를 생각해보았을 뿐이야. 일부러 폐허가 된 하우젠을 조사하러 올 리는 없지. 그렇다면 가리아 원정 정도일 거야…… 왕도의 성기사들이라면 그럴 수도 있으니까. 혹시 메이슨이 죽어버린 겐가? 그렇지 않다면 사랑하는 딸을 사지로 보낼 리가 없을 텐데."

내가 말없이 고개를 끄덕이자.

"그래…… 안타깝군. 메이슨을 잃은 지금, 왕도의 성기사들을 막을 자들이 남지 않았겠군. 자네도 가리아로 가게 되었으니까. 내가 할 말은 아니긴 하군. 모든 것을 버리고 은거한 내가 할 말은 아니었어."

쓸쓸한 듯이 황폐해져 부흥하려면 아직 갈 길이 먼 하우젠을 계속 바라보고 있었다.

잠시 후 그가 나를 바라보았다.

"어떤가. 내 지도를 받아볼 생각은 없나? 가리아에서 도움이 될 텐데."

"네? 그래도 괜찮은가요?"

"물론이지, 나는 자네의 이름을 지어준 사람이니까. 다른 게 필요하다면 말해주게나, 할 수 있는 건 들어주지."

뜻밖의 기회다. 하지만 내가 멋대로 가리아 원정을 연기시킬 수는…….

그런 생각을 하고 있자니 무간이 돌아왔다. 그러자 아론이 좋은 생각이 났다는 표정을 지으며 말했다.

"자네의 부대는 1개 소대만 남기고 먼저 가라고 하지. 군대 전체의 행군은 느리니까. 다음 보급을 진행할 도시에 도착하려면 시간이 꽤 걸릴 테고, 보급 자체에도 시간이 걸리니 말이야. 그동안 록시는 여기에 남아서 내 지도를 최대한 받는 거야. 사흘 정도려나. 끝나는 대로 남아 있던 1개 소대를 이끌고 본대와 합류하는 거지. 어떤가, 하지만 부대장들의 동의가 필요하겠군."

그리고 아론 님은 무간을 힐끔 보았다.

눈치가 빠른 무간은 그 행동만으로도 어쩔 수 없겠다고 하면서 그 자리에서 떠나버렸다.

아마 방금 아론 님이 이야기한 계획을 실행하기 위해 움직여준 모양이다.

"자, 저 부대장이 잘 해낼 테지. 어떻게 할 겐가?"

"……부탁드립니다."

이렇게까지 해주는데 거절할 수도 없고, 그럴 이유도 없어졌다.

*

돌아온 무간은 1개 소대를 이끌고 돌아왔다. 그리고 내가 지도를 받는 동안 딱히 할 일도 없어서 한가했기에 놀랍게도 하우젠의 부흥을 돕겠다고 나섰다.

무간뿐만이 아니라 다른 사람들도 검성 아론 바르바토스가 어렸을 때부터 동경하던 존재였던 모양인지 그의 도움이 되어주고 싶었던 모양이었다.

짧은 기간이지만 하우젠을 지킬 외벽만이라도 시간이 되는 대로 수리를 하게 되었다. 마물의 침입을 막을 외벽이 제 기능을 발휘하면 안에 사는 사람들이 훨씬 안심할 수 있게 된다. 그 제안을 듣고 아론 님은 매우 기뻐했다.

지도가 시작되기 전에 아론 님이 다시 고맙다는 인사를 했다.

"이번에 부흥을 지원해줘서 고맙네. 이렇게 배려해줄 줄은 상상도 못 했어."

"저는 딱히…… 부하들이 매우 의욕을 보여서……."

"바람직하군. 스스로 최선을 찾아내서 움직일 수 있는 부하. 자네는 그 모습을 평가하고 잘못이 있으면 그 전에 바로잡기만 하면 돼. 바람직한 신뢰관계가 있다는 증거다."

"별로 실감이 들지는 않는 느낌이지만, 아론 님께서 그렇게 말씀하신다면 그런 거겠죠."

"아직 군대를 이끌고 본격적인 실전을 벌이지는 않았나?"

"네."

그렇게 말하자 아론 님이 이해가 된다는 듯이 고개를 끄덕이고 성검을 칼집에서 뽑아 들었다.

"그렇다면 가리아로 가면 바로 알 수 있을 게야. 시시각각 상황이 변하는 싸움 속에서 그것이 얼마나 중요한지 몸소 알게 될 테지. 자, 그럼 시작해볼까. 검을 뽑게나."

성의 안뜰은 넓어서 문제가 없었다. 아론 님의 자세에서 진심이 느껴졌다.

만약 거창하게 싸우더라도 주위에 있는 것들이 전부 부서져 있기에 딱히 문제가 되진 않을 것이다. 나도 진심으로 상대할 수밖에 없다.

그렇게 생각하고 칼집에서 성검을 뽑아 든 순간, 그것이 시작되었다.

거친 금속음이 울려 퍼졌다.

단숨에 달려든 아론 님이 내 목덜미를 노리고 날린 참격. 그것을 겨우 받아낸 것이다.

"과연, 이건 받아낼 수 있는 모양이군. 기초는 제대로 된 것 같아. 그렇다면."

소나기처럼 퍼붓는 참격을 받아내고 흘리면서 일정한 거리를 확보하고 반격할 기회를 노렸다.

아론 님이 크게 파고든 공격을 지면으로 튕겨내고 나는 처음으로 반격을 날렸다.

하지만 그것은 허공을 벨 뿐이었다. 예측하고 있던 아론 님이 뒤쪽으로 물러났기 때문이다.

"메이슨과 매우 비슷한 움직임이군. 움직임도 깔끔하고 군더더기가 없어. 그렇기에 방어한 뒤 공격으로 전환하는 것도 빨라. 어떤 의미로는 완성된 상태군."

"감사합니다."

"그럼 더 가볼까. 괜찮나?"

"네, 부탁드립니다!"

아론 님은 그다음에도 마찬가지로 내 목덜미를 베려 했다. 당연하다는 듯이 그것을 받아내려 했을 때, 그는 다리를 휘둘러 지면의 모래를 차올렸다. 갑자기 시야가 막히자 어찌할 바를 몰랐고.

궤도가 변한 참격이 배 근처에서 딱 멈췄다.

"졌습니다."

"비겁하다고 생각했나? 하지만 실전에서는 결국 살아남는 게 전부다. 모의전과는 다르지. 자네의 검은 올곧고 아름답지만 그렇기에 위태로워. 상대방이 검을 들고 있다고 해서 그것만 사용할 거라는 생각은 버리게. 싸우기에 따라서는 주위에 있는 모든 것이 무기가 될 거라고 생각하는 게 좋아. 그럼."

일단 서로 거리를 두고 맞붙었다. 아론 님뿐만이 아니라 이곳에 있는 모든 것을 염두에 두었다. 배로 날아드는 참격을 피해서 뒤로 물러나며 다가서지 못하게끔 발치에 있던 잔해를 걷어차서 아론 님을 노렸다.

그도 곧바로 흉내를 낼 줄은 생각하지 못했는지 약간 놀란 표정을 보였다. 아론 님은 그것을 바로 베어내고 내게 달려들려 했지만.

"발버릇이 참 나쁘군."

그렇게 말하는 건 좀 아닌 것 같다. 아론 님이 그렇게 말한 이유는 내가 걷어찬 잔해가 하나가 아니고 두 개였기 때문이다.

그가 보기에는 하나만 보이게끔, 다른 하나는 가려지게끔 걷어찬 것이다. 그렇기 때문에 첫 번째 잔해를 베고 나면 그 안에서 다른 하나가 튀어나온 것처럼 보였을 것이다.

그 결과, 아론 님은 추격타를 날리는 것을 그만두고 성검으로 잔해를 튕겨냈다.

멈춘 움직임을 놓칠 리가 없다. 이번에는 내 차례라고 생각했을 때, 아론 님이 튕겨낸 잔해가 발치로 날아왔다. 회피하려다가 균형이 흔들려서 반격까지 이어갈 수는 없었다.

괜찮게 싸운 것 같긴 하지만 상대방은 검성이다. 그렇게 만만하지는 않다.

하지만 아론 님은 그렇게 생각하지 않은 모양이었다.

"하하하, 이거 한 방 먹었군. 배우는 게 빨라. 이제 일일이 말하기보다는 이 검으로 이야기하는 게 빠를 것 같은데. 괜찮겠나?"

그 뒤로는 말없이 참격이 이어졌다. 아론 님이 검으로 이야기하겠다고 선언한 대로 숨돌릴 틈도 없이 검과 검을 맞댔다.

시간이 눈 깜짝할 새에 지나갔고, 정신을 차리고 보니 제대로 서 있을 수가 없을 정도로 피로가 몰려왔다. 하늘에는 벌써 저녁

놀이 보였다.

"오늘은 여기까지 하도록 하지."

"감사합니다, 아론 님."

성검을 칼집에 넣자 힘이 빠져서 그 자리에 주저앉아버렸다.

그 모습을 본 아론 님은 곤란하다는 표정을 지으며 수염을 쓰다듬었다.

"좀 지나쳤나."

"아뇨, 이 정도는 아무것도 아닙니다. 보세요."

바로 일어서서 아직 기운이 있다는 것을 보여주려 했지만 다리가 부들부들 떨려버렸다.

"흐음, 오늘은 푹 쉬도록 하게."

아론 님은 그렇게 말하고는 반쯤 무너진 성안으로 들어가 버렸다. 그리고 안에서 무슨 소리가 들렸다. 나와 단련한 뒤에도 성을 정리하기 시작한 모양이었다. 무시무시한 체력이다…….

그건 그렇고 정말 지쳐버렸다. 이 정도로 몸을 움직인 것은 오랜만이다.

아버지께서 돌아가신 뒤로는 이렇게 대련해준 사람은 없었으니까. 아론 님이 상대해준다는 말을 듣고 옛날 생각이 나서 생각보다 힘이 많이 들어가 버린 것 같기도 하다.

그래도 시원해진 기분이었다.

하트 가문의 당주로서의 나, 처음으로 가리아를 향해 군대를 이끌고 가는 것, 그리고 왕도에 남겨두고 와버린 페이트…… 그런 것들이 머릿속에서 빙글빙글 맴돌고 있었다.

페이트는 지금 어떻게 지내고 있을까.

하트 가문의 영지에 무사히 도착했을까. 그렇다면 어머님께서 그곳으로 오게 된 사정을 이것저것 물어봐서 곤란해하고 있을지도 모르겠다.

궁지에 처한 페이트의 곤란한 표정을 상상하니 나도 모르게 웃음이 나와버렸다.

안 되지, 안 돼. 그런 생각을 하면 하트 가문의 영지가 그리워진다.

고개를 흔들면서 기분을 전환하고 있자니 밀리아의 목소리가 들렸다.

"록시 님! 록시 님! 어디 계세요?"

시끄러운 아가씨가 나를 찾고 있는 것 같았다. 밀리아도 무간과 함께 내 곁에 남았다.

같은 여자로서 나를 돌보는 역할도 맡았다는 모양이다. 그건 기쁘긴 하지만…….

"앗, 여기 계셨군요! 록시 님! 계시면 계신다고 말씀해주시지."

그리고 내게 달려들었기에 슬쩍 피했다.

"어째서?! 어째서 피하시는 건가요?"

"그야…… 땀을 많이 흘렸으니까요."

그런 건 신경 쓰지 않는다는 표정을 짓고 있는데, 내가 신경 쓰인다고! 정말 애도 참.

거리를 두고 밀리아를 경계하고 있자니.

"그럼 목욕을 하시죠. 준비되었어요."

"어? 정말로?!"

정말 좋은 소식이다. 거리를 두면서 이야기를 들어보니 하우젠에는 온천이 있다고 한다. 이럴 수가, 하트 가문의 영지와 마찬가지네!

그렇게 지쳐있던 몸에 힘이 솟구칠 정도였다.

성을 떠나 거리에 있는 광장으로 가자 텐트가 잔뜩 쳐져 있었다. 밀리아가 안내해주기로는 그중 하나가 내 텐트라고 한다. 바로 입고 있던 갑주를 벗고 갈아입을 옷과 수건을 든 채 온천으로 향했다.

안내해주는 밀리아도 나와 마찬가지로 준비를 한 것이 신경 쓰였다.

"저기, 밀리아. 어째서 당신도 같은 준비를 했나요?"

"당연하잖아요. 같이 목욕할 거니까요."

"······미안해요."

"어어어어어? 왜 그러시죠? 제게 무슨 문제가 있나요?!"

문제라기보다, 나는 누군가와 함께 목욕하는 습관이 없다. 굳이 말하자면 쑥스럽다. 그러니까, 미안해요.

"저는 이걸 기대하고 여기에 남았는데⋯⋯ 너무해요."

"지금은 그런 말을 안 하는 게 좋을 거예요."

"어? 어째서죠?"

밀리아가 모르고 있는 것 같았기에 나는 왼쪽 뒤를 손가락으로 가리켰다. 그곳에 있던 것은 쓴웃음을 지으며 화를 억누르고 있던 무간이었다.

"너⋯⋯ 록시 님의 힘이 되어드리고 싶다면서 기특한 표정으로 말하길래 마음을 고쳐먹은 줄 알았더니, 전혀 변한 게 없는 모양이구나."

"으엑, 무간 씨. 여긴 어떻게. 외벽 수리 회의를 하러 가신 줄 알았는데……."

"기분 나쁜 예감이 들었거든. 와보니까 이러네. 자, 와라. 록시 님은 피곤하시다고. 방해하지 마라."

"이, 이럴 수가, 록시 님!"

"…………."

"또 말씀이 없으시네?!"

필사적으로 도움을 요청하는 밀리아. 나는 눈을 피하며 못 본 척했다.

미안해. 역시 나는 혼자서 느긋하게 목욕을 하고 싶어.

*

다음 날에는 아론 님에게 성검기 스킬의 아츠인 《그랜드 크로스》의 다른 사용방법에 대해 배우게 되었다.

아론 님이 지금 내 실력이라면 가능하다고 판단했기 때문이다.

우선 아론 님이 시범을 보이게 되었다.

"요령은 아츠를 발동시키기 직전에 억누르는 거다. 이런 식으로."

그가 들고 있던 성검이 푸르스름하게 빛나기 시작했다. 그리고 빛을 더욱 밝게 뿜어내기 시작했을 때, 아론 님이 그 힘을 말 그대로 억눌렀다. 그리고 성스러운 빛을 두른 성검을 계속 유지하기 시작했다.

"이 상태로 유지함으로써 성검에 그랜드 크로스의 성속성을 부가시킬 수 있게 되지. 공격력, 내구도가 훨씬 올라가는 건 물론이고 그랜드 크로스의 장점이자 단점인 광범위 공격을 단독 공격으로 바꿀 수 있게 된다. 적과 아군이 한데 얽힌 전장에서는 효과적이야. 그리고 성속성을 부가시킴으로써 언데드 계열처럼 속성 공격만 통하는 적에게도 공격할 수 있게 된다."

장점만 있는 기술 같은데, 내가 해낼 수 있을까.

"그렇게 어깨에 힘을 너무 많이 주면 할 수 있는 것도 못하게 된다. 뭐든 시험해봐야지. 우선 해보렴."

"네."

우선 《그랜드 크로스》를 발동시키기 위해 의식을 성검에 집중했다.

점점 빛나기 시작하는 성검. 그리고 빛이 최고조에 달했을 때 발동을 억눌렀지만.

"앗."

……억누르지 못했다. 빠져나가는 듯이 성검에 담아둔 힘이 발동되어 버려서 내 앞에 있던 성의 안뜰 일부분을 성스러운 빛으로 정화시켜버렸다.

실패한 내게 아론 님이 자상하게 말했다.

"처음에는 다들 마찬가지다. 반복해서 감각을 갈고 닦을 수밖에 없지. 성은 이미 반쯤 무너졌으니까, 조금 부순다 해도 상관없다. 신경 쓰지 말고 마음껏 해보도록 하거라."

"그건 마음에 걸리니 방금 제가 날려버린 곳에만 하겠습니다."

아론 님은 마음껏 하라고 했지만, 이 아츠는 체력과 마력이 매우 많이 소모된다. 그래서 나는 연속으로 사용할 수가 없다.

5분 정도 회복되기를 기다렸다가 다시 도전했다. 결과는 첫 번

째와 마찬가지였다.

이렇게 된 이상 감각을 알아낼 때까지 반복할 수밖에 없다.

아론 님은 내 옆에 서서 실패할 때마다 조언해주었다. 나는 그것을 살릴 수 있게끔 노력했지만…….

"으음, 안뜰의 잡초가 깔끔하게 사라졌군."

"죄송합니다."

《그랜드 크로스》를 50번 정도 날려버렸다. 아론 님 덕분에 감각을 알아낼 수 있었지만, 담아둔 상태를 유지할 수 있는 시간이 3초 정도에 불과했고, 아무리 애를 써도 발동되어버렸다.

음~, 이러면 도움이 안 될 것 같은데. 성검을 휘두른 다음에 폭발하면 큰일이니까.

좋았어, 이렇게 된 이상 한 번 더! 그렇게 생각하고 성검에 힘을 주자 의식이 희미해지고 제대로 설 수가 없게 되어버렸다.

그 모습을 본 아론 님이 수행을 멈추게 했다.

"오늘은 이쯤 해두는 게 좋겠군. 그랜드 크로스는 부하가 심하니까. 쓰러지면 본말전도 아니겠나."

"그렇죠. 내일 다시 도전하겠습니다."

"으음, 잘 생각했어."

아직 저녁이 되기까지는 시간이 남았다. 그래서 남은 시간에는 하우젠의 부흥을 돕기로 했다. 우리가 도울 수 있는 건 며칠뿐이었기에 외벽을 전부 수리할 수는 없을 것이다.

하지만 적어도 보답으로 할 수 있는 만큼은 해두고 싶다. 《그랜드 크로스》는 발동시킬 수 없지만, 몸은 아직 움직일 수 있으니까.

아론 님과 함께 하우젠의 정문 근처의 외벽으로 걸어갔다. 그곳에서는 무간이 수리 작업을 지휘하고 있을 것이다. 외벽 어느 곳을 수리할까 하는 이야기가 나왔을 때, 역시 하우젠의 얼굴인 정문을 고치자는 의견이 나왔기 때문이다.

과연 사흘이라는 짧은 시간 동안 얼마나 고칠 수 있을까. 솔직히 나는 좀 힘들 것 같다고 생각했다.

하지만 아론 님과 함께 본 정문은 훌륭하게 수리가 이루어지고 있었다.

"대단하네……"

"이거 참 대단하군."

우리가 온 것을 본 무간이 달려왔다.

"어라, 오늘 수행은 끝나셨나요?"

"네. 빨리 끝나서 도우러 왔습니다."

"감사합니다. 성기사님께서 두 분이나 계시니 든든하네요."

"그건 그렇고 어떻게 이렇게 빨리 고친 건가요?"

그러자 무간이 의기양양한 표정을 지으며 말했다.

"장기적인 전투를 벌일 때 필요한 요새 건설 솜씨가 뛰어난 사람들을 엄선해서 별동대로 모아왔죠. 그래서 보시는 대로 작업이 순조롭게 진행되고 있습니다."

"호오, 자네 꽤 하는군."

"아론 님께서 그렇게 말씀해주시니 몸 둘 바를 모르겠습니다."

그렇구나, 그래서 무간은 외벽을 수리하겠다고 나선 거구나. 그리고 수리할 때 필요한 자재는 잔해에서 쓸만한 벽돌과 목재를 재활용하는 것 같다.

나와 아론 님은 성기사의 스테이터스를 활용해서 커다란 잔해를 다른 곳에서 옮겨오거나 부숴서 쓰기 편하게 만들었다. 보통은 열 명이 달라붙어서 옮길 것을 쉽사리 옮겨버리기 때문에 역시 성기사의 힘은 격이 다른 것 같다.

저녁이 될 무렵에 정문을 수리하는데 필요한 자재를 확보할 수 있었다. 이제부터는 건축 지식이 있어야 하기 때문에 무간과 다른 일행들에게 맡길 수밖에 없을 것 같다.

무간도 마지막 날인 내일까지는 대충 형태가 잡힐 것 같다며 고맙다는 인사를 했다.

"록시 님은 내일 수행에 대비해서 먼저 쉬십시오. 이제부터는 저희가 할 테니까요."

"그래요. 호의를 받아들여서 쉬도록 하겠습니다. 그래도 너무 무리하지 마시길."

"알겠습니다."

나는 광장에 있는 내 텐트로 향했다. 아론 님은 무간과 정문에 대해 이야기할 것이 있다고 남기로 했다.

마음이 조금 들떴다. 그렇다, 다시 온천에 갈 수 있다. 몸을 잔뜩 움직이고 난 뒤 온천에 가면 기분이 매우 좋다!

뭔가 이유를 대면서 나와 함께 온천에 가려고 하는 밀리아는 혼자서 하우젠의 조사를 맡아서 진행하고 있는 모양이었다. 하우젠에 이제 마물이 없다는 것을 왕도에 보고하고 정식으로 도시로서 다시 인가받기 위해서다.

놀랍게도 무간이 내린 특명인 모양이었다. 그런데 왜 밀리아에게 맡겼는지 몰래 그에게 이유를 물어보았더니 정문을 수리하는데 방해된다는 것이 가장 큰 이유였던 모양이다. 나쁜 애는 아닌

것 같은데…… 장난이 지나치다고 해야 하나, 본능에 충실하다고
해야 하나…… 그런 느낌이다.

그렇게 오늘도 느긋하게 혼자서 온천을 즐길 예정이다.

나는 텐트에서 급하게 갑주를 벗고 갈아입을 옷과 수건을 챙겼
다. 어서 가고 싶어서 몸이 근질거린다. 그런 생각이 들 정도로
하우젠의 온천은 명물이다.

*

"정말 좋았지, 흐아아아아."

텐트 안에서 느긋함 모드다. 몸이 따끈따끈해져서 누우면 금방
잠들어버릴 것 같을 정도로 기분이 좋았다.

그 전에 성검과 갑주를 손질해 두어야지. 천으로 얼룩을 깔끔
하게 닦기 시작했다. 평소에는 부탁하지도 않는데 밀리아가 멋
대로 해준다. 하지만 오늘은 그녀가 없기에 오랜만에 손질하게
되었다.

"이런 느낌이려나?"

대충 손질이 끝난 뒤에 내일 입을 옷 등을 준비하기 시작했다.
그리고 마지막으로 푸른 보석이 박힌 펜던트를 살며시 머리맡에
놓았다.

이 푸른 보석은 페이트에게 받은 것이다. 항상 가지고 다닐 수
있게끔 내가 기술자에게 의뢰해 펜던트로 가공했다. 잠깐이긴 했
지만 그와 지냈던 즐거운 나날을 잊지 않기 위해서이기도 한다.

그리고 이것은 내게 그와의 연결고리다.

"내일이야말로 성공해야지. 더 강해져서 가리아에서 직무를 해내고 다시 왕도로 돌아가기 위해서…… 그렇지, 페이트……."

펜던트의 푸른 보석을 살며시 만지고 있자니 왠지 기분 나쁜 시선이 느껴졌다. 정신이 번쩍 들어서 텐트 입구 틈새를 보니…… 밀리아의 원망스러운 듯한 얼굴이?!

"꺄아아아아악…… 밀리아!!"

"어떻게 된 거예요?!"

그녀는 내가 깜짝 놀랐다는 건 아랑곳하지도 않았다. 다가와서 펜던트를 손가락으로 가리키고 몸을 떨면서 말했다.

"설마 그걸 남자에게…… 받으셨나요? 그런 건가요?! 저는 처음 듣는 이야기인데요!"

아니, 아니, 왜 그런 이야기를 해야만 하는 건데. 이건 내 소중한 추억이니까 내버려 두었으면 좋겠는데.

"이럴 수가…… 내 록시 님이…… 거짓말이야…… 이럴 수가……."

왠지 밀리아는 나를 내버려 두고 혼자 큰 충격을 받은 모양이었다.

일단 진정시키기 위해서 말을 걸려고 했을 때.

"이렇게 된 이상 오늘은 록시 님과 함께 자야겠어요! 이 악몽을 잊어버리기 위해서!"

"왜 그렇게 되는 건데?!"

"부탁드릴게요! 록시 님!"

"잠깐만, 텐트 안에서 날뛰지 마! 모처럼 내일 입으려고 준비해 둔 옷이 흐트러지니까."

밀리아가 날뛰어 내가 당황하고 있자니 평소처럼 그녀의 보호자가 나타났다. 무간의 손이 안으로 스윽 들어오더니 재주도 좋게 밀리아의 목덜미를 붙잡은 것이다.

그대로 텐트에서 끄집어냈다. 그리고 바깥에서 들린 목소리는.

"그렇게 혼자 자는 게 싫으면 내가 같이 자주마."

"으엑?!"

"이래 봬도 딸이 어렸을 때는 잘 재웠거든. 뭐하면 자장가라도 불러줄까."

"싫어요. 싫어요. 저는 록시 님이 좋아요."

"사치 부리지 마. 나로 참으라고."

"이럴 수가…… 도와주세요! 록시 님!"

미안해. 슬슬 밀리아도 반성하는 게 좋을 것 같아. 멀어져가는 밀리아의 목소리를 들으며 내일에 대비해 자기로 했다.

나를 위해 시간을 준 모두를 위해서라도. 내일은 분명 잘 될 거다.

＊

마지막 날, 항상 수행장으로 삼고 있는 곳―― 성의 안뜰에서 《그랜드 크로스》를 대충 스무 발 정도 발동시켰다.

억누를 수가 없어…….

"으음, 어제보다는 좋아졌군. 3초였던 게 6초로 늘어났어. 그렇게 상심할 필요는 없다. 진도가 나가고 있으니까."

"허억, 허억, 허억, 허억…… 그래도 이래선 도움이 안 됩니다."

아직 성공하지는 못했지만, 전진은 하고 있다. 지금은 그걸 믿고 반복할 수밖에 없다.

그리고 조금만 더 하면 뭔가를 깨우칠 것 같은 느낌이 든다.

성검을 고쳐 쥐고 다시 도전하려 했을 때, 하우젠의 광장 동쪽에서 커다란 소리가 울려 퍼졌다.

건물이 부서지고 흙먼지가 하늘로 피어오르고 있었다.

"이건…… 이 기운은."

"호오, 이 거리에서도 느낄 수 있나…… 대단하군. 그래, 마물이다."

하우젠에 아직 퇴치당하지 않은 마물이 숨어 있었던 것이다. 그것들이 이제야 고개를 내밀고 날뛰기 시작한 모양이다. 그렇게 되지 않게끔 조사하고 있었는데, 이 도시가 너무 넓어서 미처 보지 못한 모양이었다.

나와 아론 님은 성검을 칼집에 넣고 빠르게 성을 나선 뒤 마물이 날뛰고 있는 곳으로 서둘러 갔다.

현장에 도착해보니 이미 내 부하들과 전투를 벌이고 있었다.

무간이 내가 도착했다는 것을 눈치채고 상황을 설명했다.

"정문의 수리가 어느 정도 마무리되어서 남은 사람들을 잔해 철거 쪽으로 돌렸습니다. 그리고 철거한 곳 아래에 공간이 있었고요. 아마 하수도용으로 뚫어둔 거겠죠. 그곳에서 마물들이 쏟아져나왔습니다. 주민들을 대피시키면서 마물을 퇴치하려 하고 있습니다만, 상대가 상대인지라…….."

무간이 무슨 말을 하려고 했는지, 마물을 보니 바로 이해할 수 있었다. 언데드 계열 마물—— 스켈레톤 나이트와 스켈레톤 아처였기 때문이다.

이 마물은 일반 공격으로는 뼈가 산산조각날 뿐, 시간이 지나면 원래대로 돌아와 버린다. 그렇기 때문에 쓰러뜨리려면 마법을 쓰거나 속성 공격을 가하는 것이 효과적이다.

하지만 이렇게 적과 아군이 한데 섞인 난전 상태에서 마법을 날리면 아군에게도 피해가 생길지도 모른다. 그리고 속성 공격은 마검 사용자인 밀리아밖에 쓸 수 없다.

밀리아가 마검 플랑베르쥬를 불태우며 내게 달려왔다.

"죄송합니다! 록시 님! 제가 더 확실하게 조사했다면 이렇게 되지는……."

"신경 쓸 필요 없어요. 밀리아가 확실하게 조사했다는 건 저도 알고 있습니다. 이번에는 철거한 잔해 아래에 숨어 있었으니까요."

내가 한 말을 듣고 아론 님이 덧붙여 말했다.

"록시 말이 맞다. 하우젠에 계속 살던 나도 눈치채지 못했으니까. 책임은 내게 있겠지. 그건 그렇고 참 잘 숨어 있었군. 지금은 우선 마물들을 해치워야 한다. 가자!"

"네, 감사합니다! 아론 님!"

밀리아는 아론 님의 말을 듣고 매우 감동했는지 그와 함께 스켈레톤들을 향해 뛰어가기 시작했다. 아론 님은 성검기의 아츠, 《그랜드 크로스》인 성속성을 성검에 둘러 싸웠다. 밀리아는 마검 플랑베르쥬의 화염속성을 살려 스켈레톤들을 벤 다음 불태우고 있었다.

뚫린 공간을 통해 우글우글 기어 나오는 스켈레톤들의 숫자, 그리고 난전이라는 상황이 겹쳐져 두 사람은 약간 밀리게 되었다. 나도 끼어들고 싶지만 아직 아론 님처럼 《그랜드 크로스》를 자유롭게 다루지 못한다. 함부로 폭발시켜버리면 큰일이 벌어지게 된다.

스켈레톤들의 발목이라도 잡아두기 위해 일반 공격으로 전투를 벌일 것인지, 아니면 주민들의 피난 유도에 참가할 것인지…… 그렇게 생각하고 있자니 갑자기 가슴에서 삐져나온 펜던트가 눈에 들어왔다.

만약 이런 모습을 페이트가 본다면 어떻게 생각할까…….

"분명…… 웃어버리겠지."

그렇게 되지 않게 하기 위해서라도, 내가 계속 록시 하트로 있기 위해서라도, 지금은 물러서면 안 된다.

괜찮아, 괜찮…… 집중해서…………

《그랜드 크로스》를 발동시키기 위해 힘을 성검이 쏟아붓기 시작했다. 그리고 임계점에서 억누른다.

머릿속에 많은 사람의 얼굴이 스쳐갔다. 하트 가문 사람들, 어머님, 아버님…… 지금 싸우고 있는 아론 님과 밀리아, 무간, 그밖에 많은 부하들. 그리고 페이트…….

모두의 기대는 배신할 수 없다. 그 마음은 배신해선 안 된다.

성검이 한층 더 밝은 빛을 띠었다.

"이건…….."

힘이 성검 안에 머무르며 순환하고 있었다. 드디어 성검에 성 속성을 부가시키는데 성공한 것이다.

이제 할 일은 정해져 있다.

단숨에 달려가 아론 님과 밀리아와 합류한 뒤 말했다.

"오래 기다리셨죠. 저도 싸우겠습니다."

"흐음, 그 성검의 빛……, 보아하니 습득한 모양이로군."

"아론 님께서 지도해주시지 않으셨다면 도달하지 못했을 겁니다. 감사합니다."

"굳이 그런 말을 할 필요는 없네."

아론 님은 스켈레톤을 베면서 씨익 웃었다.

밀리아도 기뻐하며 신이 나서 내 곁으로 온 뒤 말했다.

"록시 님! 저를 위해서?!"

"……."

"말씀이 없으시네?! 아닌가요?"

"밀리아만을 위해서 싸우는 게 아닙니다. 저는 모두를 위해 싸우는 겁니다."

"앗싸, 저도 포함되는 거죠? 완전 열심히 싸울게요."

자기한테 좋게만 듣고는 스켈레톤을 빠르게 쓰러뜨리기 시작한 밀리아. 지금은 바쁘니까 내버려 두자.

조금 열세였지만 내가 참가하자 단숨에 역전하기 시작했다. 피난 유도는 거의 끝났고, 이제 뚫린 공간에서 조금씩 나타나는 숫자가 줄어들고 있는 스켈레톤들을 전부 해치우기만 하면 된다.

하지만 그렇게 잘 풀리기만 하지는 않을 것 같다.

뚫린 공간을 중심으로 지면이 무너지기 시작했다. 그리고 그 안에서 강한 압박감이 뿜어져 나왔다.

아론 님은 이미 예측한 모양이다.

"록시, 밀리아. 조금 물러나도록. 다른 자들은 여기서 대피!"

큰 목소리로 주위에 위기를 알리며 싸우기 편한 환경을 만들어냈다.

"역시 그렇군. 이렇게 많은 마물들의 기척을 숨길 수 있는 무언가가 안쪽에 숨어 있지 않을까 하는 생각이 들긴 했지만, 설마……."

모습을 드러낸 것은 리치 로드였다. 아론 님의 감정 스킬에 따르면 관을 지니고 있지는 않지만 그래도 강력한 마물이다.

나는 하우젠으로 오기 전에 레벨을 꽤 많이 올렸지만 리치 로드와 혼자서 맞설 수는 없다. 하지만 아론 님과 둘이서라면…….

나는 깜짝 놀라 하는 밀리아에게 지시했다.

"밀리아, 당신은 남은 스켈레톤들을 부탁해요. 우리는 저걸 상대하겠습니다. 아론 님, 괜찮으시겠죠?"

"알겠다. 꽤 강적이군. 주먹이 우는데."

나와 아론 님은 리치 로드를 향해 각각 다른 방향에서 공격을 가했다.

우선 나! 왼쪽에서 파고들었다. 하지만 리치 로드가 들고 있던 대낫으로 공격을 막아냈다.

그러면 된다. 텅 빈 오른쪽에서 아론 님이 뚫고 지나가는 듯이 리치 로드의 배를 갈랐다.

균형이 무너진 틈에 대낫을 쳐올리고 리치 로드에게 태세를 바로 잡을 시간을 만들지 못하게 했다. 곧바로 나도 리치 로드의 배를 베면서 뒤쪽으로 뛰었다.

나와 아론 님의 공격이 확실하게 들어갔기에 리치 로드에게 큰 대미지를 입힐 수 있었다. 선제공격이 성공했기 때문에 이제 우리에게 유리하게 전투를 벌일 수 있을 것 같다.

두 번째 공격을 시도할까, 그렇게 생각하고 있자니 아론 님이 내 곁으로 다가왔다.

"왜 그러시죠?"

"아니, 저건 이제 마음대로 움직이지도 못하니까. 그러니 저걸 사용해서 마지막 수업을 하자꾸나."

아론 님은 그렇게 말하고 성검을 리치 로드 쪽으로 내밀었다. 《그랜드 크로스》를 날리는 동작이었다.

"내 성검에 자네의 성검을 겹치도록."

"네."

그가 한 말대로 내 성검을 겹치자 두 성검이 한층 더 눈부시게 빛났다.

"이건 성기사이기도 한 그 남자에게 배운 거다. 성기사는 개개인이 강해서 이렇게 할 기회가 없지. 그래서 나는 지금까지 깨닫지 못했다. 아마 이런 힘을 쓰는 법이 더 있을지도 모르지. 하지만 그 너머를 볼 사람은 내가 아니라 자네 같은 젊은이들일 게다."

"아론 님……."

"내가 가르쳐줄 수 있는 건 여기까지다. 준비는 되었겠지?"

"네!"

호응하는 성검에 힘을 담으며 날렸다.

"《그랜드 크로스》."

거대한 빛기둥이 리치 로드를 감쌌다. 괴로워하며 대낫을 휘둘렀지만 그것 또한 정화되어 사라지기 시작했다.

빛이 사그라들 때쯤, 원래대로 조용한 하우젠으로 돌아와 있었다. 그리고 그와 동시에 아론 님이 지도가 끝났다고 말했다.

정문의 수리가 무사히 끝나자 우리는 하우젠을 떠나게 되었다.

아론 님과 주민들이 일부러 배웅하러 나와서 매우 기뻤다.

이별을 아쉬워하고 있자니 아론 님이 잠시 망설이는 표정을 보인 뒤 말했다.

"록시, 부탁을 하나만 들어주겠나."

"어떤 부탁이신가요. 제가 할 수 있는 거라면 뭐든 말씀해주십시오."

그러자 그가 안심하며 말했다.

"우연히 내게 찾아왔다는 남자 말이다. 그 남자는 흑검을 차고 가리아로 향했다."

"가리아로요?!"

"그래, 가리아로 향했다. 그 남자는 매우 강한 힘을 지니고 있긴 하지만 스스로 잘 다루지 못하고 괴로워하는 것 같더구나. 만약 가리아에서 그런 사람을 보면 힘에 삼켜지기 전에 구해줬으면 한다."

"어째서 제게 그런 말씀을?"

아론 님은 미소를 지은 다음 내 눈을 똑바로 바라보면서.

"자네도 마찬가지다. 자네는 그 남자와 닮은 것 같아. 성격이나 검술은 전혀 닮지 않았지만 마음이 담긴 묵직한 검을 휘두르지. 그건 때로는 스킬보다 강한 힘이 된다. 나는 그렇게 생각한단다. 그러니 부탁하고 싶은 게다."

고개를 숙이는 아론 님을 보고 나는 당황해하면서도 그 부탁을 받아들였다.

그 사람이 누구인지는 모르겠지만 아론 님이 이렇게까지 부탁하니까. 정말 가리아로 향했다면 반드시 그곳에서 두각을 나타낼 것이다. 《그랜드 크로스》를 겹치는 것으로 성기사의 새로운 가능성을 아론 님에게 보여준 사람이라면 그 싸움으로 가득 찬 곳으로 가면…….

"제가 할 수 있는 일이 별로 없을지도 모르겠지만, 해보겠습니다."

"그런가…… 고맙네. 젊은 성기사여."

그는 기뻐하며 내게 손을 내밀었다. 그 모습은 이별뿐만이 아니라 다시 만나자는 약속인 것 같기도 했다.

그렇게 내민 손을 맞잡은 뒤 하우젠을 나섰다.

감사합니다……, 아론 님. 그리고 그가 말한 흑검을 지닌 수수께끼의 성기사…….

가리아에 도착하면 반드시 그를 만날 수 있다. 왠지 그런 예감이 들었다.

BOSHOKUNO BERSERK ~OREDAKE LEVELTOIUGAINENO TOPPASURU~ Vol.2
© 2018 by Isshiki Ichika
First published in Japan in 2018 by Isshiki Ichika
Korean translation rights reserved by Somy Media, Inc.
Under the license from Micro Magazine Co., Ltd., Tokyo JAPAN

폭식의 베르세르크 2

2019년 8월 1일 1판 1쇄 발행
2020년 5월 1일 1판 2쇄 발행

저   자 잇시키 이치카
일 러 스 트 fame
옮 긴 이 천선필
발 행 인 유재옥
본 부 장 조병권
담당편집자 김민지
편집 1팀 정영길 김민지 조찬희
편집 2팀 김다솜 이본느
편집 3팀 오준영 곽혜민 김혜주
미   술 김보라
라이츠담당 한주원 김슬비
디 지 털 박상섭 박지혜 이성호
물   류 허석용 최태욱
발 행 처 ㈜소미미디어
등   록 제2015-000008호
제 작 처 코리아피앤피
주   소 서울시 마포구 토정로222, 403호(신수동, 한국출판콘텐츠센터)
판   매 ㈜소미미디어
마 케 팅 한민지, 권지수
경영지원 유하나
전   화 편집부 (070)4164-3962, 3963 기획실 (02)567-3388
           판매 및 마케팅 (070)4165-6688, Fax (02)322-7665

ISBN 979-11-6389-718-7 04830
      979-11-6389-460-5 (세트)